二十一世纪出版社集团
21st Century Publishing Group
全国百佳出版社

图书在版编目（CIP）数据

灭秦：全10册 / 龙人著. -- 南昌：二十一世纪出版社集团，2017.10

ISBN 978-7-5568-3105-0

Ⅰ. ①灭… Ⅱ. ①龙… Ⅲ. ①长篇历史小说－中国－当代 Ⅳ. ① I247.5

中国版本图书馆 CIP 数据核字 (2017) 第 243764 号

灭秦　　龙　人 著

责任编辑　敖登格日乐
出版发行　二十一世纪出版社集团
（江西省南昌市子安路75号　330025）
www.21cccc.com　cc21@163.net
出 版 人　张秋林
经　　销　新华书店
印　　刷　北京龙跃印务有限公司
版　　次　2018年1月第1版　2018年1月第1次印刷
开　　本　710mm × 1000mm　1/16
印　　张　150
字　　数　1572千
书　　号　ISBN 978-7-5568-3105-0
定　　价　498.00元（全10册）

赣版权登字—04—2017—747
如发现印装质量问题，请寄本社图书发行公司调换 0791-86524997

目　录

第三十一章　决战霸上

刘邦却想到了虞姬："声名固是如此，而美人又何尝不是？美人的容颜固然娇艳美丽，可是百年之后，还不是一堆白骨？"他心中宽慰着自己，但是这一番相思，又怎能说忘就忘？

卫三公子看得二人沉默不语，都是一副若有所思的样子，迟疑片刻，这才悠然道："如果你们觉得我的话还有一点道理的话，那还犹豫什么呢？就让我们马上行动吧！"

他的目光遥遥锁定百步之外的得胜茶楼，仿佛看到了一张刚毅中略带狡黠的脸，那脸上横过一丝玩世不恭的味道，似乎是向自己发出近乎无言的挑战。

"这是一个什么样的年轻人呀？为什么每次看到他的时候，我的心中总会有一种似曾相识的感觉？难道说前世我们就是宿敌，一切恩怨都要在今生了结？"卫三公子这么想着，同时将大手缓缓地按在腰间的有容乃大上。

有容乃大是一只锏器，长一尺六寸四，锏头有小小圆孔，风从孔中穿过，可发出慑人之锐啸。据说此锏为问天楼神兵，几有通灵之能。当卫三公子的手与之相触时，它似乎感应到了主人胸中的杀气，发出了几不可察的轻吟。

闻杀气而兴奋者，当为凶器，而有容乃大无疑是凶器中的残兵，所容之物，除了敌人的鲜血，还有自家主人的无限杀机。

与此同时，百步之外的纪空手似乎感应到了这兵刃发出的暴戾之气，眉头在不经意间轻跳了一下，只有一下，却让他感到了一股莫名的心惊。

楼外一片静寂，天上密云满布，如此沉闷的气息，压得人心头几欲窒息。

“你说的这个‘他’究竟是谁？他与我们又有什么关系？”红颜打破了这片沉闷，问道。

“当然大有关系。其实今日一战，很多人都认为这是我发起的一场复仇之战，为的是报大王庄一役从背后而来的一剑之仇。”纪空手笑了笑道，“所谓君子报仇，十年不晚，我虽非君子，但还不至于对一些仇恨如此看不开。其实我真正的用意，是想演一出戏，而这场戏的观众，就是项羽！”

“项羽？”此言一出，全场皆惊，谁也想不到纪空手要等的人，竟是项羽！

项羽与纪空手之间的恩怨，在场每一个人都深谙底细。忆及当时樊阴，只为了一争红颜，项羽不仅以流云道真气致使纪空手患上心脉之伤，而且穷追不舍，连派门中数名高手一路追杀，结下了不可化解的梁子。可是任谁都不会想到，纪空手心中想到的救星，就是项羽，难道说在他们之间，已经摒弃了过往的仇怨，转而联手对付刘邦？

看到众人眼中的疑惑，纪空手淡淡笑道：“是的，我要等的人，就是项羽。他不是我的朋友，只是我的一个敌人。但现在，我们有一个共同的敌人，这就是我利用他的原因。”

“这个计划早在两个月前就开始了，在这计划之前，五音先生放出登龙图下落的消息，其意是想让卫三公子与韩信成为天下人的公敌，让他们为了这一张图纸而疲于奔命。但是我们显然低估了卫三公子，事实上他在大王庄一役开始前，就已经料到会出现这种情况，是以早已留了退路，失踪了三月之久。”纪空手的每一句话出口，都显得极为缓慢，似乎留给了每一个人思索的时间。

“这无疑是非常明智之举。这三个月的时间，让他等来了刘邦的大军，也使他可以将登龙图顺利地交到刘邦的手上，可是他们却没有料到，项羽在大破章邯统领的秦军之后，从函谷关进入关中，速度之快，令人不可思议。”纪空手缓缓接着道，“但是我与五音先生分析了天下大势之后，早在两月前就料到了刘邦会在这个时候进入关中，所以我们精心设下了一个局，希望能通过这样的一个布置来引起刘、项之间的反目，从而达到不战而屈人之兵的目的！”

红颜的脸上始终保持着一种淡淡的笑意，眼眸中深凝着一丝女儿痴态，以近乎崇拜的眼神欣赏着纪空手极具自信的风采。在她的身边，每一位知音亭高手都静静地听着纪空手的每一句话，虽然他们的年龄远大于纪空手，却对他表现出来的卓越指挥才能感到心悦诚服。

“以刘邦此刻的声势，唯一可以克制他的就只有项羽，因为刘邦的军队虽然独立，但在名义上还是依附在项羽的大旗之下，两方在实力对比上还有一定的距离，所以在近两三年内，刘邦不敢公然与项羽反目。而刘邦此人，心思缜密，深谋远虑，深得项羽器重，倘若贸然出击，离间刘、项之间的关系，一旦不成，反而被动，所以我和五音先生几经算计，认为刘邦唯一的弱点，就在他与问天楼的背景。身为流云斋斋主的项羽，如果确认刘邦与卫三公子之间有所瓜葛，他是绝对不会无动于衷的！”纪空手的推理极富理性，有很强的说服力，听得众人暗暗点头，有恍然大悟之感：“是呀，我怎么就想不到这一点呢？”

“但是——”纪空手眼芒扫射全场，沉声道，“以刘邦的心计，当然不会看不到这一点，否则关于他与问天楼之间的关系的传闻已经流传了这么长的时间，何以项羽至今仍没有发作？这就说明刘邦已经深得项羽信任，单凭空穴来风已不足以让他失信于项羽，唯一的办法，就是让项羽亲眼目睹刘邦与卫三公子联手的事实。”

“所以你就以自己为饵，安排了今日霸上的决战？”红颜似乎有些明白了似的，微微一笑。

“是的。能将卫三公子诱到霸上，又要刘邦派兵支援，这两件事情似乎是不可能同时完成的，若这两者缺少其一，都不可能成为他们联手的证据，是以唯有以我为饵，才能促使他们来合力对付于我！”纪空手说完这些话的时候，整个人充满了自信，他相信只要自己亲自出马，无论是卫三公子，还是刘邦，都没有凭一人之力拿下自己的把握，而自己无疑已是这二人的眼中钉、肉中刺，必欲置于死地而后快。他们当然不想放弃这个除掉自己的最好机会，形势迫使两人必然联手，这样就自然使传闻变为事实，成为让项羽生疑的证据。

“然后你就派人通知了项羽，让他来欣赏这出好戏?”红颜道。

“我不知道项羽会不会亲自前来，但以项羽的性格与为人，他断然不会对此置之不理，所以我虽然迄今为止还没有见到流云斋的人出现，可我相信他们正在不为人知的暗处，洞察着事情发展的整个过程。即使他们因为种种原因没有看到刘邦与卫三公子联手的事实，我依然留了一手，那就是刚才的这一帮人都看到了已经发生的一切，他们都是江湖中人，不用三日，这里的事情必然会通过他们的口舌传遍整个江湖，到时也由不得项羽不信。”纪空手的嘴角泛起一丝邪邪的笑意，谁也不会想到，他这一着看似无用的棋，却竟然蕴含了如此深意。

众人这才恍然大悟，明白过来纪空手何以会花这么大的力气召来这一帮江湖二三流角色，这固然有惩恶扬善之心，而他真正的用意，是想借用这些人的嘴，成为一种厉害的攻击武器。

“所以，这一战的目的既然达到了，我们就应该按照计划撤退。”纪空手说这句话的时候，似乎并没有想到他们已深深地陷入敌人重围之中，要想突围，谈何容易?

但在场的每一个人都丝毫不惧，便是身有伤痛的“乐道三友”，亦显得战意勃发，大有与敌一拼的气概。只有红颜眉尖一皱，隐隐现出了一丝担忧之色。

她的担忧不无道理，就在咫尺之遥的楼外，就在这方圆一里的范围内，不仅潜藏了问天楼的无数精英，而且还有三千神射手正虎视眈眈地准备发出他们犀利的攻击，虽然她相信自己情人的能力，但是她也同样相信凭他们这几个人的实力，是无论如何也不可能活着走出这里的。

这是否意味着纪空手太冒险了，而且走错了他人生中最重要的一步棋？

看着吹笛翁他们斗志昂扬的样子，纪空手真的有所感动，同时他也注意到了红颜脸上的表情。

“我们绝不会死在这里，而且更能毫发无损地全身而退，因为我们有土行！”纪空手笑了，笑得很灿烂。正如张良所说，他是一个多情的人，而一个多情的人，他会珍惜每一个朋友的生命。

他话音一落，土行便出现在了众人的面前，笑嘻嘻地道：“这附近的土质不算太硬，只是要挖一里长的地道，还是花费了我一个月的时间，所幸不辱使命，便请各位移动尊驾吧！”

这显然出乎众人的意料之外，虽然他们不怕死，但只要有机会能够好好地活下去，这又何乐而不为呢？

然后他们便到了楼下的灶房里。得胜茶楼的香茶一向是用井水来泡制的，所以灶房里面就有一口以石板砌成的深井，土行挖的地道入口正好就在井壁中间，沿井绳而下，他们就可神不知鬼不觉地从地下突围而去。

就在这时，楼外突然传来一阵沉浑的声音，从百步之外传来，却似就在耳边响起。

“纪兄不是一心想要卫某这条老命吗？如今卫某来了，何以还不见纪兄出来一战呢？”

谁也没有料到卫三公子会在这个时候出现，众人闻言，霍然变色，无不将目光转到纪空手的脸上。

“你们快走，我先出去挡上一阵。”纪空手不慌不忙地道，脸上全无惧色。

“可是以你一人之力，又怎是卫三公子的对手？”红颜急得直跺脚。

“我纵然不是卫三公子的对手，但他若要杀我，也绝非易事。假如实在不行，我大可施出见空步逃命。”纪空手笑了笑，他不想让红颜为自己担心，虽然他心中一点把握都没有，但他必须留下应战，为众人逃离留下足够的时间。

“若我们一个都不走，与他们拼上一拼，未必就没有机会！”吹笛翁显然看出纪空手留下无疑是凶多吉少，不由请战。

纪空手表情严肃，缓缓地摇了摇头，道：“我答应过五音先生，要让你们都平平安安地回到他的身边，如果你们当中有任何一人遭到不测，我纪空手只怕终生都会留下遗憾。所以无论如何，我都绝不会让你们去冒这样的风险！”

纪空手转过头来，深深地看了红颜一眼，道：“若是无缘，你我从此不见；若是有缘，你我总有相聚的那天。我始终相信，你我不仅有情，也有缘，所以我答应你，我一定会活着回来见你的。”

他说这话的时候，已隐隐约约地看到了红颜美眸中的点点泪花，心中一动，却转过头去，终没有回头，大步向楼外走去。

他之所以没有回头，是不想自己的心中多情。因为多情的人，又怎会是无情的卫三公子的对手？

以无情对无情，才是他唯一可以与卫三公子抗衡的条件，他心中清楚，是以他必须让自己变得无情。

他的背影如一道移动的山岳，正向茶楼的门口挤迫而去。楼外的天空是如此的阴沉，密云压城而来，天地间的距离被压缩得异常紧密，无风的空间中，空气如死一般凝结。

“啪啦……”一道如魅影般的闪电凭空劈下，照得天地一片煞白，随之而来的是隆隆雷声，竟然掩饰不住纪空手那形如战鼓的脚步声，任何人都从中感到了那种无限肃杀的惊人战意。

在这一刻，每一个知音亭的高手都感到了自己的眼眶一片湿润，仿佛看到了神迹，而不是人。不过他们相信，即使纪空手是神，也是一个多情多义的神，他的一举一动都散发着足以让人感动的人格魅力。

唯有红颜显得是那么冷静，仿佛与她先前的表现形成了强烈的对比。不知为什么，纪空手说出的最后那句话不仅深情款款，同时也给了她强大的自信，因为她至死不渝地坚信，在他们之间，不仅有缘，更有情！

“撤！”她终于迸出了一个字的命令，等到她最后一个跳下井壁时，禁不住深情地回头一望，身后却是一片虚无。

纪空手的人已在楼外。

他在楼外的那一段寂静无声的长街之上伫立不动，他在等待，如一个忠实的情人般等待着卫三公子的出现。

风乍起，吹起一地的黄叶，如蝶儿翻飞，跳起肃杀般的舞蹈。天空的黑云依然压得很低，低得让人的心几乎喘不过气来，那种秋天的昏黄之色一片浑浊，绝不是闲庭信步间可以欣赏的景致。

纪空手的眼睛几乎眯成了一条细线，目光便像利刃般富有穿透力，划过了这天、这地，最终锁定在这条长街的尽头。那一头蓬乱而显出张狂个性的长发毫无规则地斜披着，随着秋风轻飘，油然而生一种超然的傲气，便像是风雪之中傲立雪岩的一株生机盎然的苍松。

他什么都没有看见，却生出了一种非常奇怪的感觉。虽然他不知道卫三公子的所立之处，却无时不刻地感受到了他的存在。

也就是说，就算他闭上眼睛，封住耳朵，只要他的心处于一种绝对静止的状态，就可以从这空气的异动中捕捉到对方的一切动静。

秋风依然是那般伤感，落叶依然显得那般无助，就在一瞬间，纪空手的眉心突然跳动了一下，带动了眉梢的掀起，就像是一道闪电划过，使得他的眼睛陡然生动而富有灵性。

的确生动，生动得足以让人心悸。那突然射出的眼芒紧紧地锁定在一条悠然出现的人影上，如影随形，再也不肯离开半寸。

眼芒在虚空中悍然相交，顿时闪现出如电光般刺刺作响的感应，一闪即没之后，这空气依然沉重，沉重得似乎让人承受不了。

天地间，似乎便只有这两人的存在。

然后，纪空手便看到了有容乃大，那支杀人无数、暴戾无比的残兵之器。

他从来没有见过如此极具张狂的兵器，如此充满着个性，散发出一种魔异之力，与它主人的心境紧紧结合，使人心胆俱寒。

远远看去，那支短锏虽然无锋，却比有锋的兵刃更寒百倍，随随便便地横出虚空，就有一种与众不同的气势紧紧迫来，似乎要止住人的呼吸。

这人，这锏，无一不充满邪性，但这邪性邪得古怪，自始至终存在着一种慑人魂魄的大气。

“踏……踏……”几乎是不约而同的，就在人们以为这天地又复宁静时，他们却迈出了有力而极富节奏的步伐，相对而行。

如此有力的动作，却丝毫没有影响到这清风的流动，看似极缓的步伐，却让他们在刹那之间缩短了相对的距离。举重若轻的感觉，动静之间的对比，似乎在这一刻演绎至极致。偌大空间里多出了一种玄之又玄的东西，使得他们同时感到了对方紧紧追随的压力。

人在十丈之外，两人不约而同地止住了脚步。

纪空手再看卫三公子时，只觉得那瘦小的身躯，无处不存在着力感与刚猛的气势，沉稳如高山峻岳，无人可以小视。整个人浑身上下散发出一股强大的阴寒之气，通过对虚空的渗透，令你不断地产生抗拒与惊怕，不断地提醒着你他的存在。

而卫三公子却生出了一种非常奇怪的感觉，这种感觉之怪异，让他吃了一惊！他怎么也想不到纪空手明明就站在自己身前的十丈之地，何以自己竟然完全感觉不到他的存在？

难道说这三个月来，纪空手对武学心道的领悟又有了突飞猛进的进步？如果是这样，那么这个年轻人的天赋与潜力就太令人可怕了。

这也更坚定了卫三公子的必杀之心！

“纪兄，别来无恙？”卫三公子胸中杀机无限，脸上却淡若云烟，丝毫不动声色。

“卫先生如此称呼在下，在下可不想就这么被你叫老了。对我来说，男女之乐乃人生大事，亦是最幸福的一刻，还没尝到就与先生同辈为伍，岂不可悲?”纪空手微微一笑，语带调侃，似乎想借此减轻心中愈来愈强的压力。

“我之所以称你为兄，别无他意，纯属尊敬。在我看来，人之老幼实乃天数使然，前辈后辈，也仅是江湖中人的一个称谓，不足以显示一个人的实力。而纪兄人虽年轻，入道又晚，但放眼天下，敢于将你不放在眼中者，只怕寥寥无几。我自问自己绝非狂妄之人，是以尊你为兄，实乃心中敬仰之故。”卫三公子似是有意吹捧，其实在他的内心深处，确实对纪空手有所忌惮，是以此话出口，倒十有八九出自真心。

“若非深知你我底细之人，听了先生这一席话，只怕还以为你我乃是故友重逢，可是谁又想得到，顷刻之间，你我就要以命相搏?”纪空手道。

卫三公子笑了一笑，突然眼芒一闪，直射过去：“在我眼中，年轻人总是充满活力、充满血性的，更有一种让人心动的激情，但是不可否认，他们缺乏一种理性的思维，是以我从来不认为他们会对我构成极大的威胁。可是这一两年来，江湖变了，年轻人也变了，我所认识的几个我认为可怕的年轻人当中，你应该是其中之一。”

“哦?”纪空手惊奇地问道，“承蒙夸赞，愧不敢当，但纪某倒想知道，与纪某一起受到先生赏识的人中还有哪几位?”

“流云斋斋主项羽，名列五大豪阀之一，又贵为楚国大将军，虽然至今还未称王，但却是少数几个可以争霸天下的权势人物之一，与他齐名当不至辱没了你。”卫三公子道。

“此人声名之盛，远非我所能及，先生将我与之齐名，实乃高看了我。”纪空手并不为此而得意，淡淡笑道。

“第二人当是沛公刘邦，不论其功力如何，也不论他是否懂得排兵布阵，单是他能容别人所不能容之事，能忍别人所不能忍之人，这份胸怀，这份大度，已足以让人心服。”卫三公子道。

“此言果然精辟，一语道破此人的厉害之处。在我看来，刘邦远比项羽可怕。”纪空手想到昔日的交情，想到刘邦利用自己的手段，心中一痛，却不得不承认卫三公子所言俱是事实。

“还有一个人，是你的朋友，也是你的仇人，他虽然武功不及你，心计亦稍逊你一筹，但他能识时务，也能无情，凡事理智而冷静，可怕的程度未必在你之下。”卫三公子虽然没有明言，但纪空手一听即明，却黯然无语。

能让卫三公子欣赏的人，绝对不是好相与之辈，而这三个人，都是纪空手今生最大的敌人，无论他最终是进则争霸天下，还是退则独隐山水之间，与这三个人之间的恩恩怨怨都必须有一个明确的了断。

“但是在这几个人之中，我还是最欣赏你，因为在你的身上，依稀可见我当年的影子。”卫三公子轻叹一声，仿佛忆起了昔日的自己。

他无疑是他们那个时代的杰出人物，少年得志，意气风发，也曾有过潇洒不羁的举止，也曾有过张扬狂放的个性，但是随着自己肩上重担一天天地沉重起来，为了复国大业，他只有收敛自己，隐忍不发，并因此忍耐了数十年的光阴。有的时候，他也曾想：“自己为了一个看似不可能实现的理想而牺牲了个人的一切，这种代价是否值得？”但这个念头总是一闪而过，也许只有到了今天，当自己的理想一点一点地变成现实之后，他才感到自己多年的付出终于有了回报。

可是他的青春，他的感情，却随着时光的流逝而一去不返。留给他的，只是一生的追忆与遗憾，这也许就是有得必有失的道理吧。

纪空手听到卫三公子的这声叹息，这才感觉到自己面对的竟是一个老人。在他的印象中，卫三公子从来都是以强者的形象出现，谁又可以想到在他的人性中也有脆弱的一面？

“但我绝对不是从前的你，因为我比你有情，比你有义，懂得在这个世上除了权势之外，还有很多值得追求的东西。”纪空手淡淡一笑，他突然间明白了张良对自己说过的一些话的意思。他之所以不同于项羽、刘邦，不同于韩信，是因为在他的人性中还保留着最纯真的东西，并不因为自己生于乱世而自暴自弃。

卫三公子的眼中闪出一丝懊恼之色，却没有马上发作。不知为什么，当他看到纪空手时，心里总为对方阳光般的气质感到一种莫名的嫉妒。

“可是你却做错了一件事情，你本不该约我在霸上一战，换作任何一个地方，你都还有活命的机会，但在今天此地，你将会因为这个错误的决定而付出应有的代价！”卫三公子冷哼一声。

“我承认自己作错了这个决定，只是我明知它是错的，却还要不得已而为之，是因为只有这样，我才能让项羽得到刘邦与你联手的证据。”纪空手笑了，他相信就算是卫三公子如此城府之人，也未必算得到自己真正的用意。

这无异于一记晴天霹雳，给了卫三公子一记当头棒喝。他其实一直在猜测纪空手约战霸上的原因，按照常规，霸上既然成了他与刘邦的地盘，纪空手约他在霸上一战，无非是让他毫无顾忌地前来赴约。这样的话，他既有问天楼的人马，又有刘邦军中的兵力可以借助，可以稳操胜券地将纪空手这等强敌除掉，这样的好事，他当然不会放过。

纪空手显然看透了卫三公子的心思，所以利用了他的这种心理，设下这么一个圈套。一旦项羽真的掌握了刘邦与问天楼联手的证据，以目前的形势来看，那么最有可能的结果就是卫三公子这数十年来的心血将会付诸流水，前功尽弃。

卫三公子想到这里，心中的怒火与震惊几乎达到了无可复加的地步，他的白眉倒竖，微微颤抖，眼芒如火，恨不得将纪空手烧成灰烬。

“你的用心好毒！”卫三公子咬牙切齿地道，“你这么做，几乎毁了我一生的梦想！”

“你可以去实现你的梦想，但要在不损害别人利益的前提下。否则，你就应该付出应有的代价！”纪空手冷冷地道。

“鹬蚌相争，渔翁得利，你这个算盘打得如此精细，我十分佩服，可是我可以告诉你，我绝对不会让你这个阴谋得逞的。”卫三公子近乎歇斯底里地吼叫着，却知道纪空手的计划肯定有效。因为谁也不敢保证，此时此刻，项羽没有在霸上安插耳目。

“是吗？那我们就等着瞧好了。”纪空手淡淡一笑，抬头望天，“现在已是秋天，可是还有雷雨将至，这似乎有些反常，也不太可能，但是我真真切切地感觉到了这空中划过的电流。”

卫三公子微微一愣，似懂非懂，看那阴沉的天色，有一种诡异之感。

他深深地吸了一口气，眼中精芒暴闪，陡然大喝道：“可惜的是，留给你的时间不多了，我担心你没有这个命去等去瞧了！”

他话音刚落，长街两边的一段木墙霎时爆开，木块激射，瓦砾飞闪，便像是一堆拥有巨大能量的火药点燃了引线，发生了猛烈的爆炸。本已沉闷的空气陡然激活，气流疾涌，狂风大作，一时间肃杀无限。

卫三公子没有动，他的脸上露出了一丝狰狞的笑意。

纪空手也没有动，只是他眉间紧锁，灵台清明剔透，四周环境内的每一种声音，由呼吸而起的风声，微不可闻的虫蚁爬行之声，夹在风中的刀声，以及杀气渗入虚空之音，他在同一时间内都用心感到和听到了。

动的是三把剑，四把刀，还有一支如电闪般划过虚空的箭，这些兵器飞舞空中，天空似乎乱成了一片，但乱只是一种现象，它们共同的目标只有一个，那就是静立长街的纪空手。

兵器绝不会自己动，就算它是上古神兵，是通灵之物，如果没有它的主人赋予它生命，注入激情，它只是一个不动的静物。

它动，只因为它的主人在动，那一个个从碎木乱流中迸裂而出，如幽灵般在虚空中晃动的人影，其实早在卫三公子与纪空手说话之间就悄然进入到预定的位置，等待着在这一刻爆发出手。

纪空手早就知道这一切的发生，就像他早就知道暴风雨迟早会来临一般。他已经早有准备，所以当对方的第一把剑，第一个人破出墙来的时候，他的身体冲天而起，轻啸一声，反而向其中的一堵墙壁强行破入。

逆流而进，蹿动的气流呼呼直响，侵入肌肤。这些突然现身的杀手个个都带着势在必得的决心，出手狠辣，不留退路，等到他们挤入长街的空间中，却惊奇地发现自己锁定的目标竟然不见了，便像是淡化于空气之中一般，奇迹般地消失了。

他们在行动的刹那间，都感到有一阵清风与他们擦肩而过，风儿轻柔而快捷，轻快得让人几乎忽略了它的存在，等到他们一剑刺空的时候，突然明白那不是风，那只是纪空手飘忽于虚空之中的影子。因纪空手的举动令人匪夷所思，所以他们都没有想到那会是纪空手。

这很像是每一个人在童年里经历过的游戏，三五个孩子商量着要去吓唬另一个孩子，便藏在暗处，等待着这个孩子走到他们的面前，然后突然装着鬼脸，跳将出来，希望能将这个孩子吓得半死。可是当他们真的这么做了后，那吓得半死的人却往往是他们，因为这是个聪明的孩子，早已洞穿了他们的把戏，所以就带了一张恶鬼的面具，看看究竟是谁吓倒了谁。

这些人当然不至于像这几个孩子一样吓得半死，但心中的惊骇的确不小，因为他们没有想到纪空手会从他们的来路而去，而且一去之后，再无声息。

正因为无声、无形，才会让人心中生惧，只有这样，对手才无法揣度其人会在哪一个方位发出致命的攻击。面面相觑之下，这些人无不转身，凝视着纪空手刚才挤入的墙洞。

“轰……”就在这些人一怔之间，一团充满劲气的球体突然从墙洞中射出，便像是数十斤火药在片刻间引爆，千千万万的锐气如劲箭般向外狂泻。

这不是压缩的空气，也不是凭空而生的狂飙，狂涌而出的是一道凛冽无比的杀气，更有一截肃杀无限的刀锋。

空气竟似在这一刹那间全都凝住了一般，压力之大，一切寂静，但这静的时间太过短暂，如白驹过隙，一闪即没。

然后便传出“叮……叮……”的刀剑迸击声，一连串的脆响急促得让人喘不过气来，但在这空寂的长街上，却有一种极富韵律的美感，更有一种充满动力的节奏。

锐啸与金属发出的磁性声音交融，夹杂着劲风，在虚空中徘徊不绝。它的每一次惊响都带出一种震人心弦的力量，撞击着场上每一个人的神经，引出令人心悸的震颤。

更有几声闷哼与惨呼和着点点血花融入在这极富动感的声韵中，显得是那么血腥，那么惨烈，还有几分不可抑制的冷酷，构成了一幅绝不优雅的画面。

当这一切都在瞬息之间消失之后，纪空手又出现在了他原来站立的位置上，一动不动，仿佛他一直就没有离开过这里。他依然还是他，只是在他的手上，已经多了一把沾血的离别刀。

在他的周围，倒下了三个人，还有四个人虽然手上的兵器仍在，但脸上的表情难看至极，眼中闪现出惊诧，似乎不敢相信刚才发生的一切竟然是真实的。

卫三公子还是没有动，显得很平静，就像眼前的事情从未发生过一般，让人几乎不敢断定他是否真的有过生命的存在。但他的眼神却极具跳跃性，狂野而冰寒，紧紧锁定在纪空手的脸上。

“退下！”卫三公子冷冷地说了两个字，语气平淡得让人觉得冷酷。他牺牲了三名属下的生命，在他的眼中，仿佛这三条人命无所谓，与死三条狗并没有太大的区别。

卫三公子的话就是命令，没有人敢不遵从，所以话一说完，长街上又只剩下他与纪空手两人相对，地上的死尸也随着这几人的离去而消失。

“迄今为止，你躲过了我布下的两次刺杀。”卫三公子的眼睛抽搐了一下，接着道，“这算一次，还有一次是乐白与瓦尔的联手。这两次都是我精心布下的杀局，你却能从容化解，了不起！”

“这可能和我天生的敏感与触觉有关，不知为什么，当危险来临的时候，我似乎总能预先知道它会出现于哪里，又在何时出现。这就像是一匹生存于险恶环境中的野狼，猎手再好，也未必能将它猎杀，因为它一生都在为自己的生命挣扎。”纪空手并没有因为卫三公子的夸赞而得意，只是形象地打了一个比喻。

卫三公子微微点头：“我相信你的这种说法。你能发现这些人的存在，只是凭借你的触觉和感应，而并非内家真力。因为在我的面前，没有人敢不付出百分之百的精力来全力以赴，如果有，他已经是一具尸体。”

“可是你仍然有出手的机会，但你却放弃了，这是为什么？”纪空手一直心存这个疑惑。当他开始动的刹那，如果卫三公子在这个时候出手，他几无还手之力。

“因为你是纪空手，对付你这样的敌人，如果没有十足的把握，我是不会轻易出手的。”卫三公子随即说出了实话，“何况我一出手，你唯一的选择就是逃，你的见空步乃武林一绝，尽管若想阻住你并不难，可是那样做只会让我们付出更大的代价。”

纪空手忽然笑了，笑得很邪，似乎让他想到了一件有趣的事情：“你并不是一个怕付出代价的人，为了达到目的，甚至可以牺牲一切，这让我想起了赵高。”

“我不喜欢你把我与赵高相比，我和他不是同一类人，绝不是！”卫三公子的脸色一沉。

“但不可否认的是，你们身为五大豪阀，的确有些相似之处，不论是行事作风，还是处事手腕！”纪空手根本不理会他的脸色，淡淡笑道，“赵高难道不是为了追求权势，而放弃了他心爱的女人吗？”

卫三公子显然深知赵高的底细，迟疑片刻：“你说的是张盈？”

“是的，任何人都可以看出赵高与张盈之间的感情之深，可是赵高却容许张盈夜夜淫荡，大收入幕之宾，这实在是太反常了。只要是一个正常的男人，绝对不会容许自己心爱的女人如此践踏他的自尊！”纪空手心中一直存在着这个疑惑，百思不得其解。此刻他似乎忘记了自己身处险境，侃侃而谈赵高与张盈之间这段似乎变态的感情。

“或许，赵高并没有爱过张盈，他只是在利用她才做出这种姿态。”纪空手摇了摇头，觉得这种解释未免牵强了些。

“赵高是否真正的喜欢张盈，我不知道，但是如果说他这一生曾爱过一个女人的话，那这个女人绝对是张盈，这是事实！”卫三公子道，“我与赵高为敌，已有数十年，深知他的性格与为人。据我猜测，赵高不是不爱张盈，而是不能，因为他已经不是一个真正的男人。”

纪空手眼现迷惑，看着卫三公子道：“我不明白你的意思。”

“那么你听说过百无一忌神功吗？”卫三公子问道。

“我有所耳闻，却了解不深。相传此乃入世阁创阁之宝，百年以来，唯有赵高得以练成，可见此功玄奥神奇，难练得紧。”纪空手道。

卫三公子摇了摇头，淡淡笑道：“入世阁创阁百年有余，传到赵高时，已是第六代阁主，这六人无一不是拥有大智慧、大见识的人中之龙，赵高位列其中，绝非最出众者，何以单单只有他能练成，而其他人却从来没有听说过练成了百无一忌神功？你难道不觉得这是一件非常奇怪的事情吗？”

但凡武者，对武道的追求都近乎痴迷，玄铁龟之所以能够引得世人觊觎，无非是关于它的身上记载了天下第一武学的传说。近百年来，无论江湖，还是天下，更是乱中求乱，各大门派之间互相倾轧，斗争到了白热化的地步。而五大豪门相争，谁又不希望自己能技压另四门，出人头地，成为这乱世天下的第一人？所以赵高之前的列位阁主面对阁中武学至宝却能保持一种恬淡无求的心态，这的确是一件令人匪夷所思的事情。

饶是纪空手智计过人，也猜不透内中玄机，是以目光紧盯卫三公子，希望能得到答案。

“其实这之中并不玄奥，只因若要练成百无一忌神功，尚需自闭精气，自息阳气，唯有如此，方能成功。”卫三公子的脸上露出一丝既有钦慕，又带嘲弄的神情，恰到好处地表达出了他对赵高这种行径的复杂心情。

“自闭精气，自息阳气？”纪空手喃喃自语，看到卫三公子脸上的神情，他蓦然明白了张盈何以会在临死之时，露出那种又喜又悲的怪异表情。

赵高深爱着张盈，却为了某种原因而冷淡张盈，以至于张盈为了报复赵高的无情，不断地从其他男人身上寻求感情的慰藉，从而背负淫妇之名。

这种畸形的心态出现在一个女人的身上，似乎还是比较正常的，因为女人的心理结构决定了她们在遭遇感情问题的时候容易困惑，容易迷茫，继而衍生嫉妒与变态，造成行事偏激，易走极端。但是赵高却能容忍张盈的这种行为达数十年之久，而没有丝毫的怨言，这又是何等的一种心态？

其实这个原因很简单，那就是赵高为了练成百无一忌神功，已丧失了做男人的能力，可是为了自己的尊严，他只有隐瞒事实，以至于让张盈产生误会，这也是张盈临死之时何以笑得欣慰的原因。

这至少让她懂得了赵高心里真正的情感归宿还是在她的身上，身为女人，能拥有一个男人一生的爱，证明她这一生并不失败。

“这是不是太残酷了些?”纪空手觉得这是他所听到的最为凄美的恋情，虽然有些变态，但男女之间那种对真情的执着让他唏嘘不已。

“这只能说明你还年轻，人在江湖，身不由己，越是在江湖中待得久了，你就越会感觉到这句话的真实与无奈。”卫三公子肃然正色道，“假如换作是我，我也会像赵高这般义无反顾地如此选择。因为身为五大豪阀之一，门阀的兴衰荣辱系于一身，责任之大，已不容许你为个人的利益多加考虑。如果说牺牲自己能够换来江湖第一门阀的地位，这应该是一个江湖中人梦寐以求的事情。”

“可是赵高却失败了，登高厅一役，已让入世阁元气大伤，虽然他此刻仍在大秦相国之位，但看天下大势，他退出这个时代的舞台只是迟早的事情。”纪空手有感而发。

“这就是江湖的生存法则，唯有强者，才能出人头地，这虽然残酷了些，却是永远不能改变的现实。”卫三公子冷然道。

纪空手沉默良久，方轻叹一声：“请!”

卫三公子听到纪空手这近乎莫名其妙的话，丝毫不觉得讶异，因为他已看出他们之间的这一战势在必行，没有任何力量可以将这股杀机消弥于无形。他们都是这个时代的强者，既然相遇，终要一战，这是一场无法避免的生死游戏。

他笑了笑，似乎想缓解一下自己的情绪，可是他却笑不出来，因为他的眼中虽然看到的是纪空手独立挺拔的身影，却感觉到了一把刀的存在。刀芒生寒，刀中有锋，似是虚幻缥渺，却又真实存在，更似紧紧地插入自己的心中。

他的眉锋轻轻一跳，就在这时，空中蓦然炸出一串惊雷，劈向了他们所在空间的周围，声势之烈，有夺魂摄魄之威。

但无论是卫三公子，还是纪空手，他们都丝毫不惊，亦纹丝不动，仿佛在他们的心中，除了对方，已容不下外界的任何东西。

虚空中不再静默，暗潮流动，充满了一触即发的杀机。谁都懂得这是必将爆发的杀机，却无人知道它会在何时爆发，正因为如此，这一战未战已充满变数。

两大高手相距十丈而立，一个是代表着江湖固有势力的杰出前辈，一个却是代表了江湖新生力量的优秀后辈。在新与旧之间，在老一辈与年轻一代之间，这种势在必行的决战，永远是江湖上最为期待的主题。

每个人身上的杀机都很浓，浓得像是流动的血液，实在而血腥，有一种冷酷至极的感觉。

每个人闻到的不仅仅是这杀机中所蕴含的血腥，还有那种充满了火药味的紧张氛围，甚至可以感觉到那飞泻虚空的刀意。

杀机不会凭空而生，它的来源只有一个，那就是两人手中的刀与锏。

刀与锏居然可以如空气一般弥漫空中，这岂不是一个充满玄幻的神话？但在长街两端暗伏的人眼里，却绝对不会这么认为，因为他们都真真切切地感受到了这一点。

这简直让人有些难以相信，但每一个人又都不能不信，因为这不是错觉，也不是幻象，这只是亲眼所见的事实。那种弥漫于虚空中挥之不去的锋芒，像是一种虚无的感觉，但是这种感觉似乎可以在任何时刻成为现实，所以没有人会忽视它们。

至少卫三公子不敢忽视纪空手手中的离别刀，只有在这一刻，他才真正感受到眼前这位年轻人给自己带来的莫大威胁。

离别刀虽是神兵，却未必通灵，但在纪空手手中，它仿佛有了生命的激情，这实在是一种让人心惊的感觉。

卫三公子也不得不将更多的目光注视在这把刀上，看着刀锋一点一点渗入虚空的轨迹，他感到了那种无处不在的压力。

虽然他很有自信，但是面对纪空手这样的强敌，已不容他出现任何细小的失误，锏在右手，随时准备着发出致命的一击。

可是两人都没有动，甚至连一点动的意思也没有，因为他们无疑已是高手，懂得选择最佳的出手时机。

在等待中，他们同时感到了虚空中各种不同类型的生命与活力，其中有风，有尘埃，有落叶，有飞虫，甚至接触到了来自对方身上的一股庞大无匹的精神力。

对纪空手来说，卫三公子绝对是一个不可逾越的高峰，看似静止不动，其实深藏活力，不到万不得已，他是不会贸然出手的。而让人惊异的是，卫三公子虽然锏已在手，纪空手却感觉不到它的存在。

这实在是一种玄之又玄的感觉。

“霹雳……”一声惊响，雷电过后，长街上空黑云疾卷，一时天昏地暗，暴风雨即将来临之前引发的狂风刮起漫天尘土，招幌飘摇，树影晃动，可是纪空手与卫三公子不仅人未动，而且衣衫在猎猎风中也寂然不动，犹如雕刻在岩石之上的塑像。

纪空手眼中锋芒毕露，漫过虚空，与卫三公子的眼神如神兵利刃般悍然交接……

此刻的纪空手，再也不是以前的那个纪空手了，他不仅充满自信，而且充满活力，纵然面对再大的困难，他也怡然无惧。可是不知为什么，当他看到卫三公子眼睛的刹那间，曾经出现了一丝短暂的失落与惊惧。

他突然感到自己的呼吸不畅，有一种莫名其妙的惊悸，在一刹那间，他甚至感觉到自己全身的力量如泄洪的水流，消失得无影无踪，浑身乏力，似欲软化一般。

纪空手这一生中，还从来没有见过有谁的眼神比卫三公子更锐利，而更为可怕的地方还在于他的目光看似无神，实则犀利，形如实质，犹如一把无孔不入的利刃般从纪空手的眼中透入，然后穿过其思维神经，一次又一次地冲击着他的心灵深处。

纪空手顿觉冷汗迭出，一种软弱绝望的感觉如电流般蔓延全身，令他感觉到面对这卫三公子，根本就不是凭他一人之力可以扳倒的。

这是从未有过的感觉，自他出道以来，不管自己的武功有多么低级，还是遇上的对手有多么强大，他永远是那么地充满自信，从不绝望，唯有这一次，是一个例外！

例外就是超出了常规的事情，也是出现概率极少的事情。有些人一辈子也碰不上一次，但有些人只要碰上一次，就极有可能是他生命中碰到的最后一次。

一声闷雷从远方的天际遥遥传来，风渐息，空中陡然下起了如注的暴雨。

纪空手猛然打了个激灵，这才发觉自己乱发尽湿，雨珠沿着发丝流下，浑身上下无处不湿。蓦然间，他的心变得异常冷静，就仿佛心中高高悬起一轮明月，体内的每一个细胞都似繁星捧月，围绕着心灵做出有规则的运行轨迹。

这种铭刻于心中的妙境，恰是他对心道武学的一种彻悟。当这幅天文般的图画一幕幕地在他心中展开时，刹那间使得他将整个精神融入于自然之中，透过空气的传递，达到了天人合一的境界。

与此同时，他的心中不再绝望，反而勃发起无穷的生机，不知所踪的自信在刹那间重新回到身上，比之先前不知增强了几倍，整个人的气质似乎又进入了一个崭新的层次。

卫三公子目睹着这一切，心中讶异。他以超强的精神力向纪空手发出如浪涛般的压力，就是想在交手之前摧毁对方的斗志，从而达到事半功倍的效果，却没有料到纪空手竟能在极短的时间内凭空生出一股抗力，使他的一切努力变成了泡影。

他却不知，正是因为他施予的强大压力，激发了纪空手体内玄阳真气的生机，遇强愈强，从而突破了人体本身对它形成的禁锢，达到了一种心道武学的全新境界。这本是可遇而不可求的事情，但纪空手却能利用外力与天象形成突破，看似偶然，实则必然。

这一变使得双方在瞬息之间将对峙空间中的压力提升到了极限，两股无匹劲气以沛然不可御之之势相互挤压，有质无形的气流如恶龙般纠缠不清，随时都可能发生爆炸性的变化。

长街上积水愈积愈深，漫天水箭如注，倾盆而下，电光雷声不时地闪烁天边，使得天地变得忽明忽暗，异常诡异。

纪空手站在街心，全神贯注。

他在等待着卫三公子的攻击！

两人对峙以来，纪空手将功力运聚于掌心，如上弦之箭，伺机待发，可是卫三公子的站位与气势丝毫不露破绽，令他失去主动之势。

对他来说，即使未失主动，他也不会急于攻击，因为他需要有足够的时间让属下与朋友顺利地从地道中逃逸，只有在心无旁骛、毫无牵挂的情况下，他才能百分之百地发挥出自己的全部潜能。

可是卫三公子显然不想让他有太多的时间从容准备，终于向前踏出了一步。

纪空手只觉心中一窒，赶紧收摄心神，通过心灵感应，寻求对方气机在这一刻间的变化。

在一般高手的眼中，一步之距也许算不了什么，但卫三公子的这一步跨出，其动作与动作之间，如行云流水般浑然天成，明明在动，但给人的感觉却始终处于一种相对静止的状态，纪空手根本就没有任何可乘之机。

从卫三公子现身，迄今为止，他就没有给过纪空手任何机会，自始至终，他都将整个战局的主动权牢牢抓在手中，实力之强，无愧于他一代豪阀之名。

纪空手却怡然不惧，也许他最初有过恐惧，但很快就将自己的心理调节到了最佳的状态，心态更是静如止水，以感官与毛孔去触及周围的一切，将周围十丈之内的一切动静尽数掌握，没有一丝遗漏。

当卫三公子跨出第三步时，他的锏稍稍动了一下，一股类似于虫蚁声的天籁之音蓦然响起，随着短锏的摆幅一点一点地增大，由远及近，直接传入纪空手的耳际。

纪空手眉锋轻扬，只觉心中一片烦躁，初时其声细不可闻，如针尖般钻入，仿似遥不可及，但刹那间便已响彻了自己的整个听力范围，耳膜震颤，耳鼓嗡嗡作响，根本听不到天上的雷声，空中的雨声，还有呼呼的强风之声。

一时间就只听到这种异声，诡异至极，令人心悸。

纪空手深深地吸了一口气，离别刀斜指虚空，冷汗湿透了整个手心。

因为他明白，这是敌人要出手的先兆，等待他的，将是比这暴雨更烈，比这狂风更猛的攻击。

周围十丈内的空间里，汹涌澎湃的气流急剧旋转、蹿动，一股股犹如利刃般强猛的气锋不断地厮缠激撞，迸裂释放，以纪空手所站之处为中心，形成了一道无形而强劲的气流旋涡。

纪空手敏锐地感受着气势锋端的冲击，人在风暴的中心，却凝视着人在五丈之外的卫三公子。

他已全无退路！

无论是进还是退，他都很难摆脱眼前的困境，更何况对手是卫三公子这等强者，只要自己稍有不慎，随时都有可能卷进这急流的气旋之中，遭受巨力的毁灭。

气旋愈转愈疾……

压力不断增强……

“哧……”纪空手眼见刻不容缓之际，终于出手了。

他右手所握的离别刀并没有动，所动的只是他左手的飞刀。刀并不止一把，有三把之多，以一种惊人的高速陡然升空，攻向了卫三公子如山般移动的身形。

每一把飞刀都化为一道虚幻的弧迹，自玄奥莫测的线路攻出，看上去是那么弱势，是那么渺小，可是当它们强行挤入横亘于它们面前的气流中时，那因劲气布下的气场竟然不可思议地出现了裂纹。

而更惊人的是，当飞刀划出的同时，雨线骤然在这一刻间截成两段，两段的中间泛出一道白光，雨珠激扬四溅。

卫三公子一声长啸，裂云而出，再也无法保持原有的沉默与平静，身形在一片雨幕下淡化为一段虚无的影子，向虚空直进。他手中的有容乃大锏幻化无数锏影，呈扇形般横空扫出，如一头庞大的巨兽，张开血盆大口，似乎要吞噬挡阻在它面前的一切生命。

五丈之距，在两位高手的眼中，这已不成为距离。

瞬息的时间，在高手的眼中，却可以做很多事情。

飞刀在刹那间发出的攻势，竟然在无声无息中消失于雨幕中，消失于锏影里，卫三公子的眼芒死死盯着雨幕之后的那双眼睛，企图从中看到那种对生命绝望的神情。

他无疑是这场决战中的强者，在举手投足间将敌人发出的攻势尽化无形，这份从容不迫的态度，决定了他在实力上保持的那份优势。

可是他失望了。

他看到了纪空手的那一双眼睛，却没有看到那眼眸中有任何的表情，没有惊骇，没有讶异，更没有他想看到的绝望……什么都没有，他甚至感到对方就像是一潭墨绿无波的静水，令人根本无法揣测其深浅。

无风无浪，无喜无忧，这是否是纪空手此刻心境的一种表现？

在运动中对峙，眼芒于虚空中相交，虽只一瞬，但对卫三公子与纪空手来说，却感觉很长很长，仿佛进入了一个只属于他们两个人的世界。这风，这雨，完全不能融入其中，从此与世隔绝。

就在此刻，纪空手的人影终于开始了移动，他既不向前，也不后退，而是撞破了一堵墙，突然消失于长街之中。那一堵墙上留下了一个人形的图案，仿佛是人为雕刻而成。

他的每一个动作都不算快，扭身、踏步、破墙、闪入……都显得异常清晰。

但不可思议的是，当这几个动作组合到一起形成一段运动时，却快如闪电，浑然天成，根本就不给对手任何可乘之机。

卫三公子没有追入，而是通过心灵感应来监视纪空手的动静，可奇怪的是，他没有感应到纪空手的存在。

这几乎是不可能的事情。

以卫三公子的耳目，十丈内的任何动静根本逃不出他的掌握，唯一的可能性，就是纪空手凭空消失在了这个世界。

真实的情形当然不会是这样的，只要是人，就有形神，就不可能如空气般突然消失。纪空手之所以能够做到这一点，也许是他找到了自己与这个空间隔离的办法，换而言之，就是他体内的玄阳真气来自于补天石异力，补天石吸收天地精华，自然与天地融为一体，不分彼此。

卫三公子心中大惊，只有等待，却并不着急，因为他明白纪空手蛰伏的原因，只要纪空手一有动作，依然逃不过他的掌握。

电光暴闪，半空打下了一个惊雷，天地间一片煞白，可以看到卫三公子那道人影伫立于长街，脸上一片严峻。

第三十二章　正面迎敌

刘邦站立在城楼之上，脸上依然保持着那种高深莫测的笑意，只是那笑中略带了一些忧郁。

侍卫们张开了一顶面积不小的罗伞，高高地撑在他的头上，为他挡风遮雨。如注的雨水沿着伞沿而下，就像是一幕水帘，很难看清远距离外的任何情形。

乐白已悄然来到了刘邦的身后，负手而立，任凭雨淋。虽然他在问天楼中的地位已经十分尊崇，但在卫三公子与刘邦的面前，他依然不敢有半点放肆。

他不知道卫三公子与刘邦究竟是什么关系，也不敢问，因为这是问天楼的规矩：不该你问的事情，你就最好不要去问。

但他知道刘邦绝对是问天楼的下一任楼主，也就是说，只要卫三公子一死或是退隐，那自己的主人就应该是刘邦。对于这一点，问天楼的战士们从不怀疑，因为他们都可以从卫三公子的表情中看出这里面的玄机。

不过纵然没有卫三公子的恩宠，刘邦此刻的身份依然显赫。这数月来，沛公之名，已轰动天下，其声望大有直追项羽之势。从一个微不足道的亭长做起，直到成为十万大军的统帅，这本身就是一个传奇，更何况刘邦不仅具有文韬武略，而且其本身的武学造诣，似乎也并不在五大豪阀之下。

这只是乐白的一种直觉，不能确定，但乐白每次看到刘邦的背影时，总觉得有一股无所不在的压力抑制着自己的呼吸，让他几乎喘不过气来。

这可以归类于一个人本身的气质，也许这就是刘邦不同于常人的王者之气。但要让乐白这等高手感到压力，仅凭气质还远远不够，所以在刘邦的身上，最让人感到可怕的是他拥有的一代高手的自信与霸气。

当乐白又偷偷地打量了一眼刘邦的背影之后，刘邦并没有回头，而是眼望前方的天空，道："你失败了，申帅也失败了，你们都是我问天楼的精英，尚且不敌纪空手，难道说此人真的有这么可怕吗?"

乐白趋前一步道："此人的确可怕，属下两次与他交手，都感到自己没有丝毫必胜的把握，这种情况在属下这一生中并不多见。"

"哦?"刘邦诧异地道，"他的武功真的到了高深莫测的地步?"

"这倒还不至于，但是属下每一次与他交手，明明已经寻到了其破绽，可是一旦出手，总是栽在他露出的破绽上。"乐白的眼中现出一丝迷茫，显然他也不能理解这究竟是怎么一回事。

"也就是说，他的武功不是没有破绽，而是太多，所谓虚虚实实，反而让人无从判断他的破绽到底会在哪里出现?"刘邦眼芒一亮。

"沛公所言极是，这也正是属下心中困惑的原因。虽然属下懂得他的破绽有些是故意摆出的迷魂阵，意在让属下临阵之时生出轻敌之心，但饶是如此，心中已有警觉，最终却仍不免上当。"乐白的表情极是懊丧，连连摇头。

"这不能怪你，只能说纪空手太过狡诈，这也许与他的习武经历有关。据本公所知，他涉足江湖以来，从来就没有拜过师，一身武功全是凭着个人的悟性与后天努力而成，是以他与人对敌，从来就没有一定之规，往往讲究随机应变，临场发挥。"刘邦淡淡地道，口中不经意地流露出一丝欣赏之意，"也许他对你的性格极为了解，知道你忍辱负重，潜进入世阁卧底数十年，必定小心谨慎，所以才针对这一点来迷惑于你。日后你若与之对敌，凭你的功力，如不受其破绽的诱惑，只管一味抢攻，应该不至于总是处于下风。"

乐白一听，豁然醒悟，拱手谢道：“这可真是一句话点醒梦中人，沛公所言，字字珠玑，属下受益匪浅。”脸上尽现钦服之色。

刘邦挥手道：“你我同是一楼之人，不必客气。不过按本公所想，只怕你再也没有与纪空手交手的机会了。”

乐白好不容易明白了刘邦话中的深意，点头道：“有阀主亲自出马，自然是马到成功，何况韩信的剑法端的精妙，有他相助，纪空手纵有十条命只怕也难以活在这个世上了。”

刘邦笑了一笑，脸上不自然地露出一丝焦虑，道：“只是他们两人去了已有三炷香的时间，迄今尚无消息，这的确让人担心。往昔阀主亲自出马与敌一战，总是可以在瞬息间决出高下，像今次这般，几乎未见，可见纪空手实在是难缠得紧！”

他丝毫没有抬高卫三公子的意思，每一句话都是事实。对于卫三公子来说，经历了大小上百次恶仗，从来未败，实是江湖上难得的一大奇迹，若非纪空手乃是他们争霸天下的最大敌人，他绝对不会亲自出马。

这时一道闪电从乌云中裂出，斜劈至城楼上空，照得刘邦的脸容似乎扭曲变形，显得狰狞可怖。乐白心中一惊，蓦然想到了什么，突然担心地道：“沛公，属下有一言不知当讲不当讲？”

“但说无妨。”刘邦转过头来，又恢复了先前的笑容，淡然道。

“今日一战，纪空手所携人手俱是知音亭所属，可是除了红颜外，并没有见到五音先生，会不会这是五音先生设下的一个圈套，故意潜藏暗处，为的是对付我们的阀主？”乐白说到这里，觉得以纪空手的行事作风，这种可能性实在不小。

无论纪空手的习武天赋有多高，无论他所经历的奇遇有多么玄奇，平心而论，若要以他的实力来与当世第一流的高手抗衡，无论在哪一个方面似乎都欠缺了不小的火候。如果说他设下这个杀局是必杀卫三公子与韩信，那么他不会不考虑到自己与卫三公子之间存在的差距。

既然这个差距真实存在，那么真正能与卫三公子相抗衡的，就唯有五音先生，乐白的话顿时引起了刘邦的高度重视。

“如果事实真是这样，那么阀主与韩信岂非危矣？”刘邦眉头一皱。

“属下这就带人前去支援。”乐白提议道。

“不必了。”刘邦摇了摇头，“以阀主的心计，只怕早就算到了这一点，他应该针对这种情况有所部署。”

他对卫三公子一向很有信心，在他的记忆中，还没有见过卫三公子有过失败的记录。假如五音先生真的出现，卫三公子绝对会有对付他的办法。

“不过……”刘邦顿了一顿，道，“即使五音先生不在霸上，假若纪空手不与阀主力敌，而是选择逃走的话，他的机会并不小，因为他的见空步已达到了随心所欲、尽情发挥的境界，纵是阀主本人，也极难对付。”

乐白会意道：“属下这就传令下去，增加防线，严密防守，绝对不让纪空手有任何逃走的机会！”

暴雨愈下愈烈……

雷电交加，狂风大作，空气中的气旋不住地旋转激撞。

就在这时，卫三公子眉锋一动，感应到了身后空气的异动。

一股强大无匹的至强真气突如其来地飙射而来，从卫三公子所立之处左侧的一面墙中爆裂而出，其势惊人，其速几达极致。

“呼……”离别刀破空而出，从一道道雨幕中飞速杀来，劲气激起水花无数，更如千百支水箭齐发，奔射向卫三公子的身形。

卫三公子眼睛一亮，心中极是矛盾。他身为卫国后裔，为了复国大计，不惜一切搜罗人才，一向在江湖上素有好评。他对纪空手极有好感，此刻见得纪空手将“静如处子，动如脱兔”这八字武学的真境发挥到了极致，心中更生欣赏之意。若非纪空手对他的复国大计构成威胁，是他未来的心腹大患，卫三公子绝不想将这种天才毁于自己的手中。

他心中虽是这般想法，行动上却不敢迟疑，铜影重生，幻化出无数道劲风猎猎的幻影，攻出了他蓄势已久的一击。

“呼……呼……”两件至强的兵器同时漫向虚空，逼射出如狂飙直进的杀气，充斥了整个空间。空气承受着偌大的压力，不断挤压，密不透风，倾盆大雨如线而下，竟然渗透不进。

“轰……”两大高手终于完成了他们之间的第一次亲密接触。

刀锏在虚空相接，没有声音，只有千万道火星刺刺迸射。待两人同时收回兵刃之时，才听得一声惊天动地的巨响，在两股强大至极的杀气猛烈撞击之下，迸裂出霸道无匹的狂风，向四方席卷。

风起，雨灭，碎石如山裂般漫射……

长街的地上，赫然炸出了一个长达丈余的黑洞，乍一看去，活似巨兽张开的大嘴。

两条人影同时飞退，一晃之下，相距五丈而立。

爆炸性的惊响过后，却是如死一般的寂静。

这静态只是表面现象，只有卫三公子与纪空手人在局中，才知道这静态的背后暗藏着一触即发的杀机。

卫三公子感觉到了自己手臂上一阵如电流般穿过的酸麻，心中不由得有些讶异。这种酸麻的感觉他已经很久没有品尝过了，以往的对手，根本就不可能对他造成任何的威胁，但纪空手绝不同于那些人，他迫发出来的劲力似乎并不比自己逊色多少，这让卫三公子不得不更加谨慎。

可纪空手心中的震惊却远远超过了卫三公子，他根本没有想到，一个人的武功竟然可以练到这种神话般的地步，这几乎让他失去了应有的自信。

自他与卫三公子正面相对以来，就没有把卫三公子当作人来看待，总觉得人是有血有肉，有着丰富感情的，绝不可能这般冷血，这般无情。他的心中一直有些讶异，似乎清晰地感觉到在卫三公子的身上，更多了一种高峰坚岩的气质，让人根本无法揣摩到半点心思。

这种感觉到了他们真正交手之后，愈发让纪空手感到心惊。

在他的眼中，卫三公子已不是人，而是神，一个无所不能的神，或者更准确地说，他更像是一潭不起半点波澜的死水，平静得可怕，深沉得让人无法揣度。你只要不与他接触，就不可能知道他里面的内容，可是只要你一旦接近了他，甚至跳入死水中，你才会发现这潭死水远不如你想象中的那般平静，里面暗流急涌，足以吞噬一切活着的生命。

纪空手深深地吸了一口气，在这种可怕的感觉中回忆着卫三公子刚才爆发而出的那一锏，那一锏的出手力道不大，角度也不新奇，速度并不是上佳。但不知为何，这明明看上去极为普通平凡的招式，却予人以最大限度的压迫力，难道说卫三公子的修为已达到了武道中的另一层境界，也就是返璞归真之境？

纪空手曾经悟到，武道的本质在于胜负，在于杀与被杀，而不是让人欣赏的艺术，是以他从不追求花巧的动作，好看的套路，只追求直接而有效的方式。而正是这种心态，使他暗合了武道精义，从而步入了武学大师的行列之中。而此刻，他忽然想到一个简单的问题，那就是自己既然能够领悟到这种境界，身为武林五大豪阀的卫三公子又何尝不能呢？

既然已经动手，纪空手就已没有理由再等待下去，他唯一的选择，只有抢攻。

这是一个没有办法的办法，唯有如此，他才可以制约对手的尽情发挥，否则他以守势对敌，面对卫三公子这等强手，就唯有败亡一途了。

是以就在两人一晃而退之时，纪空手的腰身一扭，随着气旋的流动而急剧飞舞，离别刀陡然漫空，然后在虚空中划出一道曼妙自然的弧迹，从一个玄奥无比的角度转动杀出，斜劈卫三公子的左肋。

纪空手的刀不仅快，而且在变，根本没有规律可言的变，距离在变，力道在变，角度也在变，甚至于他的脸色亦在不停地变幻。每一个变化都前后呼应，相辅相成，就如没有常势的流水，根本无从揣度它的去势和来路。

这刀在空中发生的每一个变化，都让卫三公子感到进退两难，似乎自己想出的每一个应对方案都不足以应付刀的每一个变化。

但是他并没有犹豫，而是采取以我为主的打法，“呼……”的一声，铜锋破空而出。

他的铜路依然平凡，但力道之大，将周围数丈之内的压力强行收聚，犹如山洪暴发般铺天盖地而来。

这无疑是明智的选择。

因为卫三公子明白，随着对方的变化而变化，自己永远都处于下风，所谓万变不离其宗，只要找到对方的本质，就没有必要去理会太多的变化。

事实证明了他的判断的准确性，当离别刀挤入他三尺范围内时，幻影尽灭，变化全消，刀锋凛凛，变得直接而有效。

卫三公子只感呼吸一窒，凭着直觉，终于寻到了刀锋的气势锋端。

这也再一次证明了高手永远是以实力来说话这句亘古不变的至理，任何变化，都是幻象，根本就不能影响到高手的心态与判断。

一股无边无际的庞大劲气以山裂雪崩之势自刀铜相接处传来，“呀……”这惊人的力量震得纪空手一声惨呼，直向后方跌飞而去。

“轰……”紧接着便传来一连串的巨大爆响，以及各种物体的破碎声，哗啦啦地响个不停。

尘土飞扬，碎石横飞……

纪空手的脊背如重锤般撞破了他身后的一堵土墙，人如断线风筝退飞，突然感到喉头一甜，一口血飙射而出，一路飞洒着血色迷雾。

卫三公子没有追击，气血翻涌间，他的心中升起一阵欲吐的感觉，强行压下之后，只是一动不动地站立在纪空手刚刚撞裂的破洞前，露出了一丝笑意。

他没有想到纪空手会有如此强悍的反震力，若非自己有所感应，只怕已是两败俱伤，但饶是如此，纪空手的伤势也绝对不轻，他有这个把握。

他之所以没有追击，还有一个重要的原因，是因为这屋内还有韩信，换在平日，韩信也许不是纪空手的对手，可到了此刻，两人之间的强弱已经易位，韩信应该有必胜的信心。

兄弟相残，一决生死，这十分残酷，但卫三公子却喜欢这样的场景，丝毫不觉得这有何残酷可言。他始终认为，人活着本身就是一件残酷的事情，没有必要大惊小怪，更不必心生怜悯，劣汰强留，只有遵循自然界的法则，这个社会才会有进步。

但他似乎忘记了一点，一个人既然来到了人世，他就应该有生存的权利，无论他是强是弱，毕竟是一条生命。

纪空手在失去重心的同时，就已发现自己体内的伤势并不如想象中那般严重，这是因为他体内的玄阳真气在外力注入的瞬间不仅产生了反震之力，而且出于本能地护住了心脉。是以，他跌出数丈之后，猛然下坠，竟然站了起来。

他人一站立，第一个念头就是自己绝不是卫三公子的对手。对他来说，卫三公子实在是太过强大了，根本就让他看不到一点胜算。若是一味纠缠，是谓不智，倒是卫三公子将他震飞之后，却给他留下了一线生机。

这线生机当然是逃！

据他估算，此刻红颜一行应该穿越了地道，逃出了对方设下的包围圈。既然如此，目的已经达到，他就完全没有必要死拼下去。再说，假若他能从卫三公子的手中逃脱，这绝对不会是一件丢人的事情。

是以纪空手拿定了主意，瞬息间就已选择了逃跑的路线。

他常听丁衡说起，逃也是一种艺术，最初听时，不以为然，等到他真正闯荡江湖之后，方知有的时候逃跑并不是想象中的那么简单，它不仅包括了轻功、听力、预判能力，而且还必须要学会识得哪一条路才是最安全的逃跑路线。

要学会这等功夫，说难不难，说易不易，绝不是仅凭后天的努力可以掌握的。它需要一种天赋，一种如野狼般敏锐的触觉，而纪空手似乎恰恰具备这方面的优点。

他人一落地，已经看清了自己应该选择的路线：从来处而去，显然不行；从天上逃走，不要说问天楼暗藏的其他高手，单是那三千神射手就足够让他折腾；而回得胜茶楼，从地道逃走，他又怕暴露了红颜一行的行踪。是以他没有犹豫，选择了一条奔向城中的路径。

说是路径，其实前面根本没有路，只有一幢幢紧连相接的房舍，要想逃遁，唯有撞壁破墙。纪空手虽然受了内伤，幸好伤势不重，区区一堵土墙倒难不倒他。

他运了运自己体内的真气，手提着刀，迅速向墙头靠去。他深知今日的霸上高手如云，步步危机，稍有不慎，就将陷入万劫不复之境，是以整个人的神经绷得极紧，无时无刻不在关注着周围空气的流动，以期在最短的时间内作出最快捷的反应。

距墙不过五丈，但纪空手的每一步都踏得极为小心，好不容易移身至墙边的一个大木柜旁，运足功力，便要向墙上撞去。

“轰……”这个木柜突然爆裂开来，无数木块在劲力的带动下，像是流星雨一般挟着锐啸朝纪空手的背部飞涌而至。

纪空手的心里陡然一沉，他不是没有注意到这个木柜，却万万没有料到里面还藏着一个人，而且绝对是一个高手，否则以他的功力，纵然是在这种紧张的情况下也该有所警觉。

他已没有时间再去考虑，只能冲前，整个身子就像一杆标枪般陡然发力，硬生生地穿墙而入，同时展开见空步，一滑一转，向另一个方向掠去。

他的目光冷静异常，丝毫没有隔挡或是还手的企图，只是一味疾冲。此时此刻，他只想早一点离开这个是非之地，而不是杀人。在他的心中，已不想看到太多的血腥场面。

“呀……”一声大喝之中，纪空手感到一道凌厉无匹的剑芒从碎木块中飞射而来，那割体的劲气迫向自己的后背，让人心底升出一丝寒意。

此刻的纪空手根本就没有机会去看对方是谁，也没有时间，但他知道，自己的背后如影随形紧紧迫来的是一把剑，只有剑芒才有如此迅疾的速度与锋锐的杀气，而且这剑手的武功之高，丝毫不在乐白之下，甚至还要胜过乐白，否则他绝对不可能在这么短的时间内发出如此霸烈的攻势。

“当……”纪空手没有回头，依然前冲，但他的离别刀却反手一劈，以不可思议的速度自一个让人惊骇的角度中杀出，划出一道绝美的弧线，点在了剑锋之上。火光四溅中，他只感到一股冰寒无匹却十分厚重的劲气从刀身传入自己的手臂，再由手臂传入体内，让他觉得浑身上下有一股电击过后的难受。

那人似乎也惊了一下，剑锋一颤，杀气缓了一缓。纪空手没有估算到对方会是如此强悍，不过他已没有任何考虑的余地，身子如蛇行般一扭，离别刀立刻飙射而出，奔向虚空。那种沛然不可御之的气势刹那间牵动了屋中所有的尘土与碎木，刀锋就像一块吸力强大的磁石，将这些物体牵引成一团暗影，急剧旋转，在虚空中扭曲成一幅恐怖至极的画面。

他这一手，学自于格里。只要他见过的武功，只要他认为有用，就会将之吸收为己有，而且弃其糟粕，取其精华，是以他这一刀杀出，所造成的声势之大，已远在格里之上。

没有人会不惊惧于这一刀的气势！

就连这位不知面目的刺客，也不例外，因为纪空手已经感受到了他的剑锋又颤了一下。

剑锋一颤再颤，这在高手的手中是不应该出现的现象。这至少说明了这个刺客的心态并不平稳，缺乏超然的冷静。

“呀……”纪空手陡然发力，刀锋一振，暗云尽散，形成一道道狂飙卷向了身后的刺客，同时借力一射，人已纵出三丈开外。

他所做的一切只为了与对手拉开距离，只有这样，他才可以从容地转身相对，否则他始终只能处于被动挨打的局面。

“呼……”可是这名刺客似乎不想让纪空手有转身的机会，宁可冒险，竟然选择了强行挤入的方式，硬从纪空手布下的气场中突破而出，又将剑锋逼向了纪空手的后颈。

纪空手心中大骇之下，毫不犹豫地曲身一躬，倒射而出。在黑暗之中，一道暗淡却冰寒的幻影出现在虚空之中，直奔对手的面门。

在这么短的距离内发出飞刀，这是纪空手事先设计好的一个杀局，除非对方是神仙，否则就很难逃过这种必死的结局。

纪空手的脸上甚至多出了一丝笑意，因为他相信这一刀出手，绝对是例无虚发。

纪空手在等待，飞刀出手之后他就在等待，他看不见身后的动静，却能听到。

可是他没有听到对手中刀之后的惨呼，也没有听到刀锋入体的怪音。

他只听到了一声锐啸响彻于整个虚空。

然后是一声金属撞击的脆响，久久不息。

纪空手的心陡然下沉，冷哼一声："又是你，韩兄。"

他没有回头，却叫出了对方的名字，他相信自己绝不会出错，因为能与他同样玩出这样漂亮的飞刀之人，除了韩信之外，别无他人。

对方浑身一震，虚空突然变得宁静起来。

然后纪空手便缓缓地回头，看到了一双熟悉却又陌生的眼睛。

这双眼睛在黑暗之中亮得像是一头饿狼的眸子，泛出一种幽幽的光芒，这光芒中所蕴含的是一种凶残与无情。

"这是韩信的眼睛吗?"纪空手的心中生出一种难以置信的惊骇。在他的记忆中，韩信的眼神总是那么纯真，那么亲切，给他无比的信任。

而此刻韩信的眼里，充斥着无限的肃杀，面对纪空手，他已别无选择，必须要将这位过去的挚友与兄弟置于死地，然后踩着他的尸体，去实现自己追求一生的梦想。

他始终认为，自己所做的一切并没有错。

他选择了以自己的方式去追求自己的理想，本无可厚非，所以不管他怎么对待纪空手，也从不内疚。

正因为如此，此时此刻，他只想着如何杀死纪空手，而没有其他的任何念头。

“我一直认为，在你我之间，还没有发展到非得你死我活的地步，虽然你背叛了我，夺走了登龙图，但我始终认为只要你有足够的理由，我还是能够原谅你的。”纪空手平静地凝视着韩信的眼睛，不知为什么，他心中竟然泛起一丝酸楚。

“我没有理由，就算有，也不想说，因为我既然有了自己的选择，就不想后悔，所以纪少，希望你不要怪我，无论如何，我都要让明年此时成为你的忌日！”韩信冷冷地道，他自始至终都盯视着纪空手的每一个表情，每一个动作，防范着对方的突然袭击，同时也在寻找对手可能出现的破绽。

“你有权选择。”纪空手笑了笑，“可是我却不能让你来决定我的生死。”他的脸上仿佛多了一层不屑之意，并不认为韩信就有杀死自己的实力。

“到了这个地步，你已经是身不由己。”韩信也笑了，是一种阴冷得让人心中发寒的笑，他的笑让整个屋子里的空气变得肃杀起来。

“是吗?”纪空手不置可否地道，“你认为凭你的实力，就可以置我于死地?”

“我是一个很现实的人。”韩信道。

“这可以看得出来。”纪空手淡淡一笑，如果韩信不是非常现实的人，如果他对功名利禄没有近乎执着的偏爱，又怎会置多年的朋友情义于不顾？又怎么会在自己的背后刺出那无情的一剑呢?

“正因为我很现实，所以我不得不承认，换在平时，我的确没有实力来决定你的生死，但是今天却不同，你已经受了不小的内伤，纵然你全力以赴，也绝对不会是我的对手。”韩信顿了一顿，“我曾经说过，你是我今生最可怕的对手，既然如此，我当然要把握住今天这种难得的机会，绝不去做纵虎归山的蠢事。”

纪空手不得不承认韩信所说的都是事实，可是他不慌不乱，脸上依然是那么平静，缓缓地道："不知你想过没有，如果你杀了我，也许是你这一生中犯下的最大错误？"

韩信怔了一怔，他没有想到纪空手的嘴里会迸出这么一句话来，以他对纪空手的了解，纪空手既然敢这么说，当然有这么说的理由，他倒想听听纪空手会有什么高论来说服他。

"你知不知道，我之所以与刘邦为敌，是他先不相信我们，因为当年他为了得到玄铁龟，骗了我们兄弟。还有，他明知陈胜王已死，却还让我们两兄弟暗中潜往淮阴，以至途中被凤五袭击，而关于玄铁龟的消息，我们只告诉了他与樊哙。此外，他借我被项羽所伤之际，又想再次利用我，却暗中给了神农一道指令，要神农在我协助你得到登龙图之后，将我除去。以我对他的感情，以及我个人的实力，按照常理，他此刻正值用人之际，本该大大借重我才是，何以会反其道而行之，非要除去我呢？"纪空手说出了这个让韩信感兴趣的话题。

"或许他看出你并不是一个甘于人下的人。"韩信迟疑了片刻。

"不，最初我也是这么想的，但是以刘邦的性格为人，他并不是一个没有耐心的人，大可以让我去为他争霸天下之后，再想办法除去我，事实就是当年你我寄身乌雀门时，他就曾为玄铁龟而深夜刺探于你我，但不知为何又放弃了。所以我推翻了原来的想法，寻思良久，终于明白了这些都不是他要杀我的原因，他真正欲杀我而后快的原因是怕我们透露他的秘密！"纪空手道。

韩信道："你和我谈这些东西，是不是想拖延时间？难道你不知道这是徒劳无益的事吗？"

纪空手摇了摇头："你应该了解我这个人，明知是徒劳无益的事，我会去做吗？既然你不想听，那么就请动手吧！"

韩信退了一步，犹豫一下，道："你说吧！我也很想知道刘邦何以要杀你，因为如果不是这样，我们本该是兄弟。"

“我应该感谢他，否则我一直不知道自己的兄弟会是这副嘴脸！”纪空手刺了他一句，这才淡淡地道，“我可以明白地告诉你，刘邦之所以非杀我而后快，是因为我是他从人到神这个变化过程的知情者，他的声望能够在义军中短时间内迅速崛起，很大程度上应该归功于当初那个造神的举措。”

韩信闻言，不由倒吸了一口冷气，如果纪空手的推断不错，那么自己的生命岂不也是危矣？因为正是他与纪空手完成了那个造神举措，他也是知情者之一。

“不会的，不会的。”韩信喃喃自语，不住地在心里安慰着自己。

“我也希望不是这个原因，但只要你用心去想，就会发现这种可能性是最大的。在刘邦的十万大军中，至少有大半的将士是冲着他是赤帝之子才投奔于他的，而且死心塌地，誓死效忠，因为在他们的心中，刘邦既然是神灵之子，当然是顺应天命，理所当然是属于这个乱世的真命天子。假如让他们发现这个赤帝之子只是我们三人一手炮制，凭空胡编的神话，你可以试想一下，如果神话破灭，那将会是一个怎样的结果。”纪空手的每一句话都如重锤般敲击在韩信的心坎上，几乎让他承受不起。

“可是他一心只想杀你，却没有杀我之心，可见你的这个想法并不成立。”韩信灵光一现，提出了他的质疑。

纪空手冷笑一声：“因为他心里清楚，以我们二人此刻的实力，让一个劲敌去除掉另一个劲敌，这远比自己同时除掉两个劲敌容易。一旦我死了，接下来就该轮到你，这个道理你不会不明白吧？”

韩信沉默良久，似乎同意了纪空手的说法，轻叹一声：“其实我心里也一直有这种疑惑，也相信你所说的很有道理，可是这仍然改变不了我要杀你之心，因为只有杀了你，我才可以借助你的尸体得到我所想要的东西，而你刚才所说的一切，只是提醒了我，我一定不会辜负你的期望，让刘邦的阴谋得逞！”

他缓缓地举起了一枝梅，狰狞一笑，道：“你受死吧！”脸上一寒，已是满脸杀气。

纪空手淡淡一笑："你远比我想象中的可怕，也远比我想象中的愚蠢。如果你一上来就动手，只怕我的功力至多只剩五六成，绝对难以抵挡得了你的流星剑式，可是到了现在，孰胜孰负，已难预料。"

"你认为我会相信你的话吗?"韩信笑了，笑得非常自信，"你刚才的对手可是当今天下第一流的高手，就算你受的只是一点小伤，也根本不可能在短时间内复原。"

"是吗？那么你就试试吧!"纪空手脸上露出了一股满不在乎的劲头，不置可否。

韩信眼芒一寒，一点一点地校正着自己剑锋的角度，当剑芒所指处正对着纪空手的眉心时，这才手腕一振，一枝梅发出一阵淡淡的龙吟之声。

一股有质无形的杀气随着龙吟之声的节奏而涌入虚空，一枝梅剑锋微颤，一圈一圈地向外发出声波，由小及大，向纪空手笼罩而去。

纪空手并没有动，如大山一般沉默，但他的眼神却凝视着虚空中的每一点异动，脸上的表情极为淡漠，身上的杀气却愈来愈浓，离别刀始终在手，就像是一道岩石铸就的堤防，横亘于虚空之间。

韩信心神一震，不由怀疑起自己的直觉来，难道纪空手并没有受伤?看他生机勃勃的样子，比起先前来似乎战意更浓，可是在卫三公子的锏下，纪空手又怎能完好无损地全身而退呢?

当纪空手的眼芒与他的目光在虚空之中悍然相交时，韩信为他眼中的杀机所慑，禁不住在心中震颤了一下。

就只一下，便已足够。

纪空手等待的就是这个机会，所以韩信心神一颤的同时，离别刀已经奔向了他的面门。

刀，极快，快得如同刀的本身就在韩信面前从未移动一般。韩信根本就没有看到纪空手自哪个角度出刀，甚至也不知道它飞行空中的轨迹，只是当他发现刀的时候，刀便已经进入了他的视线，而且一幻一灭，亮出一道吞吐不定的奇异色彩。

屋中没有光源，怎会有反光？莫非这不是光的色彩，而是刀的本身在劲力催逼下形成的刀芒？

这的确是一幕让人心醉的美景，同时也是让人心悸的一幕。

没有丝毫的刀风，也没有半点破空之声，刀出，似一道山梁在移动，在推进的过程中，将所有的风声与空气一并吸纳，凝成了重逾泰山的气势与压力。

韩信只感呼吸一窒，在最短的时间内作出反应，疾退、出剑，似显一丝仓促，可是这又怎能怪他？他哪里想到纪空手说打就打，出手毫无征兆，而且一快至斯？

他挥剑的同时，看到了纪空手的刀，也看到了纪空手的一双眼睛。

他的心里闪出一丝惊骇，几疑自己产生了一种奇异的错觉，或许他所看到的并不是一个人的眼睛，而是强大的自信，这种自信蕴含着一股沛然不可御之的毁灭力量，足以毁灭任何阻挡在它面前的东西。

"呀……"韩信不敢多看，也不敢多想，身子一退之下，剑锋幻化成千百道光影，拖起一团暗影向那刀锋迎去。

"轰……"纪空手身体一震，在气浪的翻涌下，他的刀再次闪出，不依不饶地跟进。

韩信在与纪空手相接一招之后，并没有占到丝毫的便宜，反而觉得胸中一闷，感到对手之强大，似乎丝毫不见受伤的痕迹，这让他感到了一种迷惑。

难道说纪空手在与卫三公子的对决中并未受伤？他跌飞，吐血，脚步不稳，这一连串的动作只是佯装，是一个诱人的幌子，其意便是要引出自己？

韩信不敢相信这种推断是一个事实，如果是，那么纪空手实在是太可怕了，可怕得让人感觉到他已是一个神话，一个不可战胜的神话，他唯一可以做的，只有打破这个神话，否则一切都无从谈起。

“呼……”他只有迎刀而上，在对方的刀锋逼入到自己布下的剑气的刹那间，韩信的剑一抖而变，就像是流星雨般划破虚空，带着一路的狂野与放浪插入纪空手的刀锋之中。

“轰……”爆响骤起，夹杂着一连串的金属脆音，响彻了整个虚空，刀与剑恰似两条漫空的恶龙，在气旋飞窜间迎击了四五个回合。

“哼……”纪空手闷哼一声，突然疾退，他这一退近乎滑行，两只脚拖出两道深达寸许的痕迹，以背脊撞击，一连穿过了六七道墙壁，尘土飞扬中，他的人如一只夜鹰般冲天而起，冲破屋顶。

“哧……哧……”他的人影一在空中现形，四面八方的弓弦之声骤然爆响，数十支快箭在最短的时间内奔袭而来。

纪空手心中一寒，只有吸一口气，重新由洞口坠入屋内，但他在下坠的同时，感到韩信的剑锋已经封锁了他下坠的所有路线。

他曲身一躬，改头朝下，脚朝上，整个人变成一只俯冲的苍鹰，手中的长刀化作一道凄美的残虹，狂卷而下，气势凌厉，刀破虚空之声犹如裂帛般刺耳。

这一刀应变之快，超出了韩信的想象范围，他陡然发现，纪空手总是能在生死悬于一线之间寻找他生命的潜能，从而激发出来创造奇迹。这种现象偶然为之并不奇怪，但总是能在刻不容缓之际出现，这不得不让韩信感到心惊。

难道说纪空手的武功已进入了一个全新的境界，他所演绎的武学精义之高深，已不是自己可以理解和领悟的？或者说纪空手与自己之间，已经存在了一个档次的差距？

韩信带着这种疑惑避开了纪空手这霸烈无匹的一刀，他虽然后退了一步，却发现了一件难以置信的事情。

他几乎不敢相信自己的眼睛，因为他从纪空手这一刀的攻势中看出了一个破绽，虽然一闪即没，却如一道深深的烙印般清晰地刻在他的心里。

韩信的眼睛眯成了一线缝隙，眼眸中莫名地生出一股亢奋的神情，他几乎可以百分之百地断定，纪空手的确受了伤，而且伤势不轻，否则以纪空手的实力，他绝不会在自己的面前露出这样的破绽。

但是，饶是如此，韩信还是无法发现纪空手招式中的死点，这倒不是他没有这个能力，而是因为纪空手的刀法毫无规律可言，他明知会有破绽出现，却不知道它何时出现，更不知道它会出现在哪里。

所以他只有等待，他始终相信，等待的时间越长，机会就会越大，纪空手的伤势决定了他不可能持久地与自己相持下去。

韩信确定了这种想法之后，立刻改变了自己的战术，每一剑刺出，都带出无匹的劲力，企图消耗掉对方的内力，同时他的剑速也越来越缓，不讲速度和角度，而是一味地势大力沉，如一道道重锤给纪空手施加最大的压力。

纪空手的脸上依然宁静，依然挂着那一丝高深莫测的笑意，显得极是自信。没有人知道他此刻的心中在想什么，可是他自己心里却十分清楚，如果他不能很快地改变眼前的这种局势，最终失败的，就是自己！

他没有想到卫三公子的内力会如此阴毒而霸烈，两人甫一交手，他便将自己的内力催逼而出，毫无征兆地进入了自己的经脉之中。假若换在平时，这种侵入经脉的外力并不可怕，只要调息一段时间，自然可以轻松化解，不足为患。但卫三公子显然算到了纪空手根本就没有化解这股内力的时间，是以在内力侵透的速度上有所掌握，使得隐患终于在纪空手与韩信对决的时候爆发出来。

等到纪空手发现这个问题的时候，他已明显地感到了这股外力对自己体内的玄阳真气的侵扰与遏制，使得他根本就无法发挥出全部功力。不仅如此，一旦他全力催逼内力，这股外力就会化作千万根牛毛针般刺扎着他的经脉，痛痒难忍，影响他的注意力。

高手相争，只争一线，何况纪空手此刻的体内无疑是装了一团大容量的火药，随时都有爆炸的可能。

这让纪空手意识到了自己目前的处境，他已无心恋战。

但就算是逃，也并不是那么简单，韩信的流星剑式绝对是一流的武学，而且其玄阴真气丝毫不弱，纪空手即使要走，没有机会也是枉然。

“嘶……”一道猛烈与极速的剑风迎头而来，气旋涌动，笼罩八方。

纪空手心中暗怒，身形一个疾旋，让过剑锋，随即以自己为中心，在周身数尺内布下重重刀影。

韩信几次想强行挤入，都因刀气太重无功而返，剑身一振，突然幻化成剑影无数，曲身而进，攻向了纪空手的下盘。

他的选择无疑极为明智，在这个时候攻敌下盘，逼敌向空中纵跃，而外面有强弓伺候，便能让纪空手陷入两难之境。

但是韩信并没有得逞，因为纪空手不仅手中有刀，更在于他还有脚。

纪空手当然有脚，是人都会有脚，但韩信还没有看到过比自己的剑更快的脚。

纪空手的脚不仅快得让人难以想象，更可怕的是他的脚漫出虚空时给人的感觉。本来明明是血肉铸就的一只脚，却带有一股霸烈的肃杀之气，更有一种金属气息的锐气。

韩信没有想到一只脚也能成为攻击的武器，不得已之下，唯有后退。本来他可以抽剑回削，但不知为什么，他却没有这么做。

“你不笨。”纪空手轻笑一声，他并不认为这是因为韩信的手下留情，以韩信的头脑，应该相信他刚才所作出的推理并非无中生有。

事实上，当纪空手的脚尖踢来之时，如果韩信拼着硬受一脚的危险，应该可以将纪空手变成残废。

这是一个不争的事实，因为无论是谁的脚，无论有多么坚硬，都不可能与一枝梅争锋。

纪空手是聪明人，当然可以看出这一点，可他还是选择了出脚，这是否说明他已看出韩信已无杀他之心？

而韩信本就抱着必杀纪空手而来，何以好不容易等到这么一个大好机会，却选择了放弃？这是否说明他已相信了纪空手的话，为了明哲保身，只能给纪空手一线生机？

他不可能没有这层顾忌，因为他突然想到，卫三公子本有杀死纪空手的机会，却放弃了，而是将这个机会留给了自己，这是不是可以理解为，卫三公子心里所希望的，是要自己与纪空手两败俱伤，或是两败俱亡呢？

这并不是没有可能的事情，不知为什么，他虽然背叛了纪空手，却相信纪空手的心计，是以只要是纪空手说的话，他总觉得有几分道理。

他看着纪空手消失于土墙破洞中，心里好生矛盾，但是他一想到卫三公子与刘邦的行事作风，还是觉得自己的决定未必就错。他宁可信其有，不可信其无，因为假若纪空手的推断一旦成真，他所牺牲的不是别的，却是他自己的生命。

“希望你能好运。”韩信由衷地在心里念叨了一句，不是为了纪空手，而是为了自己。因为他知道，此时此刻，他与纪空手的命运已系在一起。

他现在的当务之急，已不是考虑其他的什么东西，更多的是担忧自己未来的命运，他相信天，相信命，也相信刘邦最终会成为这个乱世真主，但他绝对不想让别人借用自己的鲜血来染红他头上的光环，绝不！

纪空手能从韩信的剑下逃生，凭借的不是武功，而是智慧，他自己很明白这一点，是以他加快了脚步，只想远离卫三公子与韩信。

他只能穿墙逃亡，虽然周围一片宁静，他却知道敌人随时随地都有可能出现，自己倘若能逃过此劫，可真要算是九死一生了。

顺窗而望，暴风雨依旧肆虐着整个天空，夜色渐渐暗沉，虽然他感到自己的伤势有愈来愈重的趋势，可是他的心中从未绝望，虽然他正处于敌人的重重包围之中，但求生的本能让他依然充满战意。他记起了自己对红颜的承诺，也相信自己一定会完成这个承诺，不为别的，只为了自己心中的这份深情，只为了自己的这份真爱。

他调息了一下自己的呼吸，将伤势的影响控制到最低，然后静下心来，再次选择自己逃亡的路线。

事实证明了他的选择并没有错，无论是卫三公子还是刘邦，都将重兵设伏在通往城外的方向，而通往城中的各个要道虽然也安置了不少人手，但实力上明显有所减弱。

他也曾想过，自己付出了如此之大的代价，是否可以让项羽得到刘邦与问天楼联手的证据，只有这样，项羽才会对刘邦有所猜忌，继而削弱其兵权。而刘邦显然不会俯首就擒，必然会心生反抗，从而使得刘、项相争，令自己可以有趁乱争霸天下的机会。

这是他考虑了很久的计划，也是他唯一可以与刘、项抗衡的机会，如果事态一直就按着现在这样的进程发展下去，刘、项二人的实力远胜于他，他根本就没有一点机会。如果换作别人，面临这种局势，也许只会选择放弃，但纪空手永远就是纪空手，他绝对不会屈服于任何命运的安排，没有机会，他就要创造机会，绝对不向困难低头。

他相信自己的这个计划一定会成功，所以他始终相信自己绝不会轻易就这样死去，虽然他已面临绝境，却依然充满了信心。

为了保存体力，他用刀劈墙开洞，这虽然影响了他前行的速度，但能很好地隐蔽自己。

等到他又前行了数十步远，人已到了一处小院的天井，他忽然感到眼前有两条暗影一闪，带着一股锐啸向自己夹击而来。

纪空手并不觉得突然，而是早有心理准备，冷哼一声，手中的离别刀斜斜劈出，身若纸鸢一般纵空而起。

他的身形若苍鹰般轻灵，但刀却如雷霆一般极有声势，似乎算准了两道身影所扑来的角度与方位一般，刀锋拖出一道狂野的轨迹准确无误地迎上了对方的兵刃。

那是一杆长枪与一柄剑，枪剑联手，互补长短，互有锐芒，但是它们的主人却已飞退，并不是因为他们临时改变了主意，而是因为纪空手的刀如一块坚岩般傲立于江心，似乎在等待着将席卷而来的浪涛击个粉碎一般，所指之处正是他们招式中的盲点，也就是破绽，使得他们不得不退。

纪空手只是逼退了他们，却没有追击，他之所以不追，是需要保存体力，更重要的一点就是，即使他不追，敌人也不会放过他的。

他算计得没错，但是当这两人再次扑来的时候，他觉得这两人实在是有些可怕。

可怕之处就在于这两人竟是亡命之徒，采取的是一种不要命的打法，这让纪空手想起了汪别离，只有问天战士，才会有这种敢于轻视自己生命的勇气。

这两人虽然不怕死，却绝对不是送死，他们只是想用自己的生命与别人的生命相搏，是以一出手便是同归于尽的打法。

一个人倘若不怕死，这的确是一件让人感到头痛的事情，何况是两个亡命之徒？但纪空手似乎并不觉得这是让人头痛的事情，不仅不退，反而挺身相迎。

这实在有些出人意料，也不像是纪空手的行事风格，但是这一次纪空手似乎铁了心，倒想看看谁比谁更不要命。

他要的就是这股狠劲，这份无情，如果他没有这些东西，霸上就是他的葬身之地。

他明白这一点，是以手中的刀一出，他已是义无反顾。

那两名问天战士显然没有想到纪空手会用这种方式出刀，更没有想到纪空手会比他们更不要命。他们的打法本是不要命的打法，可是当他们看到纪空手的眼睛时，他们竟然有了一丝恐惧。

纪空手的眼睛里面什么都没有，根本就看不到任何东西，正因为什么都没有，反而让他们感到了一种迷茫，感到了死亡的气息。

但纪空手的刀却十分无情，以最简单的方式迎向了对手。他没有对着兵器，只是对人，刀路清晰，直指敌人的咽喉，这样做的结果，就是他杀了对方的同时，也无法避免被杀的命运。

这已不是较量武技，而是斗狠、拼命。

那两名问天战士的瞳孔强烈收缩，脸色数变，似乎都为纪空手的疯狂而感到了莫大的恐惧，终于发一声喊，向两边纵退。

他们怕了，本是不要命的他们，竟然怕了另一个不要命的人，这是不是有些可笑?

其实这不可笑，没有人会真的不要命，纪空手懂得人的心理，是以他赢了这场赌局。

他本可以不去拼命的，以他的武功，要对付这样两名杀手并不困难，可他最终还是选择这样做了，不为什么，因为他需要刺激。

经过了长时间的激战，他的反应与感官已近乎麻木，同时他的激情也正一点一点地消失。在这样的情况下，要想突出重围几乎是不可能的事情，他需要刺激来保持自己高度的敏感与注意力。

正因为如此，他敏锐地感觉到，有十几名杀手在夜色掩护下，正不紧不慢地四下散开，向自己合围而来。对方并不急于向他靠近，而是保持了一定的距离，这让纪空手心中一惊，突然心生警兆。

这是他的直觉，一种高手的直觉，这种直觉通常都非常准确，这让他意识到了一股危险与杀机。

陡然间，“哧……呼……”声音大作，闷雷隐起，数十道暗影似幻似灭，划破了整个虚空，从不同的角度划出各种不同的弧线向纪空手撞来。

目标只有一个，那就是纪空手!

而这些暗影都是箭，要命的快箭——要纪空手的命!

纪空手根本就没有半点犹豫的时间，只能闪避，在最短的时间内向天井中的一棵老槐树上窜去。

他的人一进入天井，就注意到了这棵颇有年龄的老槐树了。这户人家在天井里种下这么一棵树，是为了遮挡风雨，是为了遮阴蔽阳，同时也是为了增加几分雅趣，但此刻它在纪空手眼中，却成了溺水时救命的稻草，因为他可以利用这棵树来遮挡这些要命的劲箭!

“噗……噗……”声音不绝，槐树在劲箭的撞击下，震晃不停，枝叶簌簌直响，落了一地。

纪空手只在树后停留了片刻，然后手按树干，陡然发力，那些射在树上的箭矢突然倒震而出，以惊人的速度向四方飙射。

“呀……呀……”惨呼声起，那些暗伏的箭手们显然没有料到纪空手会有这么一手，闪躲不及之下，已有人中箭倒毙。

纪空手手脚并用，如猿猴般直蹿树梢，他没有再去留意这个天井，而是准备向房顶纵去。他的目光像捕食的苍鹰般敏锐，亮若寒夜里的明星，几缕淡淡的杀机透射虚空，寻找着可供自己逃遁的路径。

“呼……”他的双足点在斜斜的枝丫之上，借这一弹之力，如大鸟般横掠两丈，稳稳地落在了屋瓦上。

屋瓦上没有人，空气中也不见有丝毫的异动，但就在纪空手的脚尖落在瓦面的刹那，他的心神突然跳了一下，警兆立生。

他不敢有半点的停顿，脚尖一点，继续俯冲，在他的脚后屋瓦上，突然一分为二，无数道箭矢穿瓦而出，紧紧地迫着他的脚底而来。

敌人原来潜藏在屋中，似乎算计到了纪空手会上树登房，所以瓦上一响，他们的攻击便骤然发动。

但纪空手的反应远远超出了他们的预想，等到他们的弓弦响起时，纪空手已跳上了另一栋楼的房顶。

他的身形极快，在内力的催逼下，几乎达到了速度的极致。暗黑的屋瓦如一张张巨兽的嘴，在他的脚下不断地衍生变化，豆大的雨珠依然倾洒个不停，溅出朵朵凄艳得让人心寒的白花。

当他蹿出第七步时，至少已离天井足有二十余丈的距离，他知道危险尚未过去，只能拼命逃亡，可是当他蹿上一幢高楼时，却不得不停下脚步。

因为在他的正前方，出现了三道人影，就像三道不可逾越的山梁，横亘在他的面前，封锁了他前行的去路。

第三十三章　宁氏禅道

纪空手只有止步，因为他看出了这三人绝对不同于先前的那些杀手。这三人的站位都有些特别，相互间的距离也非常适度，无论纪空手选择向哪一个方向突破，他都必须面对这三人的联手攻击。

而更令他心惊的是，这三人手中所持都是一种叫作禅杖的武器，能使这种兵器的，内力通常都不会太差，而以他目前的状况，所存的内力不敢再有太多的消耗，否则他将虚脱致死，无力逃亡。

但纪空手的脸上始终不显慌乱，反而露出宁静似水的微笑，他并没有立刻出手，而是问了一句："三位一定姓宁，是也不是?"

这三人的神情中都露出一丝惊愕，想不到纪空手会在这个时候说起话来。

"你何以会如此肯定?"其中一个老者似是心存疑惑。

"我不仅如此肯定，而且还知道你就是宁戈，问天楼的四大家臣之一!"纪空手笑了，脸上显得极为神秘。

"没错，你的眼力不错，希望你不要作无谓的挣扎。"宁戈点了点头，相劝了一句。

"如果你换作是我，你会怎么选择?"纪空手反问了一句，"放下武器是死，不放下武器也是死，与其如此，我为什么不搏一搏?"

"因为你已经没有搏的机会了。"宁戈无情地点明了一个事实，"你能坚持到现在，已经是一个不小的奇迹了，打个比方说，此刻的你已是强弩之末！”

“事实真的如你所说吗？”纪空手的眼中闪出一丝不屑的神情，任何人看在眼中，都感受到了他身上透发出来的一股自信。

“难道不是这样的吗？你还……”宁戈的眼里多了几分同情和怜悯，面对一个将死之人，他似乎更想表现出一种强者的宽容，可是他错了，他的话还没有说完，就不得不就此打住，这一切只因为纪空手手中的刀。

刀有的时候未必像刀，而更像一道闪电，闪电的美丽在于它的突然，在于它存在的时间短暂。正因为它出现的时间太短，所以人们无法有一个清晰的概念，只能在记忆中去追忆它的美丽。

纪空手的刀一出手时，宁戈便有了一丝后悔，他本不该分神与纪空手说话的，像纪空手这样的敌人，压根就不能给他一点机会，否则就意味着自己的败亡。

他几乎是出于本能地挥出了禅杖，“呼……”的一声，声势如风雷般迅猛，立刻封住了对方的刀路，他相信对方的刀虽然很快，但自己的禅杖未必就慢，以硬碰硬，他绝不会吃亏。

可是他一出手，才发现自己犯了一个严重的错误，因为纪空手的刀并不是冲着自己来的，而是刀锋一斜，奔向了他右手方的宁宋。

宁宋与宁齐的武功虽然不及宁戈，却也算得上宁氏家族中一等一的好手，就算让他们与纪空手单挑，也未必会在数招之内败下阵来，可是问题是纪空手的刀锋在虚空中起了变化，以佯攻掩盖了他真正的目的，宁宋丝毫没有心理准备。

纪空手出手的角度变化根本不显征兆，是以宁宋看到刀的时候，几乎没有招架的余地，他只有退！

退永远没有进的速度快，宁宋当然懂得这一点，他之所以退，其实是希望宁戈与宁齐的禅杖能够及时增援。

“呼……呼……”两道白光在纪空手的手中爆发而出，分射向宁戈和宁齐，其势之猛，意在阻缓两人的援助。

"叮……当……"宁戈与宁齐脸色一变，只有挥舞禅杖挡下飞刀，但就这么缓上一缓，纪空手的人已经冲到了宁宋的面前，刀扬起，一蓬血雨飞射向虚空。

宁宋连出手的机会都没有，便死在了纪空手的刀下，这不是说他的身手太弱，而是纪空手的每一次出手都出人意料，让人无法揣度其真正动机。

当宁宋的头颅离体飞空时，纪空手并没有停止他的动作，而是冷哼一声，身体旋出，将宁宋喷血的尸体踢向宁戈，同时脚尖一起，又踢中宁宋下坠的头颅，像是一枚带血的暗器，呼啸着带着凌厉的杀气向宁齐撞将过去。

他连踢带打，身形极快，根本看不出他是受伤之人，似乎这一切都在其算计之中，每一个动作衔接得天衣无缝，异常清晰。

这突如其来的变化任谁也无法预料，也没有人会估到纪空手在负有内伤的情况下还能如此可怕，对于宁戈与宁齐来说，这毕竟是他们第一次与纪空手交手。

宁宋在一刀之下死于非命，这并不恐惧，在宁戈看来，自踏入江湖的那一天起，生命本就不是掌握在自己手中，劣汰强存，这是每一个武者都必须遵循的游戏规则，但让宁戈真正感到恐惧的是，纪空手居然利用一个死者来作为攻击的武器，这不仅显示了他的应变奇快，更体现了此人的无情。

身为问天楼的四大家臣之一，宁戈的武功与见识绝不在凤五、乐白等人之下，可是当他面对纪空手时，表现得并不比他们高明，因为纪空手采用的非常手段的确激怒了他。

有的时候，高手是不应该有愤怒的情绪的，这不仅是因为高手无情，更在于愤怒并不能激发一个人的斗志，反而会丧失应有的理智。

而此刻的宁戈确实很愤怒，他绝不能眼睁睁地看着自己的同胞兄弟被人击杀而无动于衷，更不能容忍对方用自己兄弟的尸首来戏弄自己，是以禅杖“呼啦”一声横扫而出，带着极强的锐啸，划破虚空。

虚空中的压力急剧增强，仿佛有一股强猛的水流突然注入到一潭死水之中，使得空气中活力无限，肃杀无限，万千杖影如扑朔迷离的鬼影，疾扑向人在宁宋头颅之后的纪空手。

纪空手就在疾射而来的血肉模糊的人头之后，如一团飘忽不定的暗云，在疾速中移动。

黑暗之中，凄美的夜色下掠起一道煞白得让人心摇目眩的光芒，在闪电的映射下，显得那么森寒。

那是纪空手的刀，而刀锋就在宁宋的头颅之后。

“轰……”爆响霍然响起，随着禅杖与刀锋之间的距离迅速拉近，空气中的压力几乎达到了极致，那颗头颅似乎承受不了两股巨力的挤压，突然爆裂开来。

“砰……”空气中顿时弥漫出一股浓烈得令人欲吐的腥臭，血肉飞溅，脑浆横射，星星点点飞洒一地，更溅到了纪空手与宁戈的脸上、身上。

天空中仿佛下起了恐怖的血雨，夹杂于如注的雨水之中，而纪空手却是这雨中的一朵暗云，从这片雨幕之中跃然而出。

无论是谁，都不能不说纪空手的出手是一种艺术，这种杀人的艺术给人一种唯美的享受，人与刀近乎完美地结合在一起，形成了一股不可抗拒的强烈震撼。

纪空手的反应令宁戈、宁齐瞠目结舌，远远超出了他们想象的范围，但他们并没有因此而放弃，而是更加坚定了击杀纪空手的决心。

宁宋的死是他们永不放弃的理由，他们唯一要做的事情，便是攻击，疯狂地攻击，在疯狂的攻击中杀死纪空手，来完成他们复仇之举，宁宋的死显然激怒了他们，激起了他们心中疯狂的杀机与战意。

“叮……”悠长的金属脆响响彻了整个空间，在刻不容缓之际，纪空手的刀锋轻点在宁戈的禅杖之上，借着刀身一弯的弹力，蓦然向左边的一片竹林窜去。

纪空手明白宁戈与宁齐的可怕，也知道以自己目前的状态实在不宜与之硬抗，所以他想好了自己下一步的退路。

只有进入那片竹林，他才有可能突破敌人的重围，因为直觉告诉他，宁戈三人也许是敌人在这个方向布下的最后一道防线。

霸上虽小，人口也不多，但只要纪空手混迹其中，以他的聪明和多变莫测的易容绝技，完全可以逃出敌人的包围。

可是问题在于，他真的能顺利闯过这片竹林吗？

他借力腾空的刹那，竟然敏锐地感觉到，宁戈的禅杖大力横扫，送来的时机是否太过巧合了？就像是有意让自己借力腾空一般，难道说他们还有更可怕的阴谋和杀机正在前方的空间里等着自己？

他的心陡然一沉，警兆顿生。他听到了几声弓弦之响，然后便看到了夜空中生出无数寒芒，划破暗黑的虚空，呈一种极有韵律的节奏向自己袭来。

今日决战从开始到此刻，纪空手遭到劲箭的袭击绝不止一次，但直觉告诉他，这一次无疑是对他威胁最大的一次。

这些箭手的力道之大，本身就已是有数的高手，不仅箭矢上蕴含内力，而且出击的时间与角度都拿捏得恰到好处，无疑是刘邦派来的三千弓箭手中的拔尖人物。宁氏兄弟也许是问天楼中实力最弱的一环，但配以最强的弓箭手合作，优劣互补，这符合卫三公子均衡布置兵力的战术。

纪空手已无暇多想，深吸了一口气，身形突然似一块巨石般笔直下坠，“嗖嗖……”声直响头顶，强劲的箭风堪堪掠过，吹得他蓬乱的头发倒飘而起。

他人一落地，借势曲身在地上一滚，躲过了一排劲箭的袭击，借着敌人取箭上弦的时间，一声长啸，人如一头扑食的苍鹰般跃起，以滑翔之势，俯冲竹林。

这一片竹林长势极好，足有十亩之大，与假山石亭相配，构成一座风景极佳的园林。能在霸上这样的小城中看到此等规模的园林，可见园林主人不仅不失雅趣，而且是一个豪富之人。

此刻的纪空手，并不想知道这园林的主人是谁，却感谢这位主人，因为他此刻最需要的就是有个藏身的屏障，只要让他稍微调息一下，他才有力量去追寻自己的那一线生机。

无休止的消耗与体内外力的侵袭已让他筋疲力尽，他觉得自己近乎于强弩之末，假若自己体内的能量再不能调养起来，他觉得自己是真的没有机会了。

“哗啦……”眼看他已经靠到了竹林边缘，忽听得竹枝轻摇，一张巨大的暗影从天而降，纪空手心中大骇，不由得催逼内力，向旁边斜窜。

但是这团暗影不仅面积不小，而且下落之势快逾电芒，等到纪空手反应过来时，这暗影已以惊人之速紧缩，企图围拢过来。

纪空手明白这是一张巨大的绳网，网的四角都有高手操纵，才会让这样一张平平无奇的绳网成为束缚自己的一件厉害武器。绳网急剧收缩间，网绳震颤着发出轻响，显然绳上挟带内力，一旦自己受缚其中，就只能束手待毙。

他没有任何的机会了，绳网只是威胁他生命的武器之一，更要命的是，随着绳网而来的还有劲箭，铺天盖地飙射而来的劲箭！

但他是纪空手，纵然人在绝境之中，他还是不会放弃，因为他还可以创造机会！

刻不容缓之际，他的手中已经不再是只有离别刀，两指微扣，还有一把寒光凛凛的飞刀。

他选择了这操纵网绳的四人中最弱的一位作为自己的目标，以这人的心脏为靶心，必须一击将其毙命，否则他就真的连最后一线机会都没有了。

就算是面对如此险峻的局势，纪空手依然保持着超乎寻常的冷静，这一点从他微扣飞刀的手指就可以看出，非常稳定，没有一丝的震颤与摆动。

然后他就出手了！

"呼……"飞刀一出，快逾闪电，在黑暗中准确无误地击中了目标。

他没有听到惨呼，只是听到了一声闷哼，这说明了对方连惨呼的机会都没有，就已命丧黄泉，但这不是他为自己得手而庆幸的时候，他必须迅速起动，从这个方向出网而去。

他的身形还是保持了极快的速度，近乎于竭尽全力地一搏，眼看就要出网的刹那，空中飙射出三支劲箭，正好封住了他前进的角度。

这三支劲箭来得非常凶猛，目的不是人，而是纪空手必将经过的空间，如果纪空手要逃出网去，就必须首先躲过这三支劲箭的袭击。

对纪空手来说，换在平时，这也许并不算是一件困难的事情，但在此刻，他若是拍开这三箭的势头，就失去了出网的最佳时机。

这是极难解决的一个问题。

可是纪空手很快就作出了自己的抉择，他的身形依然前行，毫不退缩，就在三箭及体的刹那，他唯有躲开足以致命的部位，让这三支劲箭硬生生地插入自己的血肉之中。

他紧紧地咬了咬牙，没有发出一丝一毫的呻吟，忍痛逃出了绳网控制的范围。箭矢割体产生的强烈痛感，几乎让他昏死过去。

可是危险并没有因此而过去，当他强忍着伤痛冲入竹林深处时，脸色突然变了一变，因为他看到了竹林中的一个人，还有那一双暗藏在夜色下的眼睛。

一个用剑的人，一双比剑锋更犀利的眼睛，那眼神中的东西似曾相识。纪空手有过目不忘的能力，只要让他见过一次的东西，他就很难忘记。

他的心冰凉至极，有一种近乎绝望的沮丧。若换在平时，他也许并不惧怕眼前的这个人，但在此时此刻，这人完全有摧毁自己的实力。

"凤五！"纪空手的眼睛一阵抽搐，几乎眯成了一线眼缝。

"你我又见面了，不过你能坚持到此刻，已证明了你的实力！"凤五淡淡一笑，笑中似乎有一丝忧郁，这让纪空手感到不可思议。

他浑身上下的力量已经近乎枯竭，支撑着他的，是一股对生命的眷恋与对红颜的深爱。他曾经向红颜承诺，要活着回去见她，他不想失信于自己的女人，所以他也不想放过任何一个可以活命的机会。

但凤五绝对不同于其他的敌人，他的剑术之精，绝对不在韩信之下，之所以能够排在问天楼四大家臣之首，也不是因为他的资历和辈分，而是他有这样的实力。

只要他出手，纪空手唯有死路一条，这已是一个不争的事实。对于这一点，就连纪空手自己也不得不承认，是以他唯有静默以对。

“我一直以为，你和韩信绝对会成为江湖上最红最火的人物，倘若由你们联手襄助问天楼，襄助沛公，必将无敌于天下。可是你却让我失望了，你不仅没有选择这样一条路，反而成为我问天楼的敌人，这实在是一件遗憾的事情。”凤五的口气中带了一份惋惜，看到纪空手脸上已显疲态的表情，他的手只是轻按在剑柄之上，丝毫没有拔剑的意思。

“我并不觉得这有什么遗憾，这其实就是世人口中常说的命。一个人活在世上，就有权选择自己的命运，我只是希望能凭自己的力量，按照自己的设想来改变这个世界，也许我马上就会死在你的剑下，但是我为自己当初的决定而感到骄傲，因为此时此刻，我心中无憾。”纪空手的脸上没有人之将死的那种凄凉，更没有生命将逝的那种沮丧，他的眼眸中反而透出一丝欣慰，为自己所做的一切而感到欣慰。

“你为什么要用‘也许’这个词？难道你还认为自己可以在我的剑下逃生？”凤五笑了，似乎并不明白纪空手话中的意思。

“如果你用自己的头脑仔细地想一想，就会理解我这样说的用意。”纪空手平静如常，淡淡地道，“在你之前，与我交手的有韩信，在韩信之前，有卫三公子。我首先受创于卫三公子，然后才能见到韩信，以我和他之间的恩怨情仇，他是绝对不会轻易将我放过的，可是我却能活着走来见你，难道你就一点都不觉得奇怪吗？”

“你莫非……”凤五脸色一变，想到韩信的安危，心里替爱女着急起来。

“你想错了，以韩信的实力，要对付已经受伤的我，并不是一件困难的事情。可是他却偏偏放过了我，这当然有他自己的道理。”纪空手缓缓地道，目光紧盯在凤五的脸上。他现在最希望的是，凤五与韩信之间的感情纯出真心，而非利用，只有这样，凤五心系爱女一生的幸福，或许才有可能放他一马。

凤五迟疑了片刻，摇摇头道：“我还是不太明白。”

“我相信你一定听过‘城门失火，殃及池鱼’这句话吧？如果我是城门，想必你应该知道谁是池鱼，其实这世间的很多事情都是这样的，看似互不相干的两件事情，说不定就有它们之间的必然联系，你难道不是这样认为的吗?”纪空手的话虽然含蓄，但他相信以凤五的聪明才智，应该听得懂自己话中的深意，否则就不是老江湖了。

凤五果然没有令纪空手失望，他的眼神陡然一亮，直直地凝视在纪空手的脸上。

他相信纪空手的话，不是因为韩信，而是凭着自己敏锐的直觉，他始终不明白刘邦何以会在纪空手初出道时就急欲将之置于死地，凭他多年的阅历，他看出这其中定有原因。

当时的纪空手并没有可以与刘邦抗衡的实力，而且一直视刘邦为朋友，对刘邦构不成任何威胁，而刘邦却要除之而后快，这种反常的事情，只能说明纪空手一定在那个时候抓住了刘邦的一些把柄。

以纪空手与韩信的交情，如果纪空手知道的事情，韩信想不知道都难，这是否说明了这两人都掌握了刘邦的把柄？而刘邦采取一一击破的方式，就是为了先杀纪空手，再灭韩信，达到杀人灭口的目的？

想通了这一点，凤五当然也想通了韩信何以会不杀纪空手的原因。无论韩信，还是纪空手，他们都是这个江湖少有的人才，绝对不会看不到其中的利害关系，是以韩信绝不会用纪空手的生命来作为自己的催命符。

凤五感到了为难，他所面临的，是一个很难作出的抉择：一方是自己忠于了一生的问天楼，一方则是自己的爱女与亲情。为了问天楼去牺牲爱女一生的幸福，是他所不愿的；而为了爱女一生的幸福去牺牲问天楼的利益，也是他所不愿的。但不管他是否愿意，也只能在二者中择其一，这无疑是让凤五最感痛苦的决定。

纪空手平静地看着凤五，知道自己的生死掌握在凤五的一念之间。他从来都没有发现自己距离死亡是如此之近，但不知为什么，他出奇地平静，仿佛可以从容面对一切可能发生的事情。

两人对峙而立，在相视中默然相对，此刻的气氛不仅静谧，而且紧张得让人难以呼吸。

身后已传来了脚步声与呼叫声，追兵已至，根本不容他们有任何迟疑的时间。纪空手望了一眼脸上毫无表情的凤五，深深地吸了一口气，他已决定，不管凤五心中是怎样想的，他都只有搏一搏了，他可不想听天由命！

他将刀回入鞘中，缓缓地向前迈动了一步，看到凤五依然没有动静，他淡淡一笑，一步一步地向凤五走去。

这就像是人生的一场豪赌，赌的代价就是自己的生命！纪空手输不起这场赌局，可是此刻的他已别无选择。

通常赌徒在进行一场豪赌之前，都会掂量着自己有几成胜算的把握，然后才会去考虑下一步该怎样投注。只不知纪空手在下注之前，是否也想过自己有多少胜算呢？

没有人知道这个问题的答案，包括纪空手自己。

但他既然迈出了第一步，就绝对不会回头，无论前面将是怎样的命运，他都必须去接受面对。是以当他与凤五擦肩而过时，因为过度紧张，额头上竟然渗出了一层冷汗，幸而有夜色的掩护，使得他看上去依然显得从容。

就在他已迈过凤五一个身位的时候，他一直所担心的事情终于发生了，他感到了自己身后空气中的异动，然后听到了“锵……”的一声脆响，凤五终于拔出了他的剑。

纪空手的心一下子悬了起来，就像吊在了半空中，而心之下是万丈深渊……

他从来就没有感受到心是那样的失落，也从来没有领略过无奈的心情，但此时此刻，失落与无奈充斥了他整个心间，紧绷的神经已经接近了崩溃的边缘。

他甚至在这一刹那间闻到了一股浓烈的死亡气息。

他没有任何反应，只能继续前行，因为他根本没有任何还手的余地。他此刻体内的力量只能支撑着他一步一步地向前行进，根本无力去拔刀还击，只要凤五的剑一出手，他就死定了。

如此紧张的时刻，纪空手第一次感受到了任人宰割的滋味。

他没有回头，也不敢回头，只是依然用他不变的节奏向前迈进。

走到第七步时，他的心陡然一跳，就在这时，他听到了剑破虚空发出的一声锐啸。

他缓缓地闭上了自己的眼睛，甚至在体会着自己在这个世上最后一刻的心情。

"呼……"剑声如此的短促而惊人，一响即过，甚至盖过了天空中同时响起的惊雷。

纪空手听到了自己的心跳，也听到了自己心脉的搏动。他明明听到了剑破虚空的声音，但不知为什么，他却没有感受到那剑中的杀气。

他没有感受到剑中的杀气，并非是因为凤五的这一剑没有杀气。凤五出手，不仅快，而且带有摧毁一切的力量。

"哗啦……"纪空手听到身后传出竹林齐整截断的爆响，齐刷刷地倒下一片，他不由自主地笑了一笑，整个人近乎虚脱，因为他明白，自己又从生死的边缘捡了一条命。

"我不杀你，并不是因为你。"身后传来凤五冷冷的声音。

"我明白，你是为了你女儿，我一定会好好地活下去。"纪空手舒缓了一口气，语带双关地道。

然后他没有犹豫，强提一口真气，向竹林深处走去。

竹林之外的天空已是通红一片，到处都是人声与火把，纪空手不敢有半点松懈，勉力前行，虽然凤五放了他一马，但他根本就没有脱离险境。

不过他一入竹林，无疑可以为他争取到一点宝贵的时间。他的表现已经为他赢得了敌人的尊敬，没有人敢毫无忌惮地小视于他。

出了竹林，穿过一道假山，便是一座古亭。这一路静寂异常，雨已停，风渐急，只要越过古亭，便是偌大的一家庭院。纪空手相信自己只要混迹于人群之中，敌人未必就能在一两日内寻到自己，而有了这点时间，完全可以调养自己的伤势，重新恢复当初的战斗力。

这已是一片金黄的秋天，本是一个收获的季节，可是纪空手却感到了一种失落，他的脚步很沉很沉，发现自己虽然与古亭相距不过十步之远，却未必就能走得过去。

这只因为他忽然感到了古亭之中弥漫出一股淡淡的杀气，几条人影各执兵刃，封锁了他前进的路线。

他只有止步。

他看不到这几个人的脸，也看不到他们脸上的表情，但他知道凭自己此刻的伤疲之躯，无论如何都不会是他们的对手。

可是他却笑了，是一种近乎无奈的笑意。他明白自己已经完了，生命即将走入尽头，可是他绝对不会束手就擒。

他就这么静静地立着，如一座不动的大山，身上透发出了一丝淡淡的杀机，没有抽刀，也没有迈步，只是紧紧地握着拳头，似乎在提聚着体内残存的真气。

谁都看出他已是强弩之末，可谁也不敢轻举妄动，因为这一刻的纪空手，挺拔如山，生机盎然，谁也不敢肯定他身上的伤势是否让他的身体到了无法支撑的地步。

他的背上还有三支箭，深深地插入他的肌体内，鲜血已湿透了他背部的衣衫，因为视觉的关系，这几个人没有看见，否则他们绝对不会像现在这样保持沉默。

一个人连插在背上的箭都无力拔去，这似乎说明他已经到了力竭的时候。

可惜纪空手面前的敌人都没有看到，所以他们都在想着同样的一个问题："纪空手真的受伤了吗？他是否还能抵挡得了我们的攻击？"

这个问题的答案其实很简单，他们只需出手一试，就可水落石出，可是问题在于，他们未必有这个勇气。

这就是纪空手，纵然他要倒下，其气势也足以让他的敌人感到可怕。

风冷，露重，竹影重重。

纪空手缓缓地向前踏了一步，他并不想主动出击，也无力出击，但他在踏出这一步的时候，依然让他面前的敌人感到了一种心悸，不由自主地向后退了一步。在他们的感觉中，纪空手是一个值得尊敬的对手。

一个值得别人尊重的人，通常都是因为他拥有让人尊重的实力。江湖本就是一个依靠实力说话的地方，你是强者，自然可以受到别人的尊重，是以，他们都不敢轻举妄动。

他们不敢出手的原因，还在于纪空手的眼睛，虽然是在暗沉的夜色之下，但他们却清晰地感受到了来自纪空手眼中的那股寒意。

他的目光如宁静的深潭，空洞深邃，不起半点波澜，在至静中阐释着一种对生命的无情与冷酷，目光所到之处，泛动着让人心寒的悸动。

他的脸上依然带着不经意的一丝笑意，似乎已经对自己生命的存在满不在乎。他此刻所要做的一切，已经不再为自己的生命而战，他只想在临死的一刻，让敌人付出应有的代价，留下自己生命中最后的辉煌。

这让对手感到了恐惧，不仅如此，远处传来的嘈杂声愈来愈近，他们不想放过这个立功的机会，如果在大批人手到来之前他们仍然不敢对一个几无还手之力的人动手，传将出去，他们就再也无法立足于这个江湖。是以，他们必须出击！

于是他们相视了一眼，在互相鼓动之下，以他们最拿手的方式逼向了纪空手。

空气中顿时充满了令人窒息的压力。

这几个人都是剑道的高手，一齐出手，空中骤然响起数声锐啸，剑芒闪烁间，如挂在虚空中的数道匹练，攻向了纪空手的面门。

对于敌人，他们从来都是无情的，根本不在意自己的一举一动是否合乎武道的精神。自从加入问天楼的那一天起，他们就受到了卫三公子的教诲，那就是只要是有人敢于与问天楼为敌，就要毫不留情地将之击杀、毁灭，让他永远不得翻身！

对敌人的仁慈，就是对自己的无情，这是卫三公子经历江湖数十年总结出来的经验之谈，也是放之四海皆可行的行为规则。他们从来没有怀疑过这句话的真实性，是以他们出手的时候根本就不存在怜悯，只想将纪空手尽快摧毁。

纪空手的眉锋跳了一下，陡然间大吼一声，整张脸极度扭曲变形，他变得极是恐怖，但更让人感到恐怖的是，他的拳头已出，带出的竟然是如龙卷风般狂涌虚空的惊人力道。

这无疑是他拼尽全力的一击，也是他体内最后力量的宣泄。他在短时间内将体内的真气提聚掌心，就是为了此刻这惊天动地的爆发。

“呼……轰……”拳头如惊雷跃出，跳入虚空，在高速中骤然爆炸，一时间枝断、石裂、草飞、风涌，使得整个虚空在刹那间变得风起云涌，喧嚣动乱，狂如飓风袭卷大地，发出阵阵令人心悸的凄号。而每一寸空间都充盈着足以摧毁一切的力量，似要将这空间的一切尽数毁灭。

惨号、惊呼、剑断、人飞，这一切仿佛都只是一幅恐怖的画面，敌人在这巨力的撕扯下或死或伤，生命在这一刻因为脆弱而显得毫无意义。纪空手只觉得背上的伤痛极度难忍，大力爆发下，箭矢已迸裂而去，血如泉涌，力道已尽，让他感觉到自己身体的每一个部位都要离他而去，处于一种虚脱的状态。

“也许这就是你们要我死的代价!”纪空手望着那几具支离破碎的尸体，欣慰之下，忽然感到自己的身心是那么疲累，就像是在进行着一场无休止的搏斗，他根本不知道将会在什么时候结束。他只想好好地躺下来，去享受这静寂的夜空，去感觉徐徐而来的清风，更要体会这静态下的轻松与惬意。

天地已是一片静寂，只有这风，送来了无数的脚步与人声，大批的敌人终于赶至，这场实力悬殊的逃亡也该到了尾声。

纪空手看到了卫三公子，看到了刘邦，还有韩信、凤五，还有许多他熟悉的面孔。这些人的表情既有惊诧，亦有憎恨；既有遗憾，亦有欣然……五光十色的表情，构成了一幅幅光怪陆离的画面。这一切在纪空手的眼中，看似很近，又觉遥远，甚至变成了一种虚无的东西。

纪空手心里明白，走到这一步，他的人生已是到了一个结局的时候。他的伤势之重，已到了油枯灯灭之境，此刻只要是一个常人攻击过来就可以掌握他的生命，何况这些人无一不是高手。

死亡，从来都没有像这一刻般这么真实地来到纪空手的眼前，纪空手也许想过自己未来的命运，但他从来就没有想过自己的生命会在这个时候结束。

地上碎裂的尸体散发出来的浓重血腥熏染了这片空间，使得空气中存着一种阴森似的凄寒。纪空手努力地站在那里，一动不动，只有他脸上泛出的那一丝笑意，才让人感觉到他的生命依然存在。

他不想倒下，也不会倒下，虽然他的体内没有一丝力气，但坚强的信念与不屈的精神支撑着他的身体，使得他依然挺拔如山，风骨犹存。

这让每一个在场的人都保持着沉默，不知道为什么，他们丝毫没有感觉到一点胜利者的喜悦，反而感到了这空气中带出的一股无形压力。虽然他们心里都明白纪空手已无还手之力，也再不能对他们构成任何威胁，可是他们却在心里莫名地生出了一丝恐惧。

这种感觉实在是很奇怪，而更让人奇怪的是，纪空手脸上的笑意是那么的平静，那么的洒脱，仿佛面临的不是死亡，而是去奔赴一场盛会。

卫三公子走前几步，拍了拍掌，道："你是我看到的唯一不怕死的人，这证明了我的眼力不错，可遗憾的是，你选择的对手是我，那么就注定了你只能是这样的下场！这是经过了无数次实战之后得到的证明。"

纪空手眼中似乎多了一丝嘲弄的味道，他已无力开口。此刻他能站在这里，全凭一口气支撑着，所以他就只有保持沉默。

"也许你不服气，也许你觉得不公平，但这个世界就是如此残酷，胜者为王败者寇，谁又去管是否公平？是否合理？只要我赢了，我说公平就是公平，我说合理就是合理，死人是不会与我来争论这些的。"卫三公子笑了笑，"不过你的确聪明，就算是死也给我留下了一个非常大的麻烦，但是我可以告诉你，我这一生走过不知多少沟沟壑壑，见过不知多少大风大浪，能够活到今天，绝非侥幸。虽然你留下的绝对是一个大麻烦，但我还是可以逢凶化吉。"

纪空手缓缓地摇了摇头，只摇了一下，已无力再摇第二下，但却表示自己对卫三公子的话不以为然。

卫三公子的心里的确有几分恼怒，事实上连他自己也知道这只是自己的美好愿望。如果说项羽真的得到了刘邦与问天楼联手的把柄，那么自己这一生的心血无疑是付诸流水，空忙一场了。

他与刘邦对视了一眼，眉间隐生忧虑，都感到了这是一个棘手的问题。刘邦迟疑了片刻，突然上前几步，低声道："这小子似乎有话要说。"

对于刘邦来说，这是他与纪空手沛县一别之后的第一次重逢，昔日的兄弟变成了今日的仇敌，这种心情实在是复杂极了，让人感觉到人生的变数就像风云变幻一般，不可捉摸，虽然他们分离的时间已经很长，但不知为什么，他们之间并没有陌生的感觉。

这似乎正应了"仇敌之间的想念远不比情人之间的思念要少"这句古话。对刘邦来说，自从他下决心要除掉纪空手的那一刻开始，他就总在想着纪空手，不仅关注着他的一举一动，也在揣摩着他的行事作风，因为他知道，总有一天，他们要相互面对。

此时此刻，当刘邦站到纪空手面前的时候，虽然面对的是如此狼狈的纪空手，但他却丝毫没有胜利者的喜悦。在这一场决战中，他也许赢得了暂时的胜利，但从某种意义上来讲，纪空手未必就输了。

他在关注着纪空手的每一个表情，很想看到这个对手面对死亡时的那种恐惧。也许只有这样，他的心里会有少许的快感，至少会让他的心情舒服一点，可是纪空手根本就没有给他这个机会，虽然这个人已经对他构不成任何威胁，但只要活着，就在无形之中让他有一种莫名的压力。

卫三公子眼芒一凝，盯在了纪空手的喉结上，那块突出的喉结轻微地蠕动了一下，却根本没有力量带动他嘴部的肌肉。

"真是可怜，想不到一个可以将胡亥、赵高玩弄于股掌之间的人物，竟然会沦落到无法说话的地步。"卫三公子冷笑一声。

"也许他还有什么重要的话要说吧?"刘邦凝视着纪空手那看似无神的眼睛，发现这双眼睛里蕴含着一种意味深长的东西，让他有种迫切需要了解的欲望。

"但愿不是要我放他一马吧？如果真是那样，我会很失望的。"卫三公子明知纪空手绝不会向自己求饶，但他绝不会放过任何打击对手的机会，就算这个对手已经不成为其对手。

在场的每一个人都欲知道纪空手到底想说些什么，他们皆是身经百战的战士，经历过太多的生死场面，可是他们从来没有见到过一个像纪空手这样从容面对生死的人，这激发了他们心中的好奇心。

但凡事总有例外，也有人并不希望纪空手在此时说话，这两个人就是凤五与韩信!

纪空手能够逃到这里来，很大程度上得归功于他们。要不是他们之间有约定的秘密，纪空手是很难自他们的剑下逃生的。

这本身就会引起卫三公子与刘邦的怀疑，但只要凤五与韩信自己不说，纪空手又顺利逃走，那么怀疑就只是一个怀疑，并不能成为卫三公子与刘邦要对他们动手的借口。

可是纪空手终究没有逃出卫三公子布下的天罗地网，而且还活着，这已经让凤五与韩信大吃一惊。以纪空手与韩信之间的恩怨，如果纪空手在此刻说出事情的真相，那么他们也难逃一死。

想到这里，凤五与韩信冷汗迭出，手已紧紧地按在了剑柄之上。韩信也想过杀人灭口，死无对证，但要在卫三公子与刘邦面前杀掉纪空手，他根本就没有一丝把握。

所以他们就只有等待，在提心吊胆中等待下去，这也许是他们可以选择的唯一一个办法。

卫三公子缓缓地走到纪空手的面前，深深地看了他一眼，道："说实话，我也很想知道你到底还想说些什么，对于一个即将要死的人来说，留下几句遗言，也是理所当然的事情，于情于理，看来我都应该成全你。"

说完这句话，卫三公子的拇指与食指轻拈斜弹，形如拈花，就在这不经意间，一缕真气如细长的泉水般注入到纪空手的体内。

纪空手浑身一震，"哇……"的一声，一口鲜血如箭喷出，整个人精神陡变，可是他心里明白，这缕真气并不能使自己支撑多久，只是激发了自己体内的一线生机，回光返照罢了。

他轻轻地呼吸了一下清新的空气，脸上依然带着微笑，缓缓地道："表面上……你……好像……成……全的……是我……其……实你……是在……成……全你……自己!"

他近乎是挣扎着说出他想说的每一个字，几乎用尽了全身的力气。可是他的声音却很轻很轻，幸好这竹林之外的空间异常宁静，使得卫三公子不需要运聚内力来听他说话。

"这听起来好像是一个笑话。"卫三公子皱了皱眉，"我不明白你的意思。"

"我……指的……是……那个大……麻烦。"纪空手说完这句话，淡淡一笑。

卫三公子心头一惊，与刘邦对视一眼，一挥手，手下的将士俱都退出十丈开外，包括凤五与韩信。

“你难道想用这个来与我做一笔交易？”卫三公子冷哼一声，他的脸上无动于衷，可是心里却在掂量着此事的轻重。他始终认为，任何决定都不可能是一成不变的，只有随着情况的变化而变化的决定，才是英明的决定。

“你……错了……”纪空手喘了口气，“你……不是……一个……受……人威……胁的……人。”

“看来还是你了解我。”卫三公子淡淡地道，“不过我从来都是无功不受禄，我绝对不会相信一个即将死于我手中的人会对我提出善意的建议。”

“我……这个建……议并……非……善意……但……是你们……要想……重……新取得……项……羽的……信任……这……是唯……一可行……的办……法。”纪空手笑了，笑得很邪，似乎看到了一件有趣的事情。

卫三公子狐疑地看了他一眼，又与刘邦交流了一下眼神，这才缓缓地道：“愿闻其详。”

他明知纪空手提出来的这个建议一定是自己完不成的建议，可是他已别无选择，因为他实在想不出在项羽得到刘邦与问天楼联手的真凭实据之后自己还有翻案的办法。此刻的他，就像是一个溺水的人，抓住一根稻草也会把它当作是救命的宝物。

“慢！”刘邦突然喝道，“此人心计之深，非常人可以揣测，他显然是利用了我们的心理，有所针对地想出了一条诡计，企图对我们不利。依本公之见，这种诡计不听也罢，还是一刀将他杀了，永绝后患。”

卫三公子淡淡笑道：“你还是不太了解这位纪少，他既然敢这么说，当然有他这么说的道理。”

“什么道理？”刘邦沉声问道。

“因为他已经了解了我的性格，为了复国大计，为了一生的理想，我是可以牺牲自己的一切的。”卫三公子的眼中陡然一亮，似乎隐约猜到了纪空手想要说的话。

“阀主何以会这么说呢?”刘邦话一出口，顿时也明白了这个唯一可以取信项羽的计划，冷汗布满额头，低声道，“这事绝不可以。”

“但这却是唯一可行的办法。”卫三公子的脸上别无表情，声音中带出近乎冷酷的无情。

两人在一瞬间将目光相对，透过虚空，似乎以一种复杂的心理去感受对方的心态。他们已经猜出了纪空手想要说的话，却为这个计划的残酷而感到心惊。

他们不得不承认，纪空手似乎算到了今日决战的每一个步骤，在一点一点地将他们引入自己早已设计好的圈套中。虽然他也要以自己的生命为代价，但可以这么说，他成为了这一战最终的胜者，因为他凭着自己的智慧完成了一个足以轰动江湖一时的计划。

他的眼神中带着嘲讽的味道，看着面前这两位不可一世的人物，心中多出了一丝欣慰。他没有开口，因为卫三公子与刘邦的表情已经告诉了他，他们已明白了他想要说的一切，而且他一点都不担心卫三公子不会依计而行。在他看来，卫三公子绝对是一个无情的人，不仅对敌人，也对自己无情。

肃杀的秋风穿过竹林，带着一丝呜咽，纪空手笑了笑，心中没有将死的恐惧，却感到了一种沉默无形的杀气。

他看到刘邦战栗的大手已经紧紧按在了剑柄上，他明白，只要刘邦的剑一出，他就死定了。

“谢谢你!”卫三公子突然对纪空手躬下了腰，冷冷地说了一句。

“你……已决……定!”纪空手并不为卫三公子的举止感到惊讶，但他的心中却一点得意也没有。忽然间，他想到了张良，想到了张良所说的每一句话，还想到了张良对卫三公子与刘邦的评价。他终于明白了一个道理，那就是与卫三公子、刘邦相比，自己绝对不是一块可以争霸天下的材料，不是因为别的，只因为自己做不到对世间万物真正的无情！

他的眼光流连在刘邦的脸上，很想看到刘邦此时此刻的反应。可是他失望了，虽然他心里清楚在卫三公子与刘邦之间一定存在着非常亲密的关系，但刘邦的脸上根本就没有任何悲愤之情，就是眼睛也变得空洞无神，仿佛这世上没有一件事情是值得他去留恋牵挂的。

卫三公子没有说话，只是点了点头，突然转过身，大步而去。

刘邦沉默不语，只是斜过头来，一言不发地注视着卫三公子渐渐消失在夜色之中的背影，半晌过后，方才轻叹一声，脸上竟然多出了两行热泪。

“你真的该死！”刘邦轻轻地嘀咕了一句。

“我……既然……敢来……就……已不畏……生死……不过……我……还是……算错了……一着……就……是没有……想到……像你这……样……的人……居……然眼中……有……泪。”纪空手非常平静地说道，他已感觉到卫三公子注入自己体内的那缕真气正如抽丝般离体而去，心里空荡荡的，仿佛人在虚空，缥渺不定。

“你也许是今生唯一可看见我落泪的人，这并不是因为别的，而是你马上就要离开这个世界！”刘邦衣袖一挥，泪水尽去，冷峻的脸上根本就没有泪水流过的痕迹，淡淡地道，“你不要怪我，怪只怪你太聪明了，又知道了太多的事情，虽然我一直都很欣赏你，但是为了我一生的抱负，我只有忍痛割爱了。”

他缓缓地拔出剑来，剑气顿时充斥了整个空间，令人窒息的压力迫得纪空手几乎难以呼吸，但是纪空手的脸色依然未变，只是淡淡地道：“其实……我……早就……知……道会……有……这么……一天……一山……难……容二……虎……你我……注定了……只……能有……一人……活在……这……个世……上……可惜……的是……要死……的人……竟然……是我。”

他缓缓地闭上了眼睛，不再说话。从一个强者变成一个被人掌握命运的弱者，这似乎是纪空手的悲哀，虽然他的心里并不甘心，可是他无怨，亦无悔，因为他可以问心无愧。

“哧……”剑锋划破了虚空，如一只缓缓爬行的蜗牛般一点一点地向纪空手的咽喉挺进，那涌动的气流若旋风飞舞，紧紧地将纪空手的身体包裹在内。

纪空手看不到什么，也没有听到什么，在一刹那间，他的灵魂仿佛冲上了云天，飘悠着向那深邃无穷的天外而去。那一幕幕的往事，那一张张熟悉的面孔，都如云烟般淡出记忆。在他的潜意识里，却有一个声音在深情地低吟：“对不起，红颜，我失约于今生，但愿我们来世能再续这未了的情缘。”

他的人，他的心，仿佛一下子坠入到一片无边的黑暗之中，最后听到的声音，是一道剑锋穿破虚空时发出的无情锐啸……

第三十四章　舍己救郎

幽香暗生的闺房中，琴声悠扬，勾起了听者心中一段情意绵绵的回忆。

“这是哪里？是天堂还是地狱？”这是纪空手苏醒过来心中想到的第一个问题。他深深地陷在一团纱帐锦衾之中，满鼻所闻，尽是处子玉体遗留下来的暗香。

在他的潜意识中，还记得那剑锋划过虚空时的锐啸。他有一百个理由认为自己绝无生还的机会，是以他不敢相信自己居然还活着。

他睁开眼睛看到的，并不是想象中的那种四面阴暗、潮湿冷清的囚室，而是一间非常考究的女儿闺房。房内的摆设精巧而别致，处处显示着主人与众不同的雅趣与心思。

他依然感觉到自己的身体软弱无力，也感到自己体内的经脉有几处如针刺般裂痛，可是他的手脚却是自由的，并没有带上沉重冰冷的镣铐。

眼前的一切让他感到迷惑。

他记得在竹林外的古亭边发生的一切事情，同时也记得那一日决战的风风雨雨，无论他的心思多么缜密，无论他的智慧有多么高明，也猜不透眼前的一切会与那一天发生的事情有何关联。纵然他不死，现在也应该是与囚室、镣铐为伍。

“难道说刘邦改变了主意？”纪空手在心中问着自己。以他对刘邦的了解，这种可能性绝对是微乎其微，难道是在他昏迷之后，事态的发展又起了变数？

他想不出来这变数究竟是什么。

幸好纪空手是一个心境恬淡的人，他享受生活，特别是经历了这一场生死大劫之后，他更觉得生命的宝贵，珍惜自己活着的每一天。既然想不出，他就不去想，而是带着一种恬淡的微笑，去欣赏床头木几上绽放的那盆鲜花。

此刻已是深秋，盆里栽种的是一丛黄菊，嫩黄的花瓣散发出一股淡淡的菊香，让人心旷神怡。

“这间闺房的主人是谁？难道是……”想到这里，纪空手不禁苦笑着摇了摇头，为自己的念头感到了几分不好意思。红颜不会在这里，她应该随着五音先生他们待在安全的地方，静观事态的发展，以卫三公子与刘邦的行事作风，肯定会将关于自己的一切消息封锁，根本没有传入江湖的可能，所以这里绝不会是红颜的闺房。

纪空手轻舒了一口气，心中暗道：“这样也好，免得她为我受到别人的伤害，要是这样，我可真是罪莫大焉了。”

他深爱红颜，不愿将自己的苦痛分担给爱人。对他来说，生与死并不重要，如果自己死了，也已无憾，但既然活着，他就一定要遵守自己的诺言，因为他答应过红颜，一定会活着去见她！

纪空手的心中泛起一丝怜惜，又多了一分后怕：“如果自己就此死去，红颜会怎样？”他不敢深想下去，微一抬头，突然听到门外的琴音已止，一阵清脆的脚步声踏门而入。

他很想看看来人是谁，可惜他的头根本无力抬起，只能靠在枕上斜斜地盯视着床前的地板。

地板上赫然出现了一双绣花鞋，小巧精致，华美至极。

“这是一个女人，而且是个大户人家的女人。”纪空手这么揣测着，然后便看到了一张美丽的笑脸。

这张脸虽然美丽，却陌生得紧，纪空手相信这是自己生平第一次见到。不过这并不重要，重要的是她应该可以解开自己心中的太多谜团。

“公子，你终于醒了。”这个少女惊喜地叫道，在纪空手的微笑下，她的脸上生出一丝红晕，一副女儿家的羞态。

“你是谁?”纪空手问道。

“我叫袖儿，你可吓死人了，昏迷了七天七夜，总算醒了。”袖儿拍拍胸脯，一脸关切地道。

“原来是袖儿姑娘救了我，救命之恩，不敢言谢。”纪空手眼中露出一丝感激，又生出一丝疑惑，他始终不敢相信这样的一个弱女子会从刘邦的剑下救出自己，难道这其中另有蹊跷?

“公子可高看袖儿了，袖儿哪有这样的本事，这都全仗我家小姐出面，才使公子化险为夷，袖儿可不敢贪功。”袖儿抿嘴一笑，柔声问道，“公子睡了这么些天，想必肚子早饿了吧?我这就吩咐厨房为你准备饭菜去。”

纪空手这才感到自己的肚子的确有些饿了，可是他心中的谜团未解，倒也不急于这一时，微笑道：“不知姑娘所说的小姐是谁?何以能让我从一个剑下亡魂又还复了我做人的本来面目?如果姑娘不说的话，我只怕无心吃饭。”

袖儿犹豫了片刻，有些为难地道：“这可糟了，小姐吩咐袖儿不要多嘴，袖儿可不敢说，不过小姐人在门外，等她听到你醒来的消息，必定会来看你的，到时候你不就知道了吗。”

“那么就请姑娘替我相请你家小姐。”纪空手心里着实奇了。在他的记忆中，所认识的女人本就寥寥无几，而且能从刘邦剑下救出自己的人更是一个也无，这家小姐到底是谁?究竟有何能耐?这让纪空手来了兴趣。同时他更想知道，这是否是卫三公子与刘邦为自己设下的一个局?

“好吧，反正这些天来我家小姐也担心死了，我这就去告诉她这个好消息。”袖儿笑了笑，眼珠儿在纪空手的脸上滴溜溜转了一圈，这才走出门去。

纪空手微微闭上了眼睛，趁此闲暇，他试着调息了一下自己的真气，心中不由大骇。

他对自己的经络脉象作了一次简单的梳理，感觉到体内的真气已经恢复如初，脉象中的生机亦是旺盛异常，根本没有任何虚脱之象。但是当他提聚真气为己所用时，才发现在自己的经络中有五处受制的地方，完全禁锢了真气的发挥。

也就是说，他空有一身傲视天下的雄浑内力，却根本不能使用，完全与常人无异。这就像一个空有金山的富豪，步入人烟俱无的深山，毫无花钱之地一般。

“我虽不死，可这种状态又与死人有何区别？难道说卫三公子与刘邦饶我不死，就是想废我武功，然后再想尽办法来折辱于我？”纪空手思及此处，心中蓦升寒意，不由得不为刘邦的手段感到心惊。对付纪空手这样的人，也许死并不能威胁到他的什么，但用这种办法来折磨他，或许会有意想不到的奇效。

“如果你们真是这样想的话，那你们就错了，我纪空手虽然没有了武功，但有一条命在，同样会让你们感到头痛！”纪空手恨恨地思忖着。

就在他暗暗发誓的时候，一缕幽香淡淡地传入他的鼻中。房门推开，脚步声起，他感到有一条人影正向自己走来。

“这人是谁？自己对自她身上散发出来的体香怎会这样熟悉？”纪空手心中一惊，虽然未见其人，但他却从这缕香气中想到了什么。

等到他看到人时，才真的大吃一惊，因为他怎么也没有想到，这间闺房的主人竟然是在长街相遇的虞姬！

“你终于醒了。”虞姬看了一眼，很快就将目光移开，因为纪空手的目光正直直地逼视着她，这让她有种心跳的感觉。

“原来是你。”纪空手喃喃道，在一刹那间，他好像明白了许多东西。

“你也许会觉得奇怪，可是如果你知道那一天你们就在我家的后花园里打打杀杀，就不会用这种诧异的眼光看着我了。”虞姬笑得极为优雅，声音轻柔，煞是好听，就像是在耳边呢喃，让人感到耳中一阵酥痒。

“你家的后花园？”纪空手想起了那片竹林，那座古亭，那池沼假山，那流水花树……

“是的。”虞姬指着房中的一面窗户，“推开窗从这里望去，你就可以看到那片竹林，所以那天发生的事情我都看在眼里。”

“是你救了我？”纪空手的眼中闪现出一片迷茫，“可是……”

“没有可是。”虞姬的目光突然直视过来，蕴含着一种坚定，缓缓地道，“你不用问我，我也不会回答，我只知道，上天既然安排了一日之内让我们两次相逢，也许是因为你我之间的缘分未尽。”

纪空手默然无语。

他相信这一切并不是刘邦所设的局，在虞姬的眼中，有一种似曾相识的东西，纪空手曾经不止一次地在红颜的眼中见过，这种东西纯出真心，没有半点作伪的成分，反而让纪空手大吃一惊。

“我能让这位闻名天下的美女爱上了自己？”纪空手顿时感到了一种尴尬的心境，对他来说，红颜已是他的一切，在他的心中，已经容不下任何女人。也许这只是他的一种错觉，但任何人要想在刘邦的手里救出自己，都绝非易事，没有一定的代价，根本不可能让刘邦放过自己。

只有爱，才会让一个女人不顾一切，可是虞姬付出了怎样的代价，才换来自己的生命呢？

他蓦然记起了这些天来流传于霸上的一个消息，这是一个美人配英雄的故事，故事的主角就是虞姬与项羽，刘邦屯兵十万驻扎霸上，据说扮演的就是护花使者的角色。

美人通常都喜欢英雄，但是虞姬是否会嫁给项羽，这是只有虞姬自己才知道答案的问题，难道刘邦之所以不杀纪空手，是因为他得到了虞姬的一个承诺？

“你在想些什么？”虞姬的眼神一阵迷离，她总觉得自己并不是一个害羞的女人，可是只要看到眼前的这个男人，她就有些意乱情迷。

“我想的很多，但是你既然不叫我问，我就不问，所以我现在只想有一碗可以填饱肚子的米饭，来治治我的饿病。”纪空手笑了笑，他尊重那些自爱的女人，所以不想违背女人的意愿行事。何况问与不问，他都知道虞姬有恩于自己，又何必一味强求呢？

“你真的是一个很洒脱的男人，不过我可以告诉你，只要再过一个月，你纵然不问，这些问题也会不问自明，所以你大可不必急于这一时。”虞姬的眉间似乎生出了一丝烦忧，虽然一闪即没，但看在纪空手的眼中，却隐隐生疼。

“虽然我不知道你究竟为我做过什么，但是凭着我的直觉，我还是应该向你说一句话。”纪空手深深地看了虞姬一眼，“那就是多谢！”

虞姬淡淡一笑：“这两个字本不该从你的口中说出来的，因为不论我做了什么，都从来没有把你当成外人看待，只有感情生分的人，才会相互言谢。”

她的话虽然轻柔，却让纪空手的心里生起一种异样的感觉。他从来就没有见过一个女人会这样大胆地表露出自己的情感，难道说这就是一种缘分？

“你也许会把我看作是一个唐突的女子，或者是一个生性多情的女人，但是我可以告诉你，我这一生中真正喜欢的男人，只有你！”虞姬的目光流连于那一朵秋菊之上，仿佛是自言自语一般，款款地倾诉着自己的情思，“这未免有些突然，有些奇怪，可是当我明白了自己的心迹时，我的心里却非常平静。因为我知道，喜欢上一个人是不需要理由的，更没有掩饰自己情感的必要，爱就爱了，此生才会无悔。”

“可是……”纪空手从来没有听到过如此胆大的表白，但是他的心里并未有半点讶异，就像虞姬的每句话都是天经地义一般，很自然地就让他接受了这种匪夷所思的想法。

“可是你还有红颜，是不是？”虞姬的目光注视着纪空手，变得大胆而直接。

“你怎会知道？”纪空手的脸红了一红。

“如果说一个人昏迷了七天七夜老是叫着同一个人的名字，我想不知道都难。”虞姬的心中泛起一股醋意，酸酸地斜了他一眼。

“这么说来，我昏迷不醒的时候一直是你在照料着我，这实在太难为你了。”纪空手心存感激。

“你何必这么客气呢？”虞姬淡淡笑道，“我做的都是我认为该做的事情，其实我几个月前就听说过你与红颜的故事，从那一天开始，我就一直在心中揣测着你的模样。”

“那一定令你大失所望了。”纪空手微微一笑。

“恰恰相反。当我那一天与你于长街相遇的时候，我就有一种似曾相识的感觉，总觉得自己在哪里见过你，不知为什么，那一刻我忽然有一种想与你长谈一次的冲动，可是出于羞涩，我没有这样做。后来回到家中，我便后悔了，不住地埋怨自己，为自己一时的怯懦感到懊悔。因为我明白，有些事情是不能错过的，也许在你的一生中只会出现一次，一旦失之交臂，便没有再度把握的机会了。”虞姬说着，每一句话都显得非常自然，就像是与情人间的促膝而谈。她的每一个表情，包括每一个眼神都在表露着她的情感，那就是她深爱着纪空手，就像是情人间的思念。

这也许就是世人常说的一见钟情。

这个年代的少男少女，经历了春秋战国时期的百家争鸣时代，社会风气比较开明，道德规范也才见雏形，男女间的感情并不隐晦，敢爱敢恨正是这个时代赋予青年男女的一种热情。但饶是如此，敢于像虞姬这般落落大方地表明自己心迹的少女，毕竟少见，也许她正是这个时代的另类。

纪空手只能保持沉默。

“然而上天还是眷顾了我，让你来到了我的后花园。当我站在这个小楼上看到你的时候，我在心里暗暗地告诫着自己，这一次我不能再错过了，至少应该让你明白我对你的这片感情。”虞姬的脸上泛出一片红晕。

“我何德何能，能得佳人如此青睐？”纪空手有些惶然，人说最难消受美人恩，对纪空手来说，这感情不知也罢，知道了反而徒增伤感。

“我丝毫没有怪你的意思，尽管你不会接受我，但我也觉得挺开心，因为能够当着自己喜欢的人说出藏在心里的话，毕竟也是一件挺快意的事情。”虞姬苦笑着，她的眉间似有一层哀怨。以她的细心，当然不会不知道纪空手对红颜的感情，所以她只怨造化弄人，恨自己不能在红颜之前与纪空手相识。

事实上她非常清楚自己与纪空手之间的缘分已尽，根本就不再有偕老一生的机会。在那一天发出惊呼的一瞬间，她就知道自己与这段感情终将无缘。

她一直都在关注着生死垂危的纪空手，当纪空手人从竹林蹿出之时，她的一颗芳心便紧随着他，随着事态的发展进程而起落。她当时就在想："这个男人的体内究竟有一股什么力量在支撑着他？面临弱势，面临生死，他还能如此从容地面对。”她只想让他走过来，走到自己的身边，只要有他陪伴，是生也好，是死也罢，自己心中再不计较。

可是纪空手根本无力再走这段路了，然后她便听到了剑破虚空的那声锐啸。不知为什么，她忽然间感到自己凭空生出一股惊人的勇气，惊呼了一声："手下留情！"

刘邦的剑锋停在距纪空手咽喉的三寸处，只差三寸，悬凝空中。

三寸的距离，就是生与死的距离。

虞姬只觉得自己的心几乎涌到了嗓子眼上，怦怦地乱跳个不停。此刻她的心里只有一个念头，如果纪空手死了，她不知道自己是否还可以独活下去，可就算活着，她一定也会抱憾终生。

穿过数丈距离，刘邦的眼芒冷冷地落在了花容失色的虞姬的脸上，看到自己心爱的女人竟然如此关注着另一个男人，他的心如刀割般疼痛，真恨不得这一剑继续前行，将这个男子彻底摧毁。

可是他没有这样做。

他是刘邦，是做任何事情都非常明智的刘邦。此时此刻，他绝不敢得罪虞姬，他需要施行美人计取信于项羽，而虞姬是这个计划中最重要的一环。

他权衡轻重之后，终于笑了。

“虞小姐莫非认得这个人？”他的心中有几分诧异。

“是的，他是我的一个朋友，不知他何以得罪了沛公，以至于竟使沛公对他赶尽杀绝？”虞姬舒缓了一口气，这才恢复常态。

“他是否真是你的朋友，本公不想追究，本公只想知道，他对虞小姐是否重要？”刘邦想到自己数次为项羽提亲俱遭婉拒，眉头一皱，心中顿时有了计较。

“重要与否，难道有什么区别吗？”虞姬感到不解。

“当然有区别，对本公来说，此人乃是平生最大的一个敌人，假若今日手下留情，无异于是纵虎归山，徒增无穷后患。但是如果此人确实在小姐心中占有重要的一席，本公却又要另当别论了。”刘邦缓缓地收剑回鞘，走到小楼之下，仰头而道。

刘邦心存怎样的居心，虞姬又怎会不知？正因为她十分了解刘邦的为人，是以才婉言谢绝了刘邦送来的“荣华富贵”。对于一个女子来说，美女配英雄，这本是身为女人再好不过的归宿，但是虞姬却不想因此而成为刘邦手上的一颗可以利用的棋子。

刘邦正是看到了这一点，所以才想趁人之危，逼虞姬就范。作为一个男人，他当然注意到了虞姬对纪空手的关切之情，以此作为要挟来进行一场政治交易，他认为这不失为一条上上之策。

“你想怎样？请直说吧！”虞姬心中十分矛盾，可是当她看到已经昏倒在地的纪空手时，再也没有半点犹豫。

“痛快，本公就喜欢和爽快的人说话。”刘邦淡淡笑道，“你若想救回他的一条性命，只需答应本公一个条件，本公立马将他送入小楼，全凭小姐处置。”

“你无非是要我下嫁项羽！”虞姬冷哼了一声。

“不仅如此，还望小姐在项公面前替我美言几句。当初本公与项公在楚王面前约定，谁先攻入关中，便封谁为关中王，如今看来，项公对关中已是势在必得，本公只有退而求其次，想请项公封我为汉中王也就罢了，不知小姐可否应允？”刘邦说出了他的真正意图，此时天下大势正是大秦将亡之时，以他的实力，倘若不退守一地，保存实力，难保不被项羽吞并。是以他此计看似求退，实则以退为进，深谋远虑，显示了他独到的战略眼光。

“沛公这也太高看小女子了吧？就算我肯嫁于项羽，谁又能保证一定可以得到项羽的宠爱呢？”虞姬苦笑一声，她的心已全在纪空手身上，为了他，她不惜付出自己的一切。她总认为，爱一个人，本就不求回报，而是一种付出，唯有如此，才是真情。

“这一点小姐大可不必担心，以本公对项羽的了解，他既然要本公替他求亲，说明他对小姐肯定是一片痴情。”刘邦极有把握地道。

“好！既然你这么说，我可以答应你，只是你又怎能保证这位纪公子的安全呢？”虞姬看了看纪空手道。

“为了表示本公的诚意，本公这就将他送入小楼之中。一个月后，小姐下嫁之日，便是他重获自由之时。”刘邦心中虽恨，但也是无法可想，只能无可奈何地提出自己的承诺。

“那就一言为定。”虞姬心中虽然酸楚，但因为自己的付出能换来心爱的人重新获得自由，不由得又生出几分欣慰。

刘邦抱着纪空手上了小楼，将他放入虞姬的香帐之中，脸上不无妒色：“此人能得小姐青睐，实是几生修来的福分，本公却有一事不明，想向小姐请教一二。”

虞姬吩咐袖儿端来热汤，替纪空手擦拭着脸上的血迹，半晌才道：“希望这是你最后一个问题。”

“本公实在弄不明白，小姐从来没有离开过霸上，又怎会与此人相识？不仅如此，如果本公所料不差，小姐对此人绝非是一般的朋友关系那么简单吧？”刘邦道。

虞姬深情地凝视着纪空手，缓缓说道：“一个女人的心思，有的时候连她自己也琢磨不透，何况你呢？她若是喜欢上一个人，也许只要看上一眼就足够了，因为她是凭着自己的直觉去解读这个男人，但若是她不喜欢一个人，就算让她与之相处十年，也是徒然。”

“是吗？本公还是不太明白。”刘邦的脸上露出尴尬的笑意，狠狠地瞪了一眼昏迷不醒的纪空手，摇了摇头，向门外走去。

“你是无情之人，所以永远不会明白。”虞姬冷冷地一笑。

当刘邦走出小楼，楼外已是重兵密布。他沉凝片刻，下令三千弓箭手先行出城回营，然后叫来乐白道：“从今日起，你亲率问天楼的人马封锁整个虞府，没有本公的命令，任何人都不得擅自出入！”

“这其中是否也包括了虞公夫妇以及小姐？”乐白问道。

“他们不在此例。非但如此，你们只能严密监视他们的行踪，不可有半点怠慢，倘若有得罪之处，你就提头来见！”刘邦一脸阴沉地道。

“可是万一纪空手伤病痊愈，只怕属下这些人手难以应付。”乐白想到纪空手之勇，依然心有余悸。

“这一点你大可放心，所谓死罪可免，活罪难逃，本公岂能真的纵虎归山？在他的身上，本公早已做下手脚，除非神农再生，否则你我就再也看不到那个骁勇善战的纪空手了。”刘邦狰狞一笑，只有这时，他才感到了一种从未有过的快意。

他之所以答应饶纪空手不死，虽然是想利用虞姬来为他争取在项羽面前的信任，但在很大程度上也是因他有一套封穴闭经的手法。这套手法极为阴毒，难练得紧，乃问天楼不传之秘，一旦用于人身，可使内家高手在顷刻间变成常人，只是没有太大的实战性，是以极少使用，江湖中人更是知者甚少。

但在此刻用于纪空手的身上，却是再合适不过了。一来纪空手人已昏迷，毫无反抗之力，刘邦只需在抱他入楼时，即可得手；二来又可遮人耳目，不让虞姬起任何疑心，这样一来，纪空手功力尽废，以一个废人来换得一个活生生的大美人，然后将之献给项羽，这等买卖可谓划算。

虞姬眼见纪空手昏迷不醒，早已方寸大乱，哪里想到刘邦会有这等手段？不过在她的精心照料下，眼见纪空手的状况一天好似一天，心中也着实欢喜。

纪空手又哪里知道虞姬为了自己所付出的代价，他虽然猜到了一点，可真正让他感动的却是虞姬对自己的这番真情。

在虞姬与袖儿的陪护下，又过了数日，纪空手终于可以起床行走了。虞公夫妇虽然觉得女儿的行为太过离经叛道，然而爱女心切，也就任着她的性子行事，倒也相安无事，只是虞府内外有人监视，使得府中上下的气氛略微紧张了些。

这几天中，纪空手数次调息体内真气，都未成功，始知刘邦用在自己身上的手法绝非一般，心里虽然着急，但为了不让虞姬担心，却也隐忍下来。

虞姬为了博他开心，每日总是陪他抚琴弄歌，偶尔兴之所致，亦来一段长袖舞，令纪空手大开眼界。自从那一日他明白虞姬心迹之后，不知不觉中，他也渐渐地在心中生出几缕情愫，只觉得虞姬在自己心中的地位愈来愈重，对她更加难以割舍。

但是随着时间一天天地过去，虞姬的笑脸愈发少了，眉间的愁丝却不减反增，等到纪空手明白了事实的真相时，此刻距虞姬下嫁之日不过十天之数。

唯有此时，纪空手才明白虞姬为了自己所付出的牺牲是如何之大。一个女人，为了自己所爱的男人却要下嫁给一个她所不爱的人，这是何等凄美的传说，又是何等感人的故事，若非真爱，谁又有这般情怀。

不过他是纪空手，纪空手是绝对不能容忍这种事情发生在自己身上的，虽然他功力尽废，可是他还有头脑。

他始终认为，自己之所以能让对手害怕，并不是因为高明的武功。在很多情况下，拥有超人的智慧远比武功要管用得多。

是以，他决定用自己的头脑来改变虞姬的命运，要想让虞姬不守承诺，就只有一个办法，那就是在她下嫁之前，他必须平安地离开虞府，离开霸上。

一个功力尽废的人，要想从如云的高手之中逃脱，除非是出现奇迹。

不知道纪空手这一次是否也能创造这个奇迹？

霸上城外，大军主帅营帐中。

一方主案之上，置放着一张摊开的帛书，主案两边，跪坐着卫三公子与刘邦，两人的脸色十分严肃，眉头紧皱，显然是在为一桩棘手的事情感到烦恼。

这两人都是城府深远之人，智慧过人，假若连他们都不可能解决，那的确是件棘手的事情。

“直到今天，我才发现当日在樊阴犯下了一个多么可怕的错误。”卫三公子轻轻地叹了一口气。

“谁也想不到会是这样的结果，您又何必自责呢？”刘邦劝慰道。

“我身负复国大计，卧薪尝胆数十年，就是为了要在今日的乱世之中打造一片属于我们的天下，假若是因为自己当初一个错误的决定而让这复国大业毁于一旦，我岂止是自责，简直该死才对！”卫三公子的眼中流露出一丝懊悔，这在他的身上实在少见。

“现在想来，如果我们不杀纪空手，也许会少了这样的一个大敌，更多了一个真正的强助，这么看来，当然是一件非常划算的事情。但放在当时，纪空手无论在智计上，还是功力上，都不显山露水，实在没有太大的利用价值，更何况他亲手为我策划了造神计划，留下只能是徒增后患。”刘邦的眼睛眯了一眯，“所以说，我们的决定并没有错，只是此一时彼一时罢了。”

“唉，可惜呀，假若当时我能预见到这一点，也就不至于弄到今日这般头痛的地步。”卫三公子叹道。

刘邦诧异地凝视了卫三公子一眼，道：“您老今日怎么啦，唉声叹气的，这可不是您老的行事作风。我记得您老曾经对我说过这么一句话，在一个英雄的身上，永远找不到‘后悔’这两个字，可是……”

“也许我真的老了。”卫三公子的表情似乎很无奈，苦笑了一声，只有在这一刻，刘邦才发现他的双鬓已白，满是华发，眉间写尽沧桑，再也不是往昔那叱咤天下的一代枭雄了。

刘邦不忍再看，低下了头，在他的心里，忽然泛起一丝难以压抑的战栗。

等他再抬头时，却见卫三公子又回复了他一贯的冷峻，手指帛书道：“我们现在还有足够的时间来弥补我们犯下的过失。依你之见，项羽这封信函的意图究竟是什么？”

“他的信函中虽然用词客气，邀我赴鸿门一见，但是我想，他最终的目的是要夺去我的兵权。”刘邦思索良久，这才说道。

“也就是说，他对我们已起了疑心，纪空手在霸上一战为我们制造的隐患终于还是发作了。”卫三公子冷哼一声。

“是的。据我所知，项羽直到今日才遣人相约，是充分利用了这段时间，在霸上通往各地的交通要道上设下重兵，对我大军形成了合围之势，假如我军与之硬抗，在实力如此悬殊的情况下，极有可能遭到全军覆灭！”刘邦分析着他所知道的消息，掂量着战与不战的利弊。对他来说，此刻无疑是生死关头，任何一个细微的失误都有可能令他前功尽弃，这样的结局，当然不是他与卫三公子希望看到的。

“既然不能抗衡，就只有冒险赴宴，向他释疑。可是你有多大的把握能够让项羽确信你与问天楼毫无关系？”卫三公子问道。

“我的手上，只有虞姬这一张王牌，是否成功，就要看我们的运气了。”刘邦淡淡笑道。

卫三公子沉默半晌，方才缓缓地道：“我这一生中，从不相信命数，也不相信这世间确有运气的存在。只有无能的人，才会将自己的命运寄托在这本无一物的运气当中。所以我想，我们还得靠我们自己，才有机会逃过这一劫难。”

“我已经想了很久，实在没有太大的把握，如果万一不成，我们就只有放弃，再等待机会，以图东山再起。”刘邦无奈地苦笑着，说出了他心中的打算。对他来说，要放弃自己多年苦心经营的事业，这无疑是一件比杀头还要难过的事情。

“不行，这一次已经是我们最好的机会，只要化解了眼前的这场劫难，最多不过两三年时间，这天下便是我们的天下，我又怎能轻言放弃?”卫三公子摇了摇头，断然否决。

“可是就算虞姬屈于我们的要挟，尽心替我们说话，可在时间上还是来不及了。虞姬下嫁之日，也是我赴鸿门之时，她纵有万千风情，又怎能在一日之内让项羽着迷其中，言听计从?”刘邦轻叹一声，摇头道。

卫三公子站将起来，双手背负，一个人在大帐之内来回走动，突然想到什么，问道：“张良何在？所谓一人计短，两人计长，既有这样一位可定乾坤的军师，何不求教于他?”

刘邦道：“此人的确是一个人才，可惜的是他听了情况之后，只说了一句话，只怕于事无补。”

“哦。”卫三公子惊诧地道，“说来听听。”

“他说，能成大事者，必须无情!”刘邦迟疑了片刻，吞吐不定。

卫三公子浑身一震，显然明白了张良话中的意思，而刘邦之所以吞吞吐吐，恐怕也是基于这层意思。

卫三公子眼芒直射，与刘邦的目光在虚空相交，一触即分，在这一刻间，他的心情陡然激动起来，因为他终于作出了也许是他这一生中最重要的决断。

刘邦脸上无光，黯然低头。当他与卫三公子对视的刹那，他读出了那双眼睛里所蕴含的坚定与决心。

他已无话可说。

“我记得有一句话叫英雄所见略同，意思是说但凡英雄，他们看待问题的眼光大致不差。无论张良，还是纪空手，不管他们是友是敌，在我的心中，他们无疑都是这个时代的英雄，如果连他们都认定我们只有一条路可走，那么我们只怕是别无选择了。”卫三公子淡淡一笑，目光中的凄凉依然掩饰不住。

“不，我们还可以重头再来。”刘邦抬起头来，他的眼中已噙满泪水。

“我已经老了，再也没有这份勇气与耐心了。”卫三公子摇了摇头，“这让我想起了数十年前一件轰动天下的传奇。燕国太子丹为了策划行刺秦始皇的大计，请来了当时的天下第一剑客荆轲。荆轲提出，要想接近始皇，必须借助两件东西，缺一不可。于是太子丹便问，‘是哪两样东西？’荆轲道，‘督亢的地图，樊於期的人头。’樊於期乃大秦叛将，为始皇所恨，投靠燕国为将。为了报自己一家的灭门之仇，樊於期毅然舍身献头，促成了荆轲赴秦之行。虽然荆轲最终失手，但樊於期的惊人之举，无疑是江湖上最热血的一段传奇。”

“父亲，不要说了！”刘邦惊呼道，他已是满脸泪水，语带哽咽。

他与卫三公子竟是父子！这的确让人觉得匪夷所思，虽然合理，却不合情，是以没有人会猜到他们之间会是这样的一层关系。

所谓合理，是因为问天楼如此全力襄助刘邦，甚至不惜牺牲问天楼的利益，假若他们不是父子，以卫三公子的性格为人，又怎会甘为人梯？

所谓不能合乎于情，是因为刘邦既是卫三公子的亲生儿子，卫三公子纵是一代豪阀，毕竟也还是一个人，他又怎能安心将自己的儿子交到别人的家中抚养？而且一养就是二十年呢？

没有人能够了解卫三公子的心态，也许只有他们父子之间才有这种近乎畸形的亲情，但也只有他们是父子，才可以解释刘邦何以会从沛县的一个小小亭长一变而成为可以争霸天下的风云人物。

卫三公子带着怜惜的目光深深地看了刘邦一眼，脸上的肌肉因为激动而抽搐了几下，缓缓地道：“我等着你叫我这个称呼，已等了二十多年了。人非草木，孰能无情？但是为了我问天楼的百年大业，为父只能选择这样去做，你可明白为父的用意？”

“孩儿明白。”刘邦紧咬嘴唇，点着头道。

“你明白了什么？告诉我。”卫三公子冷冷地道。

刘邦深深地吸了一口气，眼神紧盯在卫三公子不动的背影上，一字一句地道：“因为我不姓刘，而姓卫，是卫国王室的后裔，更是问天楼阀主卫三公子的儿子！所以我一来到这个世界，就已经不属于我自己了，我必须为自己肩上的重担去忍受一切。”

“说得好！”卫三公子拍了一下掌，“那么你应该理解为父为何要将你送到沛县的原因了吧？”

“是的，因为你害怕我会在舒适的环境下磨灭斗志，害怕我会躺在父辈的荣誉中享受生命。所以你就让我一个人生活在生存环境极度恶劣的地方，锻炼自己的意志，磨炼自己的耐性，从而可以担当起自己应该担当的责任。”刘邦的脸上一片坚毅，显得极度自信。

“你吃了这么多的苦，难道就从无怨言？”卫三公子转过头来，充满慈爱地道。

“我也怨恨自己生于一个贫苦的家庭，受尽贫寒，受尽屈辱，也恨自己何以要低人一等，但是当我知道了自己真正的身世之后，我才发觉这些磨难正是我最大的财富，日后再遇上挫折也绝对不会影响到我的心态，更不会影响到我争霸天下的决心。”刘邦坚定地道。

“你能这样想，为父真的感到非常欣慰，这至少证明了你已成熟，可以单独去完成我们祖先留下的夙愿。”卫三公子淡淡一笑，“所以，你应该明白为父为何要提起樊於期的故事。”

刘邦心里十分清楚，无论是纪空手，还是张良，他们都已看到，如果自己要在这种局势之下尽去项羽心中的疑惑，完全取得他的信任，唯一的办法就是提卫三公子的人头去见项羽。

只有这样，项羽才会相信刘邦与问天楼没有半点瓜葛，也才会将兵权继续交到刘邦的手中。但是问题在于，刘邦真的下得了手吗？卫三公子毕竟是他的亲生父亲。

"我们已别无选择。"卫三公子微笑道，"昔日樊於期将自己的人头交给荆轲，是相信荆轲一定能为他报仇，因为他知道凭自己的努力，根本就不可能杀死秦始皇。而今天，当我决定将自己的人头交给你时，我同样相信你能替我完成多年未了的心愿，希望你不会令我失望。"

刘邦没有说话，只是跪在卫三公子的身前，重重地叩了八个响头，抬起头来道："我一定不会让你失望。"

他已明白，此时此刻，任何劝说都是多余，既然卫三公子已经决定，那么谁也无力去更改他的命运。对于他们父子来说，只要能够达到目的，付出任何代价都是值得的。成大事者，就必须无情，就算有一天需要他自己献出头颅，他也会义无反顾，绝不皱眉。

这也许就是他们父子的命运。

卫三公子欣慰地笑了，轻轻地扶起刘邦，将他紧紧地搂在怀中，道："你不用为我伤心，能为自己一生的理想献出生命，这是我的荣幸，只要你能最终成为这个天下的王者，我在九泉之下，也会为你感到骄傲。"

"临走之前，你不想再说些什么吗？"刘邦既然知道这将是一个不可避免的事实，只有横一横心，勇于面对。他现在只有一个念头，那就是绝不能让父亲的血白流！绝不能让父亲的死变得毫无意义！

流星划过夜空的刹那，虽然短暂，却能给这天地留下令人眩目的辉煌。刘邦明白，只有凭着不懈的努力，他才可以让父亲的死如流星一般辉煌灿烂。

卫三公子整个人都变得异乎寻常的冷静，他的思维进入了高速运转之中，必须为自己的每一句话权衡利弊，虽然他的生命已是进入了倒计时的状态，但正因如此，他才应该为刘邦提出有效而正确的建议。

"如果你取信于项羽，以退为进，退守汉中，这固然是出于战略上的考虑，更重要的是因为登龙图上记载的藏宝地点，恰好在汉中郡内，你完全可以利用两三年的时间养精蓄锐，招兵买马，充分发挥宝库中的财力与兵器，与项羽一争天下。”卫三公子提出了他的第一个建议，更像是自己的临终遗言，刘邦竖耳倾听，不敢遗漏一句，因为他相信卫三公子此刻的每一句话都是金玉良言，是他集一生经验来预测的未来形势，自己没有理由置若罔闻。

“不过你要切记，凡事不能操之过急，该忍则忍，能忍别人不能忍之事，方能最终出人头地。”卫三公子加了一句，虽然他对刘邦十分放心，但年轻人终究是年轻人，难免有血气方刚的时候，此时叮嘱一句，可让他终生受益。

“孩儿一定铭记于心！”刘邦道。

卫三公子满意地点了点头，道：“造成你我今天这种局势者，乃纪空手也。虽然你已废去他的武功，但不怕一万，只怕万一，只有将他尽早除去，你才可以高枕无忧。”

“可是孩儿已经答应虞姬，倘若出尔反尔，惹恼了她，只怕反而会弄糟事情。”刘邦担心地道。

卫三公子的眼中流露杀机：“这很简单，虞姬下嫁项羽之后，你悄悄将纪空手杀了，再寻一个替身，谅她也识不破内中玄机，否则有纪空手在，终究是一个心头大患。”

“是，孩儿这就着手去办。”刘邦本来就对纪空手恨之入骨，想到今日父子间生离死别，归根究底，还是纪空手一手造成，心中更是半点也容他不下，恨不得除之而后快。

“这两桩事情纵然不由我说，想必你也能考虑得到，但是还有一桩事情也是极为重要，我若不说，只怕你容易忽略过去。”卫三公子看看四周，压低声音道。

刘邦心中一惊，忽然想到什么：“父亲所指，莫非乃韩信？”

“此人的武功智计虽然不能与纪空手相提并论，但在当今江湖之上，亦算得上是一个佼佼者了。他与纪空手一样，同样是造神计划的知情者，实力之强，恐怕对你日后的事业不无裨益。可是你记住，此人对‘名利’

二字太过看重，切不可对他信任过度，到了一定的时机，该出手时就出手，以免徒生后患。”卫三公子道。

“孩儿若要争霸天下，正需要韩信这样的人才，倘若杀之，未免可惜。何况他背叛纪空手来投效于我，不正表明了他对我的忠心吗?”刘邦似有不解。

“一个人如果为了名利而对朋友不义，又岂能对自己的主子尽忠？自古忠义二字，可以衡量出一个人的禀性，为父一生阅人无数，相信不会看错。”卫三公子冷冷地道，“如果说韩信真的对你我忠心，那么霸上一战，纪空手就只能死在他的手上，你应该不难明白我的意思吧?”

刘邦是聪明人，闻其言而知其意，一点即明，不由轻抽了一口寒气：“这么说来，岂非凤五也……”

卫三公子冷笑道：“对我来说，没有绝对的敌人，也没有绝对的朋友。所谓宁枉勿纵，我可以对不起别人，可千万不要让别人对不起自己。”

“孩儿明白。”刘邦眼芒一寒，心中杀机骤起。

“你好自为之，日后的路只有靠你自己去走了。”卫三公子拍了拍他的肩膀，刘邦顿时感到体内的经脉刹那间充满了力量，他知道有容乃大心法的特性，也知道卫三公子已将自身的三成内劲暗中传于自己。

大帐之内，一片静寂，但刘邦的心情却起伏不定，莫名之中，似乎有一股悲伤的情绪如毒蛇般吞噬着他的神经，一点一点地向着他的全身蔓延……

卫三公子似乎不为自己将死的命运感到一点悲伤，反倒是为刘邦未来的发展感到了十分担心。

“我回来啦!”人未至，袖儿甜甜的声音先到了小楼。

可是纪空手却不在楼中，他在假山下的一块大石上静静地坐着，观赏着水中游鱼怡然自得地戏水。

虞姬悄然走近，来到他的身后，轻叹一声：“我们现在的处境是不是有些像这水中的鱼？虽然自由，却游不到这水池的外面。”

“鱼儿是不会游出来的，因为水池的外面没有它们赖以生存的水，自由的代价往往就是死亡。”纪空手微微一笑，“这听起来是不是很可怕？”

“死并不是这个世上最可怕的东西。”虞姬的话中似乎带有一股幽怨，却在心里暗暗说道：“真正可怕的东西是多情人不能相聚。”

纪空手将虞姬的表情看在眼里，只能是佯装视而不见，拍拍手道：“如果我没有算错，你和袖儿已逛了第十次街了吧？”

“是呀，这几天逛得我腰酸背痛的，还到处买了些用不着的东西，真让我搞不懂你，难道这也是你想出来的脱身之计吗？”虞姬噘着小嘴，斜着身子坐在纪空手的身边。

“嘘，隔墙有耳。”纪空手看了看四周的动静，压低声调道，“在这座小楼附近，至少潜伏了二三十位真正的高手，如果让他们中的其中一人听到了你刚才的话，那么我的法子就不灵了。”

“那可怎么办？我可不想坏了你的大事。”虞姬吐了吐小香舌，脸色变了一变。

“不过幸好他们这会儿距离我们较远，想来并不妨事。”纪空手的内力虽然受制，但仅限于对体外的发挥有一定的影响，所以他依然能使自己的耳目处于一种非常灵敏的状态。

他从一条细长的石缝中扯下几株嫩黄的小花草，放在鼻间闻了一下，然后递到虞姬的眼前，道：“你认得这是什么草吗？”

虞姬摇了摇头，突然脸上一红，道：“听说古人以花为媒，莫非纪大哥也想试着学学古人吗？”

纪空手怔了一下，心中蓦然生出阵阵涟漪，柔声道：“你对我的心思我又怎会不知？其实经历了这些天，我已经读懂了我自己的心思，就是今生今世只怕再也离不开你。有时候我总在想，我有何德何能，不仅有红颜相伴，还有美人垂青，心里总是忐忑不安，生怕辜负了你。”

“你能这么说，我心里着实有说不出的欢喜。”虞姬的眼中闪出一层朦胧的雾光，语带哽咽，“这些天来，我做梦都在想着你会喜欢我，爱怜我，可是一梦惊醒，又发觉自己什么也没有，心中的那份失落，真正是无法说得出口。我总觉得，喜欢上一个人并不难，得到一个人的喜欢也不难，难就难在两情相悦，偕老一生，此刻让我听到你的心迹，始知苍天有眼，总算不负我这一片痴情。”

她在说这些话的时候，有一种发自内心的欣慰，更有一种满足与充实，只觉得天地之大，终于找到了自己的归宿，心中好生欢喜。纪空手不禁在心中问着自己：“有妻如此，夫复何求？”缓缓地握住了虞姬那滑如凝脂的小手。

两人说着话儿，不知不觉到了用膳的时间，袖儿寻来撞个正着，直吐舌头：“哎呀呀，我可不是故意的。”

虞姬羞红了脸，啐道：“小妮子只会乱说，我和纪大哥坐在这里说话，又怕了谁来？”

袖儿与虞姬名为主仆，实则情同姐妹，眼见虞姬情有所属，也是替她高兴，笑着打趣道：“说话你就好好地说，没见过非要拉着手才能说话的人。纪大哥，要不你也拉着我的手，我们两个说上一会儿悄悄话吧？”

她抿嘴一笑，顾自去了。

纪空手手中依然捏着那几根嫩黄色的花草，携着虞姬向小楼走去。虞姬小脸一红，道：“纪大哥，你莫非真的要把这草儿当作向我求婚的定情之物么？”

“两人若是真心，又何必在乎这约定俗成的规矩？”纪空手微微一笑，“这草儿我另有妙用，待会儿你就能知道它的用途了。”

虞姬斜了小草一眼，半信半疑地道：“你又在故弄玄虚了！”

“其实说它是你我的定情之物，的确也沾得上边，因为只有我顺利地逃出霸上，你才不至于受人要挟而下嫁项羽，而它又是我能否顺利逃出霸上的关键，自然就显出它的至关重要了。”纪空手莞尔一笑，拥着虞姬温软的细腰回到了楼中。

楼中的一方长几之上，堆满了七七八八的一些杂物，有珍珠首饰，有药材膏丸，有粗膳食作料，有花粉蜂蜜……看包装样式，全是新买之物，根本未及开封，弄得这大家闺房之内浑似一个杂货铺。

“偏是你喜欢捉弄人家，叫我和袖儿上街采办了这么多的杂货，我倒想看看，你又在打怎样的鬼主意。”虞姬斜了纪空手一眼，见他在这堆杂货中翻来倒去地挑个不停，不由娇嗔道。

“我怎舍得平白无故让你受累？”纪空手爱怜地看了她一眼，忽然正色道，“你可听说过江湖上有易容一说？”

“易容？”虞姬看了看眼前这堆与易容术毫不沾边的东西，摇了摇头，“易容术岂是你所说的这般简单？若是没有秘制的药水与特殊的材料，只怕也是徒然。”

“这你就不懂了。”纪空手道，“需要药水与备好的材料来化装易容，虽然也能惟妙惟肖，但终是下流手法，不能入高人法眼。真正的易容高手，讲究的是信手拈来即材料，随便一样看似毫无用处的东西，到了他的手中，就能化腐朽为神奇，发挥出千变万化的功效。”

虞姬刮了一下纪空手的脸：“你也不嫌害臊，难道说你还是这易容术的行家不成？”满脸尽显不信之色。

纪空手道：“我虽不是，但我的朋友却是，盗神丁衡之名，天下人不知道这个名字的人只怕不多。”

“此人神偷绝技冠绝天下，竟会是你的朋友？”虞姬极是诧异，掐指算来，纪空手与丁衡年龄相差数十年，似这等忘年之交，倒也少见。

“可惜他已不在人世。”纪空手神色黯然，半晌才抬起头来，“你可知道，一个真正的盗神，他最终得以成名的原因究竟是什么？”

虞姬轻轻地靠在他的怀中，静静地斜头看着他，没有说话。

“真正的盗神，不在于是否可以偷到别人的东西，而在于他偷到东西之后，可以神不知鬼不觉地全身而退。唯有如此，他才能成为别人根本无法企及的盗神！像这样的一个奇人，才会是易容术的真正行家。”纪空手脸上情不自禁地流露出钦服之色，对这位已然逝去的朋友，心中永远充满了尊重与仰慕。

“所以你也从他的手里学到了易容术。”虞姬道，“不只是易容术，应该是非常高明的易容术。”

纪空手微微一笑，道：“你这是夸我呢，还是在贬我?”

“我不知道。”虞姬的眼中又闪烁着如丝如雾般的朦胧，柔声道，“我不知道你的易容术有如何的高明，却知道你的偷技远比丁衡厉害，因为你在不知不觉中已经偷走了我的芳心。”

“我觉得我有些醉了。”纪空手大笑起来，他喜欢虞姬此刻的表情，虞姬的美也许就美在朦胧。

笑过之后，纪空手拿着手中的花草道：“这种花草名为三黄草，你只要将它的汁水榨出，然后配上山西陈醋、新采的花蜜、磨碎的珍珠粉，再加上炭炉中的一点炉灰，它就可以变成非常有效的易容药水。”

虞姬眼中闪出一丝惊喜：“这就是你要我去逛街的原因?”

“是的，我不敢肯定刘邦与问天楼里有没有人知道这种药水的配制，为了保险起见，我才会让你分批分量地去街上采购回来，因为这事关系重大，甚至牵涉到你的幸福，我必须谨慎。”纪空手道。

“这样的话，即使有人跟踪我们，调查到我每次采办的货物，也无从猜测我们到底在打什么主意。”虞姬似有所悟。

“没有假设。以刘邦的行事作风，他肯定会对你严密监视，甚至对你走过的每一条路线、接触的每一个人都会进行周密的调查。他也知道，你是为了我才答应他下嫁给项羽的，如果被我逃走，那么他精心布下的计划就会前功尽弃。”纪空手冷静地分析道。

“他凭什么就敢肯定我嫁给项羽之后就一定会替他说话?”虞姬气咻咻地道。

纪空手轻轻地吻了一下她的额头，道：“他已看出了你对我的心思，所以只要牢牢地把我控制在他的手里，他就不愁你不听话。”

纪空手说到这里，整个人近乎有些动情，轻咬了一下虞姬的耳垂，道："如果他以你来向我提出要挟，恐怕我也只能就范，因为我在乎你。"

虞姬只觉心中一荡，浑身柔软无力，整个人如一团软泥般陷入纪空手的怀中，呢喃道："我也一样。"

纪空手深深地吸了一口气，好不容易才控制住自己的情绪，充满自信地道："他虽然很会算计，但是绝对算不到功力已废的我还能从他布下的层层重围中脱身而去。这一次，他恐怕又得失望了。"

"我相信你，我对你从来都是充满信心！"虞姬深情地凝视着纪空手的眼睛，带着一种令人炫目的痴迷，"从我第一次看到你的时候，我就在心里悄悄地对自己说，'这才是一个真正的男人，无论在什么情况下，他都具有如此强大的自信，就像是一座巍峨险峻的高山，永远值得每一个女人去依靠他，去信赖他。'我知道这是我的直觉，而一个女人的直觉通常都不会有错。"

纪空手十分感动，轻拍了一下她的香肩，道："我一定会证明给你看，你的直觉并没有错。"

说完取出所需要的各种材料，将之装入到一个随身携带的器皿中，开始调配药水。

这种调配的方法看似简单，但是每种材料的用量与加入时间都十分讲究，多一分少一分直接影响到药水的功效，是以纪空手屏住呼吸，小心翼翼地进行着每一个调配的步骤。幸好整个过程用时不多，在纪空手妙手下，器皿中竟然出现了一小摊无色无味的液体，乍眼看去，有点呈现糊状。

"好奇怪呀，你加入的材料都是有色有味的东西，怎么一经你的调制，马上便成了现在这个样子？简直让人觉得不可思议。"虞姬摇了摇头，几乎不敢相信自己的眼睛。

"你千万不要问我这其中的玄机。"纪空手看到虞姬一脸求知的欲望，皱皱鼻子道。

"干什么嘛，人家也是不懂才会问嘛，又不是想偷师学艺。"虞姬噘着小嘴，眼中似笑还嗔，佯装出一副生气的样子。

"因为我也不知道它的变化与道理。"纪空手笑了笑，"在江湖之中，像这样神奇的独门秘法还有很多，它们都是出自于前人之手，流传百年之后，成为一种经验之谈，后人只是享用它的神奇功效，却忘了它形成的原理，久而久之，就再也没有人可以懂得内中玄机了。"

虞姬扑哧一笑，道："你不知道就说不知道嘛，何必还要说这么一大堆废话？不管怎么样，你在我的心里总是了不起的，根本就不会因此有任何的改变。"

纪空手尴尬地一笑，赶紧顾左右而言他，拍拍手道："既然大功告成，接下来你又得到街上逛上一逛了。"

"我可不去，只想在这里守着你。"虞姬扭着腰道。

"你想不想知道，这些天来，我为什么会让你和袖儿去逛街?"纪空手突然压低嗓音道。

"你刚才不是说出了原因吗?"虞姬满是不解地道。

"那只是其中的一部分，最重要的原因，是因为我需要你去帮我联络旧部。在我逃走的那一天，必须要有他们的接应。"纪空手肃然道。

虞姬收起笑容，始知自己担任的角色是何等重要。想到自己能为情人尽些心力，心里好生高兴，催促道："那么我该如何去做，还请纪大将军吩咐!"

"大将军?"纪空手怔了一怔，想到自己此刻确有将军的威风，莞尔一笑，"你听说过徐家绸缎庄吗?"

"这可是我们霸上有名的绸缎铺，铺子里的徐老板与我父亲还有些生意上的往来，你怎的会问起它来?"虞姬愕然道。

"那就好，其实这徐老板也是知音亭的一个眼线，如今刘邦在霸上封锁了关于我的一切消息，无论是知音亭的人马，还是我的神风一党，恐怕至今还没有我的音讯，所以你只要寻个机会，将我在虞府的消息在无意中泄露出去，这徐老板肯定有办法将这个消息传送到五音先生那里。”纪空手说出了自己精心设计的计划。

“还有红颜那里，是不是?”虞姬斜了他一眼，似笑非笑。

纪空手一脸至诚，道：“在我的这一生中，在我的心里，我把你们看得是一样的重要，无论要让我在你们当中只选哪一位，我都会很伤心，都会流泪，所以我绝不选择，只愿我们三人同行，能够走完今生今世。”

“我明白，所以我并不嫉妒，你又何必这么紧张呢?”虞姬终于笑出声来，其实在她的心中，明白像纪空手这样的男人绝不会只属于她一个人，只要纪空手心中有她，她已知足，根本不再强求太多。

纪空手擦了擦额头上的冷汗，道：“你能这样想，我真是感到高兴，只是时间不多，我看我们还是谈正事要紧。”

虞姬俏皮地吐了吐舌头，不再开口。

“我考虑了很久，觉得若想不着痕迹地达到目的，你和袖儿必须在街上多逛几个地方，然后佯装无意地进入徐家绸缎庄……”纪空手贴着虞姬的耳朵，一五一十地将全盘计划悉数交代，最后才道，“此事是否成功，全靠你了。遇事务必机警，切忌不可轻举妄动。”

虞姬在心里默默地回味了一遍纪空手的话，这才嫣然一笑，道：“这件事情既然关系到我一生的幸福，我哪里还敢不尽心尽力?你就等着好消息吧。”

她轻盈地跳出纪空手的怀抱，美妙的身影优雅地消失于门外。纪空手的脸上看似悠然轻闲，其实他的心里却在悄悄地问着自己：“虞姬能在刘邦众多的耳目之下将自己的消息传送出去吗?此刻的红颜，又在哪里?”

他不知道，所以他只有耐心等待。他总认为，一个善于等待的人，才最容易把握住稍纵即逝的机会。

第三十五章　鹞鹰传音

刘邦采取的是外松内紧的对策，所以他虽然在虞府附近布下了重兵，但丝毫没有影响到霸上小城的繁华市面。

虞姬与袖儿从府门出来，走不多远，便发现有人在暗中跟踪她们。虞姬心里清楚，以刘邦的实力，绝不只派这几个人来监视她们，这大街上的人流中，说不定就有很多人是刘邦布下的眼线。

她不由心中一凛，保持着高度警觉，但脸上却没有一丝紧张的神情，轻松悠闲，就像是真的逛街一般。

事实上她前脚一离虞府，有关她的消息便通过不同的渠道汇报到了刘邦的面前。此时的刘邦人已不在军中，就在距虞府不远处的一座花园中，菊香正浓，而他却无心赏菊。

自从卫三公子作出牺牲自己的决定之后，他心里就像是被一块大石紧紧压住，紧张得几乎透不过气来。

他不能不紧张，毕竟卫三公子是他的亲生父亲，就算他冷血无情，也不可能目睹父亲的将亡而无动于衷。

他知道自己真正的身世之时，只有十岁，从那一天起，他就明白，他已不再属于自己，他属于问天楼，属于他们要完成的大业。

于是在父亲的督导下，他开始了残酷而枯燥的训练，无论是在武功、韬略，还是在性格意志上，他都按照父亲的要求来磨炼自己，十年如一日，直到有了今天的成就。

在他的内心深处，其实他是十分理解父亲卫三公子作出的这个决定的。他们父子也许正是同一类人，担负着祖先的遗愿，为了复国大计，他们从来就不曾考虑过太多的个人利益，即使为了自己一生的理想付出宝贵的生命，他们也认为这是理所当然的事情。

既然付出，就要回报，这同样也是他们做人的原则。眼看鸿门赴宴的日期愈发临近，刘邦不得不更加小心，他不想让父亲卫三公子的头颅变成毫无意义的牺牲。

“虞家小姐先是到了一家点心铺，包了一包点心，又到了一家胭脂店，买了一盒产自西域的红粉唇膏，现在正准备到前面的牌楼……”一位属下正一五一十地向刘邦汇报着虞姬的每一个行踪，任何细节都不敢疏漏，甚至在哪个时间碰到了谁，说了几句话，都一一在列。

刘邦没有说话，只是静静地皱着眉头，思考着问题。在他的身后，除了乐白、宁戈之外，还有凤五、韩信，大家都屏住呼吸，不敢喘一口大气。他们无疑都是问天楼的核心成员，所以他们也是少有几个知道卫三公子的决定的人，当然不想在这种悲愤的气氛下，惹出一身不必要的麻烦。

“这几天来，虞姬在街上出现的频率实在频繁，笼统计算，这已是第十一次了。依你们的见识，这是否有些反常?”刘邦回过头来，扫视了众人一眼，提出了他的质疑。

“属下认为，纪空手既已伤病痊愈，虞姬又在这个时候频频出府，肯定内中有因，只是属下查阅了虞姬购买物品的名单，并未发现有任何可疑的地方。”乐白上前一步道。

“此刻的纪空手等若废人，又在重兵看守之下，如果换作是你，你现在最想做的事情会是什么?”刘邦思考问题的方式果然与众不同，他追本溯源，一句话点中了问题的关键要害。

韩信见得刘邦的目光盯着自己，忙道：“如果是我，当务之急便是要设法治愈体内的伤病，恢复功力，才敢奢谈其他，否则一切免谈。”

“幸好你不是纪空手。”刘邦冷冷地哼了一声，“本公以独门手法封制了他体内五处穴道，要想化解，谈何容易？纪空手明知不可为而为之，岂非太蠢了些？”

“是，属下愚昧！”韩信心中虽恼，脸上却不动声色。

刘邦似乎满意韩信的反应，所谓用人之道，恩威并施，他不想让韩信感到太过难看，是以放轻了口气道：“这也是人之常情，你能这么去想也属正常。只是纪空手为人狡诈，往往可以从不是机会的情况下创造出机会来，所以本公揣度，他此刻心中所想，还在于如何逃出霸上。”

众人无不愕然，乐白惊奇道：“以他现在的情况，要想逃出霸上，无异于登天之举，他若真有这种痴心妄想，那就太可笑了。”

“一点都不好笑。”刘邦冷笑道，“事实上他的心里正是这么想的，否则他也不会让虞姬频频出现。”

说到这里沉吟片刻，接着道：“自霸上一战之后，本公就封锁了关于纪空手的一切消息，所以他此刻是生是死，除了我们这些人之外，仅限于虞府的人知道。如果这个消息传将出去，一旦五音先生率众赶来解救，纪空手便有机会出逃。”

“那么我们何不封锁虞府，不准任何人出入？抑或，将纪空手带出虞府，转移到大营之中？”乐白不解地问道。

“如果我们可以这样做，本公早就做了，又何须你来提醒？可问题是本公不想因此与虞姬闹翻脸，日后她若下嫁项羽，本公必须借重于她。”刘邦道。

这个问题的确让人患得患失，深陷两难境地，就连刘邦也感到了棘手。就在这时，一名属下又匆匆前来禀报：“虞家小姐又到了徐家绸缎庄，正要进去，属下跟近的时候，被她盯了一眼，生怕引起她的疑心，所以回来请示将军。”

“立刻派人混入进去，凡是她的行踪，务必掌握！”刘邦命令道。

那人匆匆去后，刘邦沉吟半晌，道：“此时距鸿门之宴不过数日，绝不能在这紧要关头出现纰漏，所以为了大局着想，凡是与虞姬有过接触或是说过话的人都必须严密监视，牢牢控制，一旦有可疑之处，立刻斩杀，不可有任何放过！”他的眼中隐露杀机，继续道，“同时在霸上内外，调派人手，严密监视来往过客。本公只有一个要求，宁可错杀一千，也绝不能放过一个！倘若有渎职造成疏漏者，休怪本公剑下无情！”

众人无不心惊，唯唯诺诺之声中，领命而去。

“纪空手呀纪空手，你若真能在这种严防之下逃出霸上，我刘邦可真得佩服你了。”刘邦在心中冷冷一笑，实在想不出纪空手还有什么办法可以冲破自己布下的天罗地网。

徐家绸缎庄就在得胜茶楼的对面，虽然相距不远，却并没有受到任何影响，生意一如往常。徐三谷站在柜台里面，虽然笑脸迎客，其实内心却如火焚烧，正为纪空手确切的消息而着急。

霸上虽小，却历来是兵家必争之地，当年五音先生经过之时，便留下徐三谷在此开店创业，建立据点，以备日后之需。现在看来，此举极有远见，实属明智之举，掐指算来，徐三谷这一待下来，也已有二十年的光景。

这二十年来，他经营有方，财源广进，隐然已成大户人家，又娶妻生子，家庭美满，称得上是有福之人。只是他始终不敢忘记，自己终是知音亭的人，养兵千日，用在一时，他时刻准备着为知音亭尽忠报效。

那一日纪空手从他的店后走出去，就再也没有回来过，没有人知道他是生是死，也无人知晓他此刻的下落。在徐三谷的心中，这虽然不是他的错，但他身为一方地主，竟然打探不到一点关于纪空手的消息，这让他感到一种深深的负罪感与内疚。

虽然他与纪空手接触的时间不多，但是他对纪空手有一种近乎五体投地的崇拜，每次看到这位充满朝气与智慧的年轻人，他仿佛又看到了五音先生年轻时候的身影。在纪空手的身上，似乎有太多之处像极了当年的五音先生，更给人一种青出于蓝而胜于蓝的感觉，这似乎也是徐三谷之所以崇拜纪空手的原因。

但真正让徐三谷认识到纪空手人格魅力的，是红颜对纪空手的那片痴情。一个像小公主这般高傲而美丽的少女，竟然会对一个男人如此爱慕和倾心，这本身就说明了纪空手的魅力之大，而且在纪空手失踪之后的第七天，红颜为了他，竟然不顾生死，重新回到了霸上。

“无论如何，我都要找到他。”这是红颜说的第一句话，非常冷静，竟然听不出一丝悲伤。

徐三谷明白，在红颜的眼中，纪空手已是她的一切，如果说纪空手一旦死了，那么对红颜来说，她也就失去了活下去的意义，所以徐三谷毫不犹豫地答应了她，即使付出生命，他也要将纪空手最终的消息打探出来，将它传送给她。

这是一个承诺，是徐三谷的承诺，也许在江湖上“徐三谷”这三个字并不响亮，但红颜却说了一句：“我相信你。”这才出城而去。

能得到小公主的信任，这对徐三谷来说，无疑是莫大的荣幸，同时也给了他莫大的动力。但是他没有想到，刘邦对消息的封锁是如此严密，无论他使用什么手段，最终都一无所获。

“难道说纪空手已经死了？如果活着，他又身在何处？”徐三谷怎么也不敢相信纪空手会死，在毫无音讯的情况下，他也就更相信自己的直觉，可是假若纪空手没有死，最有可能藏在哪里？

他的思维一直处于走神的状态中，以至于连虞姬的到来都没有引起他的注意。直到店中的伙计过来禀道：“老爷，虞家的大小姐来了。”他这才清醒过来，笑脸迎了上去。

“世侄女今日怎么有空来徐叔这里瞧瞧？难得你能光顾，瞧得上眼的东西就多挑几样，徐叔给你打个折扣。”徐三谷见过虞姬几面，又与虞府有些生意上的往来，是以见面极是热情。

“徐大叔这么客气，小姬可有些承受不起了。”虞姬赶忙行礼，她既知徐三谷的底细，好感顿生，一改昔日高傲的性子，便是徐三谷都感到几分诧异。

“所谓来得早不如来得巧，今天我庄子里正好到了一批吴越货色，无论是品相色泽，还是手工织技，都是一流的东西，我这就叫人送来供你挑选。”徐三谷眼见又进来几个客人，叫人招呼着，自己陪着虞姬来到柜台前的茶几边坐下。

徐三谷之所以能够被五音先生委以重任，让他来到霸上独当一面，说明他本身具有一定的实力。起初他并没有太多的警觉，可是待这几个客人进来之后，他一眼就看出了这些人是为虞姬而来。

“这可奇了，听说虞姬就要嫁给项羽了，谁还有这样的胆子，敢在太岁头上动土?”他听虞老爷谈过刘邦下聘一事，言语中虽然得意，但却有几分隐忧，原因是虞姬对这到手的荣华富贵并不热衷，根本提不起兴趣，这倒让徐三谷有几分刮目相看之感。

伙计送上几匹绸缎，供虞姬挑选，虞姬意不在此，但苦于这店堂上客人不少，一时也不好说话，只能悄悄地向袖儿递了个眼色。

直到这时，虞姬和袖儿才算真正领略了纪空手的厉害之处。她们虽然算不上江湖中人，但霸上相距咸阳并不遥远，关于纪空手以智计将胡亥与赵高这等显赫人物玩弄于股掌间的传奇，对她们来说并不陌生。在虞姬的心中，也许是在那一时，纪空手就开始占据了她的芳心，但是纪空手究竟有如何的神奇，她们都未曾真正见识过。

其实就在她们出门之前，纪空手就已经对她们将要面临的问题作了预测，并且想好了应对之策，所以当虞姬看到身边始终有敌人监视时，丝毫不乱。

“袖儿，你看这些上好的绸缎，把我的眼睛都挑花了，你过来替我瞧瞧，到底哪种花色更适合我。”虞姬站了起来，拉出一截绸缎在身上比画着，袖儿左右偏着头看了半晌，然后摇了摇头。

“这么说来，这一匹绸缎不适合我。徐大叔，不好意思，我得另外取一匹试试。”虞姬满脸歉意地向徐三谷笑了笑，并顺手将零乱的绸缎递到了徐三谷手中。

“不碍事，世侄女既然喜欢，多试几次也无妨。”徐三谷接过绸缎，慢慢地将它揩抹整齐，重新裹团。

在袖儿的帮助下，虞姬搔头弄首，挺胸扭腰试了半天，那几个佯装成客人的问天楼眼线只得硬着头皮在店里磨蹭半天，与她们耗着时间，只是神情尴尬，比受罪还难受。

虞姬向袖儿眨了眨眼睛，得意地一笑，为自己的捉弄手段感到十分开心。但就在这些绸缎来往传递间，徐三谷突然感觉到在绸缎之下有一只小手塞过来一样东西，他一怔之下，见到虞姬轻轻一笑，似乎有些明白，赶紧将这东西握在手里。

“这位大小姐来店里可不是第一回了，买卖干脆，出手大方，可从来不像今天这般忸怩，难道她心中有事，却只能以这种方式来告诉我？”徐三谷心里暗暗纳闷，怎么也猜不透虞姬的用意，更没有想到她会与纪空手有什么联系。因为他的身份十分机密，除了知音亭的少数几名核心成员知道外，外人根本就想不到。

好不容易将虞姬与袖儿打发之后，徐三谷心系这手心里的秘密，吩咐伙计看好店铺，自己一个人回到后院的厢房中，打开手心里的布条一看，不禁又惊又喜。

“纪在虞府，速来救援。”虽只八字，却让徐三谷激动得连手都在不住地颤抖，虽然踏破铁鞋无觅处，得来全不费工夫，但是自己毕竟付出了太多的努力，如今总算有了纪空手的消息，这怎能让他不感到这八个字的分量呢？

他深深地吸了一口气，缓住自己的情绪，然后将布条重新裹紧，塞入一段精巧的黑色竹管里。

他不敢有半点耽搁，必须要将这消息尽快传递出去，虽然霸上的城防森严，出入不易，但徐三谷并不在意，因为他压根就没有出城的打算。

知音亭一向有自己独特的传递消息的方式，那就是鹞鹰。鹞鹰不仅凶猛无比，而且飞得高，体魄强健，一般的风雨根本不能影响到它的飞行，因为鹞鹰难以驯化，所以敢用鹞鹰来传递消息的，只有知音亭一家，武林中再无分号。

这是因为知音亭里有吹笛翁，而吹笛翁正是驯鹰的高手，徐三谷的院子里恰好有一只鹞鹰，所以当徐三谷推开窗门，打声呼哨之后，它就扑腾腾地站到了徐三谷的肩上。

“鹰儿，所谓养兵千日，用在一时，你吃了我不知多少谷米，今日便请你为我跑上一趟，你可千万不要辜负了我，这可是关系到纪公子的性命呀!”徐三谷将竹管套系在鹞鹰的脚上，轻抚着它光滑的羽毛，又爱又怜地道。

这鹞鹰显是极通人性，扑腾了一下翅膀，似乎明白了徐三谷的用意。

徐三谷微微一笑，道：“如此便拜托了，请!”他双手一摊，鹞鹰一振翅膀，整个身体如箭矢射出，飞出窗外，向天空蹿去。

徐三谷只觉心中有一块大石落地一般，浑身上下有一股说不出来的轻松，但这轻松一闪即没，代之而来的却是一种莫名的恐惧。

恐惧的来源是一种很奇异的声音，听上去就像是农家里常听到的弹棉花的声音，只是比它更响、更疾。

“哧……”地一响，天空中隐起风雷，等到徐三谷明白发生了什么事的时候，他赫然看到了那穿透虚空的一支劲箭。

对于徐三谷来说，他并不是一个庸手，虽然这二十年来没有在江湖上走动过，但是该练的功夫一天也没有耽搁，他又怎会看到一支劲箭就感到了恐惧呢?

像这样的箭，就算来个三五支，徐三谷也绝对不会皱一下眉头，可问题在于，这箭的目标不在人，而是那空中的鹞鹰。

徐家绸缎庄虽然是一个专卖绸缎的铺子，但在徐三谷的调教下，里面的伙计并不乏高手，敌人对着这院中射鹰，这似乎证明了一件事情，那就是对方显然比自己的伙计更高明，而且已经控制了整个局势。

徐三谷想到这里，冷汗迭出，但是他的目光更多的却是放在那支快箭上。

这箭显然是高手所发，又快又狠，直向鹞鹰的头颅一尺上空射去。这箭不是冲着鹞鹰而去，而是射向鹞鹰必经的虚空，这说明发箭之人无疑是个真正的猎手，他懂得在猎杀活物时必须保持的距离感，同时在瞬息间判断出自己的箭速与鹞鹰的飞行速度两者间的差距。只有这样，他才可以准确无误地命中目标。

像这样的箭法，任何人都已看出，鹞鹰活命的机率实在不大，甚至不会超过万分之一，就连徐三谷的心也提了起来，直往嗓子眼上冲。

也就是说，鹞鹰活着就是奇迹，而奇迹的意思，就是通常都不会出现的事情。

可是奇迹却真的发生了，它的发生，只在一瞬间，就在劲箭接近鹞鹰前的那一瞬间！

箭破虚空的速度，就像是一道闪电，闪电要做的事情，便是撕裂云层。

箭也许撕裂不开云层，却能射中空中飞行的鹞鹰，但只能是普通的未经驯化的鹞鹰，而不是这一只。

这是一只经过了吹笛翁驯化的鹞鹰，吹笛翁不但是个武学高手，更是一个驯兽天才，所以他在驯化鹞鹰的过程中，就考虑到了鹞鹰在空中最易受到伤害的几种方式，有所针对地对鹞鹰进行了强化训练。可以这么说，凡是经过吹笛翁驯化的鹞鹰，都有其独特的生存本领，这一只鹞鹰当然也不例外。

这只鹞鹰显然是通过空气中的振动意识到了自己将要面对的危险，所以就在劲箭及体的那一刹那，它突然滞空，同时有力的翅膀轻拍了一下箭尾，摇摆几下之后，重新起动，向天空深处蹿去。

鹞鹰这惊人的表现让箭手目瞪口呆，所以他几乎忘记了自己应该射出第二箭。等到醒悟过来时，这只鹞鹰已转瞬飞高，就像一个小黑点，已经逃出了箭矢可以企及的范围。

徐三谷的心顿时放了下来，但是他的神经还是绷得紧紧的。他非常清楚，自己的危机已经到了。

徐三谷这二十年来，始终在想着同样的一个问题，那就是自己是否能够善终？他一直不知道这个问题的答案，但他却懂得，一个江湖人既然踏入江湖，就要永不言退，不畏生死！

所以他的手边永远都放着一把斧头，锃亮而锋利。此刻他的大手已紧紧地握住斧柄，心里却想着爱妻与儿子的命运。

“他们现在怎样了？”这是徐三谷担心的事情，他不想因为自己而让他们受到任何的伤害，虽然这由不得他，但他还是想尽自己的一份心力。

“爹爹，救我。”一个稚嫩的童声在窗外响起，这让徐三谷感到了一阵窒息般的心悸。他不得不承认，对手无疑是真正的高手，针对自己此时的心理对症下药。人还未战，已占上风。

“不知是哪路高人大驾光临？来便来了，又何必以妇孺来要挟于我？这种手段，未免太卑鄙了吧？”徐三谷深吸了一口气，知道自己必须冷静。

“你说对了，我本来是想用这种卑鄙的手段来对付你的，可是现在看来，已经用不着了。”一个声音响起，语气中带着一丝愤怒，显然是因为鹞鹰的飞走令他交不了差，心中惊惧而愤怒。

徐三谷一听话音不对，心头咯噔一下，忙道：“你是宁齐！我与你无怨无仇，你何以要拿我的妻儿出气？”他对出现在霸上的人物一向有职业性的敏感，所以一听声音，便知其人。他素知宁齐性格暴躁，盛怒之下，难免会做出出格之举，不由为自己的妻儿担起心来。

来人正是宁齐，他带了几个随从一直在门外守候。虞姬脚一离开徐家绸缎庄，他后脚便闯将进来。

徐三谷的担心并非是没有道理的，事实上他已经从流动的空气中闻到了一股淡淡的血腥味。这种血腥味让他的心底产生出很不舒服的感觉，同时脸色也微微一变。

他不敢深思下去，只能行动。

“啪……”徐三谷甩手将桌上的一个笔筒掷出窗去。

“嗖……嗖……”数支劲箭破空而来，又快又准，在空中就将这瓷器笔筒击个粉碎，粉尘洒落一地，其反应之快，令徐三谷心寒。

这的确是一个很令人惊悸的现象，但对徐三谷来说，心寒之余，已经辨清了院子里几个敌人所立的方位。这对他来说实在是非常重要的收获，可以为他下一步的行动作好准备。

他采取的方式叫先发制人，或者说是偷袭也对。以少对多，只有先发制人，让对方的生力军尽量减少到最低的人数，他才有最终胜出的可能。否则，他是很难有活着的机会的。

院子里的空气仿佛已停止了流动，自箭响之后，便静得离谱，也许双方都感到了对手的厉害，所以有一种如临大敌的紧张氛围。

徐三谷虽然决定了出手的方式，可是并未马上出手，他在等待在最佳的时机里发出可以致命的一击。

他的呼吸紧张得近乎停止，手依然握住斧柄，“咔咔……”作响，似乎将自己体内所有的能量都提聚到了掌心。

握斧的手有些重，似乎感受到的绝不止斧头本身的重量，还有这斧头横过虚空所带来的那种压力。对于徐三谷来说，这二十年来的等待给他带来了一些新鲜与刺激，伴之而来的，当然会有紧张的压力。

手心已有渗出的冷汗，这已是一种压力的表现，不过徐三谷明白，自己的对手也绝不轻松。强者相逢勇者胜，他的心里蓦生一股不畏生死的勇气。

这股勇气来源于敌人的脚步，这已说明，自己的对手已经开始行动。他们或是轻视自己，或是没有耐心，无论是哪一种情况，都对徐三谷有利。

徐三谷目光凝视着窗外的虚空，似乎渐渐地找回了二十年前行走江湖时那种应有的杀气，有一点适应眼前的气氛了。他的耳目也变得更加敏锐，甚至可以测算对方现在与自己的距离。

窗外有树，已是深秋时节，树上还有零落的几片枯叶，有风吹过，卷起一片黄叶，如一只蝴蝶翻飞着扑向地面。

就在黄叶落地的刹那，徐三谷的手抓起了桌上的一个算盘，以飞快的速度掷出了窗外。

“嗖……嗖……”依然如前，几支劲箭射在算盘上，算珠向四方迸裂，唯一不同的是箭声之中，隐挟剑声。

徐三谷没有迟疑，纵身向外冲去。他没有跳窗，也没有寻门，而是硬生生地破壁而出。

“轰……”碎木激射间，一道霸烈的杀气飞溢空中，以奇快的速度旋飞了一个头颅。

空中顿时弥漫着一股让人欲吐的血腥味，夹着女人与小孩的哭声，打破了这一瞬间的宁静。

徐三谷毫不手软，一旦得手，斧锋斜劈，照准自己左方的敌人杀去。他心里十分清楚，此时此刻，时间对他非常重要，只有在有限的时间里尽量地消灭敌人，他才有可能救出妻儿，解救自己。

猎手永远都是猎手，无论他手中的武器放下了多久，只要他再拿起来，就永远可以对猎物构成致命的威胁。

“呼……”他的大斧一出，在空中掀起一道狂飙，猎猎作响，带出的是一种无法形容的惨烈与霸道。

“噗……”只听到骨骼被斩断的声音，掩盖住了那一声自喉底发出的惨呼，又一个敌人死在了徐三谷的斧头之下。

但徐三谷的动作还是不能有一点的停缓，必须继续，因为他又听到了弓弦之音。

“嗖……”只有一支箭闪出，来自于院中的一棵大树之后，寒芒惊现于虚空，照准徐三谷的喉头而至。

徐三谷没有想到对手还能发出这么快的箭，等他发现箭芒之时，箭已挤入了他的三尺范围。

他如果向右一避，可以轻松地化去这一箭的袭击，事实上他也是这样计划的，可是等他就要起动身形之时，忽然感觉到这个计划是错误的。

在他的右手方，还有宁齐，他紧握禅杖，就是等着徐三谷的这一避。

宁齐与他的这几个随从都可以算得上是好手，经历的大小阵仗实在不少。虽然徐三谷的先发制人非常突然，也极具成效，但宁齐他们并没有因为死了两个同伴而乱了阵脚，而是在瞬息之间寻找到了他们在配合上的默契。

徐三谷唯有临时应变，他没有向右避让，而是向前疾冲，在间不容发之际，以斧锋对准了已到眼前的箭芒。

"叮……"箭斧发生剧烈的撞击，产生出一线耀眼的火花，顺着徐三谷的脸颊堪堪而过，徐三谷只觉脸上有一阵针刺般的疼痛，鼻间还闻到了一股烤肉的煳味。

可是他没有心思去考虑自己的脸是否破相，再美丽的东西，都要靠生命来维持，没有生命，一切都是枉然。

是以他怒啸一声，借着俯冲之力，将大斧高高举起，猛然向那棵大树斜劈过去。

他这一斧没有花哨，没有变招，完全是直来直去，根本不像一个高手所为，但斧锋所带出的惊人力道，端的霸烈无比。

"轰……"大树拦腰截断，轰然倒下，枝断、叶碎，尘土弥漫了整个后院。

但是徐三谷的心中却大吃一惊，虽然目不视物，可是却有两股惊人的杀气夹击而至，一前一后，攻击有度，令人防不胜防。

徐三谷心中叹息一声，明白自己袭击的最佳时机已经过去，在自己的努力之下，虽然斩杀了两名敌人，但是胜势却不在自己这一边。

他猛提一口真气，借势纵入刚刚倒下的断树中，然后脚尖一点，凭着枝丫的反弹之力，如大鸟般向院墙纵去。

他的反应之快，的确出乎宁齐的意料之外。但是宁齐根本就没有追击，只是冷笑一声："看来你是不想要你的娇妻爱子了。"

他身后的随从手上用力，顿时传来女人小孩的惨呼声，如一把利刃插入徐三谷的心坎，令他陷入两难之境。无奈之下，他脚尖一点，折身飘落在宁齐的身前一丈处。

“你究竟想干什么？”徐三谷近乎悲愤地怒斥道，他无法做到无情，无法看着自己的妻子儿女就这样死在别人的手里。虽然他心中十分清楚，自己也许改变不了这样的结局，甚至连自己的生命也有可能搭进去，可是他别无选择。

“你应该知道我想干什么，又何必明知故问？我想问你的是，你放飞鹞鹰，到底想传递什么消息？又想传送给谁？只要你老老实实地说出来，我或许可以考虑放你一马！”宁齐冷冷一笑。眼看自己的同伴惨死在徐三谷的斧头之下，他当然不会放弃报仇的念头，可是就这样杀了徐三谷，他觉得太便宜了对方。他喜欢玩这种猫捉老鼠的游戏。

“我是不会说的，如果你有种的话，我们不妨站出来单挑！”徐三谷明白此刻的处境，所以想激怒对方，看看是否能寻到机会。

“你想和我单挑，是吗？”宁齐狰狞地一笑，突然扬起手来，一巴掌扇在徐三谷的儿子脸上，这个五六岁大的小孩“哇……”地吐出一口鲜血，连哭都没有哭出来，就被打晕在地。

徐三谷大吼一声，双眼发红，便要抢上前去，却听“铮……”的一声，一把快刀已经架在了他女儿的颈上。

“放下你的斧头，束手就擒，否则可别怪我刀下无情！”宁齐的眼中露出一丝凶光，满脸全是杀气。

徐三谷深深地吸了一口气，道：“放不放下我手中的斧头，我都是死。”

“但是你没有选择。”宁齐的脸上露出一种冷酷得毫无人性的笑意，他算准了徐三谷心里的弱点，为了妻子儿女，徐三谷明知不可为之，也必须选择这条路走下去。

“是的，你说对了，我根本没有选择。”徐三谷深情地凝视了一眼自己的妻儿，狠狠忖道：“自从五音先生将我从路边捡回的那一天起，我就对自己说，我徐三谷这条性命，是先生给的，只要为了先生，我随时都可以献出自己的生命!”

他的目光透过眼前的景物，仿佛看到了苍穹深处，凄凉一笑：“没有先生，哪里会有我？没有我，又哪里会有妻子儿女？所以为了先生，我只好对不起他们了。”说到这里，他的脸上已流下了一行清泪。

他的妻子只是一个生于乡间没有见过世面的女人，也许能够嫁给徐三谷就是她这一生中最大的骄傲。在她的眼中，无论是徐三谷，还是儿女，都是她一生的依靠。此时此刻，虽然她不明白自己的丈夫究竟在说什么，可是她的眼里，却充满了对丈夫的信赖。她始终觉得，无论徐三谷作出怎样的决定，她都无憾！无悔！

她多想再看一看丈夫的眼神以及那足以让人产生依赖感的笑脸，可是她没有看到这些，她只看到了徐三谷流下的泪水。

宁齐没有想到徐三谷竟然作出了这样的选择，心中愤怒之余，同时也感到了一种深深的震撼。他觉得这简直太不可思议了，一个男人真到无情时，可以一绝如斯。

“既然如此，我只有成全你!”宁齐退了一步，缓缓地抬起手来。

“你动手吧！你杀了她们，免得我心中再有顾忌!”徐三谷的目光下移，终于与宁齐的眼芒在虚空中相交。

宁齐浑身一震，仿佛看到的是夜幕中的两点寒星，凄冷无比，又似看到一双饿狼般的眼睛，眸子里绽放着近乎狂野的无情。

这是徐三谷的眼睛吗？宁齐在心中问着自己，他明明看到了那双眼睛中有泪，可瞬息之间，他分明看到了其眼中带血。

宁齐不由自主地握紧了手中的兵器，不知为什么，他的心中竟然生出一丝莫名的恐惧。

“啊……”在这沉闷至极的虚空中，徐三谷陡然发出了一声锐啸，声如裂石之金，响彻整个空间。

宁齐的手禁不住颤抖了一下，往下一滑。

这是他的一个下意识的动作，但在他的随从眼中，却代表了一个信号，也是命令。

"呼……"刀势之快，如旋风扬起，一个女人的头颅横飞空中，鲜血如雨，随风凄迷。

徐三谷的心陡然一沉，整个人如一头魔豹般向前，没有人可以形容他的速度，正是悲愤激起了他潜伏体内的所有能量。此时的他，只有一个念头，那就是——以血还血，以牙还牙！

徐三谷算不上是江湖中的一流好手，即使是让他与眼前的对手宁齐相比，似乎也要略逊一筹。

宁齐当然看到了这一点，所以他一直充满了必胜的信心，绝不相信以徐三谷的功夫可以逃出他的手掌心。

可是徐三谷这悲愤中的突然爆发，却让宁齐好像忽然间失去了这种自信。不仅是因为这弥漫空中的血腥，更是因为这随风而来的杀机。

很浓很浓的杀机，浓得如一坛开封的烈酒，在刹那间充斥着每一寸空间，整个天地仿佛都变得肃杀无限，只因为这空中多了一把斧头。

一把充满着无限杀机的斧头，涌动着激情，涌动着生机，如愤怒的浪潮漫过天际，完全超出了兵器所能企及的范围。

宁齐霍然变色，在退的同时，他感到了有风，非常猛烈的风，鼓动得自己的衣衫猎猎作响，似有阵阵寒流在不停地蹿动。

"呼……"当徐三谷的斧锋劈入虚空中涌动的气流之中时，他吼出了自己心中压抑不住的悲愤，斧势也因为这惊人的一吼，变得那么霸烈，那么狂野，似有摧毁一切的气势。

宁齐想不到一个人在悲愤之下竟有如此巨大的潜力，但是他却不相信徐三谷的这一斧就能要命。他的禅杖并未出手，他的身后却响起了弓弦之声。

"嗖……"弦松，箭出，划破虚空，强行挤入这斧影之中。

"叮……"一声金属的脆音响起，却被徐三谷带出的杀气绞得不成音调，破碎成虚无的东西。

没有人知道，到底是箭撞到了斧，还是斧劈到了箭，箭斧撞击之下，只阻碍斧头缓了一缓，却幻生出一排斧影向宁齐劈将过去。

但对宁齐来说，只要能阻缓一瞬的时间，已经足够，他将全身的功力迅速提聚，手臂一振，禅杖已如恶龙般迎向斧影的中心。

“当……”宁齐毫无花哨地与对方硬拼一招，只觉胸口一闷，一股巨力撞向胸口，几欲吐血，两人都跌退数步，但徐三谷并没有调息一下内气，而是强撑着一口真气，重新扑上。

“疯了！他简直疯了！”宁齐心中大骇，只要学过内力的人都知道，像徐三谷这般死撑下去，正是内家高手的大忌，一旦真气走岔，立马走火入魔，无药可救。但是徐三谷这样做，却赢得了时间，抢得了先机。

“他是想与我同归于尽。”宁齐终于明白了徐三谷的用意，爱妻已死，徐三谷根本就不想再活下去，他只想在自己临终前找个人垫背。

宁齐倒地一滚，虽然狼狈，却避开了徐三谷这一扑之势。他可不想替人垫背，是以左脚跟着侧踢而出，扫向徐三谷的腿弯。

他的本意，是要徐三谷知难而退，他才可以站住脚跟与之一拼。这本无可厚非，可是他却忘了，徐三谷既然连命都敢不要，又怎会在乎他踢来的这一脚？

“咔……”徐三谷闷哼一声，腿骨正被宁齐一脚踹中，发出断裂声响。但他身形一个踉跄，继续向前扑去，凛凛斧锋依然斜劈而下。

剧痛只是让他的脸扭曲得变形，却丝毫没有减缓他出手的速度。宁齐出于本能地挥起他的禅杖，想阻住斧头的去路，但徐三谷的斧头偏了一偏，正好劈在了宁齐的头部。

“哗啦啦……”惨不忍睹的一幕陡然出现，宁齐的头就像是一个熟透的西瓜，被人一拳打爆，头骨碎裂，脑浆迸射，红白两色交织一处，混成一种令人心悸的恐怖。

可是徐三谷并没有逃过宁齐挥出的最后一击，他本来可以避让开来，但他没有那样做，因为他心里清楚，要杀宁齐就不能放过任何机会，否则机会一失，永不再来。

所以他的胸口遭到了宁齐禅杖的重重一击，心脉已是寸断。他感觉到自己的生机正一点一点地离体而去，唯有的一点意识，也渐渐浑浊不清……

这场面让宁齐的那两名随从看得目瞪口呆，就像做了一场恶梦。他们涉足江湖已久，这种场面并不少见，但这样残酷、这样悲烈的战斗，他们还是生平仅见。

这的的确确就是一场恶梦，以至于当宁戈出来时，他们都没有发觉。

宁戈只是冷冷地站立在宁齐的尸体旁边，一言不发。看着又一个自己家族的成员死在自己的面前，他的心情实在难受。

“你们怎么会出现在这里?”宁戈皱了皱眉。

“回宁爷，我们奉命跟踪虞家小姐，看到虞家小姐进了这绸缎庄里，待了较长时间，宁齐便生了疑心，说是要进来看看。”其中一个随从赶紧答道。

“这人难道真的有可疑之处吗?”宁戈看了看徐三谷双目圆瞪的脸。

“起初倒不觉得，只是宁齐说，这家绸缎庄也算是霸上的有钱人家，既然沛公有令，宁可错杀一千，也不能放过一人，就算将这家人错杀，大伙儿也好发一笔横财，于是便闯将进来，谁料这人正在这院里放鹰，一见我们，一言不合便打了起来。”那名随从道。

“放鹰?”宁戈心中一惊，“放的是哪一种鹰?”

“就是那种经过了驯化的鹞鹰，我们放箭都奈何不了它，可见那畜生是经过高人指点，肯定大有名堂。”那名随从道。

宁戈久走江湖，当然明白利用鹞鹰来传送消息的只有知音亭中人，而知音亭与纪空手关系一向密切，说明今日发生的事情十有八九与纪空手有关。

按照规矩，鹞鹰既然飞走，纪空手人在虞府的消息已经走漏，他应该立刻向刘邦禀报，也好早作防范，可是宁戈却沉吟半晌，改变了主意。

“如果我没有记错的话，你们跟着宁齐也有些年头了吧？”宁戈脸色一变，缓和了不少。

“宁爷的记性可真是不错，我们是宁齐娘舅的亲戚，跟着他也有四五年的光景了。”那两名随从怔了一怔，点头哈腰道。

“你们的家中还有谁？”宁戈在这个时候拉起家常来，让人觉得不伦不类。

“我们家中父母俱在，还有几个兄弟姐妹，日子过得虽然苦些，但是我们每个月都会带些钱回去贴补家用，也还过得下去。”两名随从道。

宁戈笑了笑，道：“既然你们对眼下的一切还觉得满意，那么我就要提醒你们二位一句，今天你们所见到的任何事情，都不能让别人知道，否则的话，只怕小命不保！”

那两名随从吓了一跳，对视一眼之后，其中一人道：“宁爷的话我们不敢不听，不过，您能告诉我们这是为什么吗？”

“沛公的为人想必你们都听说过了，我就不必再重复了。”宁戈一脸肃然，“如果让他知道纪空手的消息竟然是从你们的眼皮底下走漏出去的，那么宁齐的死不仅毫无意义，就是你们也很难逃出渎职之罪的干系！”

“可是这并不能全怪我们，毕竟我们也尽力了。”那名随从有些不以为然。

宁戈的眼中射出一股咄咄逼人的厉芒，盯在此人脸上，良久才道：“如果你知道纪空手此人在沛公心中的地位，你就不会说出这种话了，所以我希望你们最好还是听话一些。”

他之所以作出这样的决定，也是无奈之举，因为他明白，刘邦既然派出大批人马严防死守，就是不想让有关纪空手的消息传送出去，一旦被他发现消息走漏，盛怒之下，难免会迁怒于宁齐这一帮人，甚至殃及自己，所以宁戈出于明哲保身的目的，思考再三，决定将这件事情隐瞒下去。

等到虞姬与袖儿回到虞府时，已是华灯初上，纪空手人在小楼之中，双手背负，抬头望月，眉间似有一种忧愁。而他的手中，捧着的正是虞姬常弹的一张古琴。

“你怎么啦？”虞姬压下自己心头的兴奋，悄然站到纪空手的身后。

“刘邦来了。”纪空手迟疑半晌方道。

“他来干什么？”虞姬脸现憎厌之色。

“他让我告诉你，三日之后，就是迎亲之时，他将亲自护送你前往鸿门。”纪空手道。

“这只是他一厢情愿的想法，只要你能逃出霸上，他又能奈我何？”虞姬皱了皱眉头，得意地笑了。

“你真的对我那么有信心？”纪空手回过头来，深深地看了她一眼。

“这句话应该这样说，我从来就没有对你失去过信心。在我的眼中，这世上的事情根本就没有什么能够难得倒你。”虞姬轻轻地接过纪空手递来的古琴，置于茶几之上，莞尔一笑。

“你若是这样想，可让我多了几分诚惶诚恐。说实在的，我此刻功力已废，若想从高手如云的霸上逃走，无异于登天，我的心中毫无底气。”纪空手苦笑道。

虞姬诧异地看了他一眼，道：“这可不像我的纪大哥所说的话，想当日你在众敌面前，连死都不怕，此刻怎的畏首畏尾起来？”

纪空手轻叹一声，没有说话。

虞姬心头一亮，霎时明白了纪空手的心思，不由感动地道：“你是因为我？”

“是的，我并不想因为我而让你和你的家人受到任何伤害。我已经亏欠你太多，又怎能再让你去承担这份风险呢？”纪空手由感而发，轻轻地拉住了虞姬的小手，将自己的一腔深情全注入在这么一个细微的举止上。

“有你这句话，我就知足了，这说明你是真心待我。”虞姬的俏脸上抹出一层淡淡的红晕，在朦胧的夜色下，显得特别娇艳：“既是两情相悦，就谁也不亏欠谁。能为自己所爱的人做一些事情，即使付出代价，我也无怨无悔！”

“话虽是如此说，可是我又怎能忍心看着你去冒险呢？一旦我逃出霸上，刘邦首先要对付的人，就必定是你和你的家人。”纪空手提出了自己心中的担忧。

“我已经想好了应付刘邦的办法，只要你一走，我就装病不出，拖他个十天半月，等着你来接我。”虞姬轻靠在纪空手的怀中，眼中闪出迷离的色彩，仿佛充满了对未来的憧憬，“到了那个时候，我和红颜姐姐一起陪着你，三人同处，隐居山林，过着神仙般的日子，尽情逍遥，岂不惬意？”

“以刘邦的行事作风，只怕并不容易对付。”纪空手摇了摇头。

“像刘邦这样的枭雄，既然想利用我，自然不会轻易地得罪于我，否则他也不会答应让你在我的小楼里疗伤休养。对于这一点，我心中有数，你大可不必为我担心，而是应该集中精力在如何逃走的问题上。”虞姬一脸肃然，道，“对于我来说，真正可以用来要挟于我的，只有你，只有为了你，我才会不顾一切地牺牲自己！”

纪空手承认虞姬所言不无道理，也为虞姬的真情流露而情动不已。但是刚才刘邦与自己的对话犹在耳边，仿佛在他心头抹下了一道阴影。

刘邦进楼的时候，纪空手只是静静地坐在窗台的一盆盆栽前，欣赏着虞姬妙手而成的佳作，谁也不知道他的心里在想些什么，十分投入，以至于连刘邦的到来也丝毫未觉。

“一个曾经叱咤风云的人物，竟然被人走到身边而没有一点反应，这是否是一件可悲的事情？”刘邦对纪空手此刻的状态十分满意，心里也踏实了许多，虽然他对纪空手的谋略才智有所忌惮，但他始终认为，任何一个精妙的计划都需要一定的实力来完成，否则就是纸上谈兵。以纪空手的现状，若想逃出他的掌握，除非出现奇迹。

纪空手并没有因为刘邦的突然现身而感到诧异，只是淡淡一笑，道：

"我可悲吗？好像不是这么回事，一个武功尽废的人，尚且可以劳动数十名高手的大驾，日夜守候，像这样的人，骄傲还来不及，又怎会可悲?"

"你应该清楚，本来本公是不会让你活在这个世上的，你之所以现在还能站着与本公说话，绝不是因为你有什么能耐，而是因为一个女人的面子!"刘邦的脸上流露出一丝不屑之色，冷哼一声。

"你不求于人，又怎会受制于人？虽然靠着女人的颜面才能求生并不是一件什么光彩之事，但是比之沛公集三千神射手外加问天楼诸多高手来对付我区区一人，我丝毫不觉得自己有羞耻之感，难道你不这样认为吗?"纪空手缓缓地回过头来，眼中逼射出一道厉芒，正与刘邦的目光在空中相对。

就在这一瞥中，刘邦的心中生出一丝奇异的感觉，仿佛自己面对的并不是一个功力全无的废人，而是一位极具威胁的高手。眼前的这个人虽然什么也没有做，但只要真实存在着，就会对任何对手造成不可名状的威胁。

"本公可不想与你作无谓的口舌之争。今次前来拜会，是想提醒你一句，希望你能听得进去。"刘邦避开纪空手咄咄逼人的眼芒，将目光移到那盆盆栽之上。那盆栽的枝叶经过修整，配以窗外的风景，隐有孤傲之态，似乎正合纪空手此刻的心态。

"是吗？那我可真要洗耳恭听了。"纪空手带着一股嘲弄的味道，淡淡笑道，"昔日你我还是朋友之时，记得你每次向我指点迷津，总是要我往黄泉路上走上一走，而今我们是互不相容的敌人，那么你的提醒或许就是金玉良言，由不得我不去听了。"

刘邦似乎又想到了过往的事情，轻叹一声："这不能怪本公无情，真要怪罪，也只能怪你自己太过聪明，知道的事情太多。所谓人在江湖，身不由己，有些事情虽非本公的本意，但是形势所逼，不得不如此为之，因此你不必埋怨，只能认命。"

"这就是你做人的道理，也是你办事的逻辑?"纪空手压抑着心中的怒火，冷笑道，“你要杀人，错却不在于你，而在于我。理由呢，就是你认为我应该死，我就不得不死，根本不需要任何理由。你一心想做的，就是成为能够操纵别人生死的人，唯有如此，才能满足你心中贪得无厌的欲望！”

“知我者纪少也！”刘邦面对纪空手的讥讽斥责，不怒反笑，拍掌道，“你能这样想，就说明你还不算迂腐，孺子可教。人活在这个世上，要想好好地活下去，单凭聪明的才智、骁勇的武功远远不够，最重要的一点是要认识你所生存的这个时代究竟是一个什么样的时代，只有认识到了这一点，你才可以套用一句老话，那就是适者生存！”

“按你的理解，这会是一个什么样的时代？”纪空手嘲弄地笑道。

“此际暴秦将亡，列强崛起天下，正是一个乱世的时代，旧有的秩序在一一被打破，新生的格局在寻求组合。在一切行为没有得到有效的规范之前，人所拥有的行为准则以及道德标准都已荡然无存，唯一可以衡量的方式就是汰劣强留，强者为王。只要你拥有绝对的力量，你就是对，否则你永远都是错！”刘邦一字一句地道，脸上流露出不可一世的傲气，仿佛在他的眼中，他就是这个乱世的强者，根本不容别人有任何的质疑。

“我明白了，原来你不是人。”纪空手沉声道。

“你敢骂本公？”刘邦的脸陡然一沉，眼中尽露杀机。

纪空手怡然不惧，微笑道：“我不是骂你，实是因为你的所作所为与禽兽无异。只有在自然界中，才会崇尚暴力，才会出现强存弱亡的现象。禽兽之所以无情，是因为它们没有情感，没有意识，不知道这世间除了暴力之外，还有仁义，还有情爱。而你却不同，你明明知道这世间除了暴力之外，还有许多可以值得珍视的东西，但是为了达到你个人的目的，你却置之不顾，非要做出禽兽之举，所以我说，你根本不是人，只是一个连禽兽都不如的东西！”

刘邦的脸色一连数变，几乎控制不住自己的情绪，“锵……”的一声，他霍然拔剑，直指纪空手的咽喉！

剑锋一出，整座小楼一片肃杀。

只有纪空手的脸，丝毫未变。

谁的心里都十分清楚，只要刘邦手中的剑再往前一尺，纪空手便是一具尸体。

在如此危急的形势之下，纪空手的面色如古井不波，难道对他来说，生死这样的大事已不重要？

第三十六章　错的代价

刘邦盛怒之下犹感诧异，仿佛面对的是一潭死水，让他无法捉摸纪空手所表现出来的冷静。也许只有在这一刻间，他才真正感到了纪空手的可怕之处，心惊之下，似有一分怯惧。

但纪空手心中却非常明白，自己并未看破生死，也不是如刘邦想象中的冷静。他之所以能面对刘邦的剑锋怡然不惧，只是因为他拥有别人所没有的智慧。他已经算定，刘邦的这一剑绝对不会再往前刺。

刘邦是一个无情的人，对一个无情的人来说，这个世上还有他不敢做的事情吗？这一次，纪空手也许错了，错的代价，应该是他自己的生命。

但是纪空手却非常自信，他相信自己的判断，更了解刘邦的个性。正因为刘邦无情，像这样的人，根本不会为此而悲喜，更不会因为个人的得失而影响到整个大局。

纪空手的判断没有错，所以刘邦深深地吸了一口气后，终于还剑入鞘。

"骂得好！"刘邦恢复了本来面目，淡淡笑道，"若非如此，本公也不会成为今日的胜者，而你的命运依然还是掌握在本公手中！"

"只要你一日杀不了我，谁又能预料到将来会发生什么事情？"纪空手的眼中闪过一丝笑意，极是自信。

"本公不会杀你，至少在这几天中不会。不过本公要劝你一句，你是一个多情有义之人，万万不要因为你的轻举妄动而对虞姬造成不必要的伤害!”刘邦冷冷地道。

“你是怕我逃走?”纪空手笑了。

“本公并不担心，在虞府内外，本公布下的高手不下二三十人，任何一个都足以对付现在的你，不过就算你能侥幸逃走，本公还可以找人出气，只是到时候虞家上下不幸而亡，这笔账可得算到你的头上。”刘邦横了他一眼。

“你是在威胁我?”纪空手霍然心惊。

“本公既是你口中的无情之人，当然是说得出，就做得到。虞姬固然美若天仙，风华绝代，但若因你而成一堆白骨，本公也只有徒乎可惜，如此而已。”刘邦哈哈一笑，甩袖而去。

……

面对虞姬的痴心，纪空手想到刘邦临去时充满杀气的表情，心中不由得不寒而栗。他虽然也认为虞姬的说法不错，但是以刘邦多变的性格，谁也难保他不会改变自己的主意。

“怕只怕……”纪空手刚要说话，却被虞姬的小手堵上了嘴。

“你不要说了，顾忌太多只会误事，你现在只有一心一意地考虑你的事情，才不会辜负了我为你所费的这些心思。”虞姬带着鼓励的目光凝视着他，生怕他为了自己而改变已经实施的计划。

纪空手除了感激之外，已经没有任何言语可以表达他此刻的心境。他只是紧紧地将虞姬拥在自己的怀中，然后在意乱情迷中吻上了虞姬那红艳欲滴的香唇。

虞姬脸上羞红，情急之下伸出手掌，便要推开纪空手。可是心中虽然这般想着，手上却提不起半分力道，半推半就，两个人终于吻成一团。

对于这两个人来说，这无疑是他们的初吻，虽然动作生硬，但从对方身体的反应上彼此感到了真诚。纪空手听着虞姬吐气如兰、喘息正急的鼻息，顿有一种销魂蚀骨的感觉涌上心头。

他自小流浪市井，虽有浪子之名，却无浪子之实，后来遇上红颜，两人虽出于真心相爱，但他敬重对方，偶有亲热之举，亦是点到为止，从来不曾像今日这般与女人有过肌肤相亲。

他对虞姬的感情，由感激到真爱，一切都发乎自然，从不勉强，就像这初吻一般。等到他尝到女人滋味之时，竟是再也不肯放弃。

虞姬粉脸通红，被纪空手吻得娇喘吁吁，心中虽有几分羞涩，倒也好生欢喜，腰肢轻扭，热烈地回应着纪空手的每一个反应。

半晌之后，纪空手才恋恋不舍地离开虞姬灼热的红唇，两人依然紧紧相拥。

“我是你吻过的第一个女子吗？”虞姬心中有些诧异，又有几分甜蜜。

纪空手不好意思地笑了：“莫非在你的眼里，我真是风流成性的浪子？”

“不！”虞姬亲了一下他的脸颊，柔声道，“你能这般，我好欢喜，从今往后，我就是你的女人了！”

“其实在我的心中，你早就是我的女人，又何必要等到现在？”纪空手抚着她的秀发，爱怜地道。

虞姬的脸一红，眼光变得迷离起来，突然搂着他的脖子道：“既是如此，你现在便要了我吧，只有这样，我才会感到心里踏实。”

“我又何尝不想呢？”纪空手轻拍着她的香肩，道，“我只怕这么做了，会对不住红颜。在我的心中，你和红颜都是我最重要的女人，我不想让你们受到半点伤害。”

虞姬深情地凝视着他，柔声道：“你能这么说，我好开心。只愿你这一去后，早日来接我相聚，到了那个时候，你可不能再拒绝我。”

纪空手吻了吻她的脸颊，道：“真要到了那时，纵是你不情愿，我也不会放过你。”

两人卿卿我我，说了半夜情话，然后相拥而眠。在他们的心中，虽然都爱极了对方，但彼此尊重，更显情真，一吻之后，已让他们彼此间再无任何距离。

随后几天中，两人始终相聚一处，舍不得再有分开的时候，除了谈情说爱，纪空手每日必做之事，便是守在窗前等待。

他相信，只要五音先生得到了他的消息之后，必会想方设法与自己取得联络，虽然这些天来虞府的戒备更加森严，但以知音亭传送消息的手段，要办成这件事情并不困难。纪空手此刻唯一担心的是，就是关于自己的消息并未传出霸上。

这种担心并非绝无可能，如果事态真是如此，那纪空手也只有听天由命了。

但是这种担心并未持续多久，就在距鸿门之期不过一日之时，天色将晚，纪空手在窗前看到了一只鹞鹰。

“它总算来了。”纪空手终于放下了自己一直悬着的心，微笑着对虞姬道。

“它怎么能够找得到你?”虞姬感觉到这实在有些不可思议。

“这就是知音亭与众不同的地方，像这种鹞鹰，经过高人驯化之后，只要你给它一个人平时佩戴的饰物或是穿着的衣物，它就可以凭着气味来寻找到这个人的下落。这看似神奇，但只要你舍得下一番心血，也能够创造出这样的奇迹。”纪空手耐心解释道。

鹞鹰在空中盘旋数圈之后，突然俯冲而下，如一道闪电掠入窗口，扑腾几下，站到了纪空手的肩上。纪空手从它的脚上取下一根墨色竹管，从中取出一块帛布，仔细看了一遍。

“明日卯时，他们将在东城门外接应。”纪空手缓缓地道。

“也就是说，你我相处的时间已经无多?”虞姬突然生出一种不祥的预兆，心中战栗了一下，蓦然惊惧。

纪空手轻轻地吻了她一下，微笑道：“这只是短暂的分离，要不了多久，你我又能再聚一起。”

“可是不知为什么，我此刻的心里好怕好怕，莫非有什么预示?”虞姬紧紧地抱住纪空手，眼中似有几分慌乱。

纪空手爱怜地将她拥在怀中，道：“事不关己，关己则乱，你不要胡思乱想，虽说我的功力已失，但要逃出霸上这个小镇实非难事，你应该对我有信心才是。”

虞姬幽然叹道：“我当然对你有信心，只是世事难料，由不得人家心里不担心。”

纪空手知道虞姬的担心不无道理，凭他现在的功力，假如硬闯，只怕连虞府也出不去，又何言逃走？不过他的心里早有计划，当下对虞姬一五一十地道明。虞姬听了，心头轻松了一些，道：“如果事情真的能如你所言，那是再好不过了。只是有些枝末细节上的问题还需斟酌一番，免得到时露出破绽，便要前功尽弃了。”

“此事事关你我一生的幸福，我岂能有半点大意？”纪空手自信地一笑，显得胸有成竹，当下取来软帛笔墨，写上几行字，然后装入竹管中。

鹞鹰重新飞入天空时，已经带走了纪空手的行动计划。他虽然在嘴上不住地安慰虞姬，对明天的行动充满信心，但他的心里，却并不像他脸上表现出来的那般轻松，有了刘邦这样的对手，谁也不可能胜券在握，即使是纪空手也不例外。

夜已黑尽，苍穹显得深邃而遥远，遥望天之尽头，谁又能读懂未来的玄机，将来的变数？

霸上的清晨宁静而悠闲。

已是深秋季节，长街之上，略显清寒，偶有牛车走过，伴着几声寂寥的吆喝叫卖声，勾勒出一幅美丽的小城风光。

乐白站在相距虞府不远的一间店铺里，隔窗而望。这间店铺原是一家胭脂店，为了方便监视虞府动静，就被乐白率人临时征用了。

眼看天将放明，漫漫长夜又将过去。乐白熬了这一夜，已有了些许睡意，可是想到刘邦的再三嘱咐，只得瞪着微微发红的眼睛，强撑下去。

他与纪空手交过手，是以能够理解刘邦何以会这般紧张，如临大敌。在他看来，假若纪空手不是功力受制，凭自己与手下的这点人马，实是很难限制他的自由，何况知音亭的精英们音讯全无，若是让他们得到纪空手人在虞府的消息，那么就有可能随时随地出现在自己的面前，真正让人防不胜防。

唯一让他感到欣慰的是，今日已是鸿门之期，像这般熬更守夜的日子很快就要结束了，他也可以轻松一下，以解这些天来提心吊胆的劳苦。

他微微地眯了一下自己的眼睛，刚要接过属下递来的早点，忽然从门外走进一个人来，他抬眼一看，不由吃了一惊。

来人竟然是卫三公子，数日不见，他的人憔悴了些，但双目炯炯，精神依然矍烁，可见这些日子他也没有闲着。

“属下参见阀主!”乐白赶紧伏地跪拜。

“免了吧!”卫三公子，一挥袖道，“非常时刻，无需多礼，这些天来，你可看出了一些动静?”

“属下谨遵沛公之令，严防死守，不敢有半点懈怠，所幸未出一丝纰漏。”乐白站起身来，言下有几分得意之色。

“越是风平浪静之时，就越是会有意外发生，你可不能大意。”卫三公子横了他一眼，“今日午时，便是沛公携虞姬奔赴鸿门的时间，我可不想在这几个时辰内让人坏了大事。”

“纪空手此刻功力已废，想要坏事只怕也是心有余而力不足，照属下看来，应该不会有事发生。”乐白答道。

卫三公子沉吟片刻，摇了摇头：“从外相观之，纪空手似乎是凡事满不在乎，其实心细如发，意志若铁，绝非屈从命运的软弱之辈。说到他的武功，这绝不是他让人感到可怕的原因，试想以胡亥、赵高这等大高手尚且都栽在他的手上，比及武功，他又岂能与这二人相提并论？可是他却凭智计成为了最终的胜者，这不能不说明此人的智慧已经超出了你我的想象。”

“阀主的意思是……”乐白听出卫三公子话里的弦外之音，忙道。

“如果我所料不差，纪空手也许会在这几个时辰之内有所动作，所以你必须打起十二分的精神，绝对不能让纪空手逃离虞府半步。”卫三公子断然道。

“可是万一纪空手在虞府的消息走漏，一旦知音亭的高手赶来接应，只怕凭属下的这点人手恐有不足。”乐白不得不说出自己心里的隐忧。

“对于这一点，你大可放心，我已经与沛公商量布置妥当了。此刻的霸上，完全控制在我们的手中，城中稍有风吹草动，可以在瞬息间将之平息，不留后患。”卫三公子的眼睛眯了一眯，一股杀机硬挤出来，便是乐白亦忍不住打了个寒噤。

店中的气氛一时沉闷下来，卫三公子似乎也感到了这份紧张，缓缓地踱了几步，回过头来道：“你跟随我也有三十年了吧？”

“回阀主，属下从十七岁后就追随阀主，屈指算来，已是三十四年零七个月了。”乐白怔了一怔，弄不明白卫三公子何以会说起这件事情。

“难得你记得这般清楚，可也真是难为你了。你还记得当日我要派人去入世阁卧底，为何最终会选定你吗？”卫三公子的目光越过窗口，望向天边，仿佛回忆起不少往事，在这一刹那间，他忽然发觉自己真的老了。

只有老人，才会沉湎于过去，沉湎于回忆，乐白只觉得今日的卫三公子有些古怪，完全没有了往日雷厉风行的作风，这让他的心中顿生疑惑。

“当时属下也非常纳闷，想到与属下一起的人中不乏有武功高强、智计多变的人物，何以阀主偏偏就看上了我呢？”乐白小心翼翼地说道。

“是的，在凤、申、成、宁四大家族中，你的条件确实不是最突出的，当日我在作出这个决定的时候，确也犹豫过。毕竟去入世阁卧底绝非易事，以赵高的精明，要想得到他的信任，不花费一番心血是难以达到目的的。而我最终还是选择了你，不为别的，只因我相信你对我问天楼的忠心！”卫三公子拍了拍他的肩，一脸欣赏之意。

乐白浑身一震，只觉得全身的血液一下子涌上头部，几乎沸腾起来，激动地道：“这只是属下应尽的本分。”

卫三公子道：“你们成家追随我卫国亦有百年历史了，说起来你我本是主奴关系，奴才为主子做事，似乎是天经地义。但是我却知道，这二十年来，你受了多大的委屈，又历经了多少困难，付出的代价远远超出了奴才对主子尽忠的范畴，这已让我感动不已。更让我欣赏的是，自登高厅一役之后，你回归问天楼，从不居功自傲，而且无怨无悔地做好自己的每一件事情，真是不枉我对你们成家的恩惠。”

他的话虽然说得很慢，却带着一股深情，表达着自己心里的感激之意，听得乐白泪水夺眶而出，只觉这二十年来蒙受的委屈能得主子理解，也算物有所值了。

但是他隐隐觉得，以他对卫三公子的了解，这数十年来，还从来没有见过卫三公子像今天这般对自己的属下如此推心置腹，这让乐白既有受宠若惊的感觉，也有一种迷茫似的困惑。

“我已老了。”卫三公子轻轻地叹息了一声。

乐白心中怦然一动，知道卫三公子终于说到了正题。

“人生其实就像一个舞台，你方唱罢我登场，一出戏完，主角就该下场，没有人可以永远做每一出戏的主角。”卫三公子苦涩地笑了一笑，“所以到了今天，也该是我离开这个舞台的时候了，无论发生什么事情，你一定要牢牢记住，忠于沛公就是忠于我，就是忠于问天楼，只有沛公才能带领你们去完成我问天楼多年未竟的夙愿，才能争霸天下，逐鹿中原，舍此再无二人。”

乐白心惊之下，痛哭流涕道：“阀主何出此等不祥之言？以您之能，正是率领属下打拼天下的时刻，何必这就隐退而去?”

“谁说我要隐退，我只是去完成一个只有我才能完成的任务，这个任务太过艰巨，是以我才事先交代几句，以防不测。”卫三公子轻叱一声，眉头皱到一起。

“既然任务艰巨，属下愿意代阀主出马!”乐白道。

卫三公子摇头道：“此事非我莫属，别人是帮不上忙的。”

他深深地看了乐白一眼，欲言又止，终于长叹一声，甩袖而去，只留下乐白一人独自站在店中，始终猜不透卫三公子话中的玄机。

“成爷快看!”就在这时，一名属下低声招呼道。

乐白抬眼望去，只见虞府大门洞开，从门中走出一群家奴模样的人来。在一名管家的带领下，一拥而出，看情形，似要上街走上一遭。

“难道这些奴才没有听到沛公的命令吗？给我拦住了，不准一人擅自出入!”乐白皱了皱眉。

可是事态的发展并不如乐白想象中的那么简单，过了半盏茶的工夫，几名随从匆匆进来，上气不接下气地禀道：“报告……成……爷，大……事……不好了!”

乐白心中一惊，道：“发生了什么事?”

“纪空手……不见……了!”随从们脸色俱变。

“什么?”乐白听在耳中，犹如一道霹雳，震得浑身呆若木鸡，好半晌才回过神来：“这是多久发生的事情?”

其中一个随从缓过气来，赶紧答道：“属下听了这个消息，觉得事情重大，马上跑来，没来得及问个仔细。”

乐白心里好不惊惧，明知此事若是属实，自己绝对难以逃脱干系，当下再不犹豫，马上命令道：“你马上到大营中向沛公报告，立刻封锁全城各个要道，其余人等随我来!”

他抢先出了店铺，如一阵风般赶到虞府门口，远远见得门口围了一大群人，各持枪棒，显得群情激愤，其中那名管事模样的人更是急红了脸，正与乐白布下的守卫争论着什么。

“好啦，好啦，成爷来了。”众人听到脚步声响，纷纷让出一条道来，任由乐白从容进入。

乐白心中虽急，但神色丝毫不乱，深知遇事之时越是镇定，就越能从复杂的局面中理出头绪。当下走到那名管事面前，沉声道：“嚷什么，有事就一一禀来，这般吵闹，谁听得清?”

那名管事虽是奴才身份，但神情不卑不亢，仗着主子的威风，只是向着乐白躬了躬身，并未行跪拜大礼。

“在下乃虞府的管家虞左，见过将军。”这名管事打量了一眼乐白，这才自报身份。

“你既是虞府的管家，就该听说过沛公军令，如此聚众闹事，难道不知这是死罪吗？”乐白已经顾不得计较此人失礼之处，大声斥责道。

“将军误会了！虞某绝非有心违抗沛公军令，只是一时情急，所以才会与各位军爷争上几句。”虞左答道。

“有什么事情？说来听听！”乐白道。

“在下一大早起来，想到今日是我家小姐的应诺之期，便召集府中的下人忙碌起来，打扫庭院，采办货物，剪枝修花，装饰摆设……整整忙了一个大早，刚想休息一会儿，便听到我家小姐的贴身侍女袖儿跑来说道，那位囚禁在小姐闺楼中的纪公子昨夜还好好的，可是到了今晨之时竟然不见了踪影。在下听了，心想这还了得？赶紧禀明了老爷，我家老爷便派我四下寻找。”这虞左是个慢性子，说话慢条斯理，差点没把乐白急死。但事关重大，乐白只有耐着性子听他说完，同时在心里不住地盘算着应对之策。

“这么说来，你们老爷已经知道了纪空手失踪的事情？”乐白好不容易听完了虞左的说话，连忙问道。

“不仅知道，而且还晓得这位纪公子十分重要，乃是我家小姐从沛公手中请来的贵客。”虞左点了点头。

乐白听他这么一说，显然并不知其中内情，也就懒得与他纠缠，摆摆手道：“罢了，我也不与你多说，快带我去见你家老爷和小姐。”

虞左摇头道：“在下可不敢去，此刻老爷与小姐正在气头上，难保不会在我身上撒气。”

乐白气得双眼一瞪，道：“你怕受气，就不怕掉了脑袋吗？若是这位纪公子真的失踪了，只怕你担待不起！”

“你也用不着这么吓唬我，这些天来虞府上下都有你们的人守护，戒备森严，他一个人又能跑到哪里去？说不定一不留神，他自个儿又出现了也说不定。”虞左疲懒地笑了笑。

“如果真是这样，那就阿弥陀佛了，可就怕事情不如你所想！”乐白又气又急，“你们可仔细地搜查过？”

“搜了，里面全部搜了个遍，也没见着人影，所以我家老爷才派我带人来外面搜查，可是偏偏遇上了这些军爷，死活不让我们出这个门口。”虞左斜了一眼门口的守卫，气咻咻地道。

乐白听了，掐指一算，惊问道：“你们发现纪空手失踪之后到此时，已有几个时辰了？”

虞左微一沉吟，道：“也没多长时间，仔细算来，也就一个时辰吧。”

乐白恨不得一把将他掐死，怒道：“过了这么长的时间，你也不向我的属下禀报！”

“这可怪不得我，只是我家老爷怕拿不准，所以不便张扬，想叫在下先四处寻寻，万一找着了，也免得让人笑话我们大惊小怪的。”虞左抬出了虞家老爷的牌子，倒让乐白不好说话，只是气得一甩袖，便要带人往里闯。

虞左却一把拉住了他的袖子，叫起屈来：“成爷，你自管自进去了，也得吩咐你的手下一声，在下接了我家老爷交下来的差事，若是完不成，可是要砸了自个儿的吃饭招牌的。”

“凭你们几个也能查出什么动静来吗？”乐白不屑地看了他一眼。

虞左满脸堆笑，道：“俗话说，人有人路，蛇有蛇路，成爷何必这般小瞧于我？再说我家老爷既然吩咐下来，我们这些做奴才的只有尽了心，尽了力，想来老爷才不会太为难我们，成爷虽然也是个爷，不是还在沛公手下当差吗？应该不难理解这其中的道理吧？”

乐白此刻一心都放在纪空手身上，哪里还有心思与他纠缠？再一想，这虞左及其下人们都是霸上土生土长之人，纵然找不到纪空手，只要寻到一点蛛丝马迹，也对事情不无裨益，当下思罢，挥手道：“既然如此，你们就在这近处打听打听，看看是否有人发现一些异样的动静。”

他大步走入门内，与分布在虞府各处守候的人员会合。此刻他心中最想知道的是，以纪空手的现状，若是欲神不知鬼不觉地逃出虞府，无异于难如登天，假如纪空手真的不在虞府，那么他是怎样逃出去的？

“不可能，绝不可能！”当问天楼安置在虞府监视的一干人等聚到一处时，每一个人几乎都这样说着。

就在刘邦应诺将纪空手交到虞姬手里时，他就对整个虞府的地形作了周密的勘察，从而在各个要害处设点布控。可以这么说，只要虞府一有风吹草动，绝对逃不出这些人的耳目。是以他们一听到乐白说出纪空手失踪的消息，无不大吃一惊。

“现在不是信与不信的时候，而是必须找到纪空手，否则的话，你我都要吃不了兜着走。”乐白哪里还有心思听他们辩解，赶紧分布人手，对虞府展开了地毯式的搜查。

眼看搜到虞府内院门口，一个身材肥胖的富态之人从门内出来，拦住乐白这一行人，道：“此处乃是我家眷所居，各位将军请止步！”

乐白定睛一看，认得此人正是虞姬之父，霸上有名的富商虞山。耳中记起刘邦的再三嘱咐，当下不敢失了礼数，拱手道：“在下乃沛公麾下的将军乐白，见过虞老爷子。”

“将军是来下聘礼的吗？怎么不见沛公前来？今日既是小女出嫁之日，待会儿还请各位将军多饮几杯才是。”虞山笑呵呵地说道，仿佛并不知道纪空手失踪一事，装得浑似没事人一般。

“这杯喜酒原是要来叨扰的，只是我此刻有要事在身，必须进入内院看看，还请虞老爷子恩准才是。”乐白虽然心急如焚，但在表面上不得不敷衍行事，他可不想得罪虞家父女而遭到刘邦的斥责。

“这可不行，小女现在正在梳妆打扮，兴致好得很哩！她一向任性惯了，万一你们进去惹恼了她，只怕大喜之日就要改期了。”虞山的语气虽然显得平和，但着实厉害，这一番话下来，乐白等一干手下面面相觑，谁也不敢妄动了。

凡是问天楼的属众，谁不知道刘邦为了取悦虞姬，几乎达到了百依百顺的地步？对于刘邦来说，项羽既然表明了自己对虞姬的爱慕之情，那么虞姬此人就是项羽难得的弱点所在。只要好好利用，未尝不可收到奇效之功，而他的属下在进入虞府之前，也再三接到刘邦的训诫，那就是无论在什么情况之下，都不可对虞家父女有半分得罪，若有违者，一律军法楼规处置，所以他们一听到虞山说出这种话来，都觉得为难至极。

乐白之所以觉得为难，是因为他深知纪空手在刘邦心中的地位。如果真的让纪空手凭空失踪，那么无异于纵虎归山，他也很难在刘邦面下有个交代。所以他皱眉之下，权衡利弊，还是开口道："老爷子只怕还不知道贵府上发生了什么事吧？"

他这是明知故问，其实他在虞左的口中知道虞山已对纪空手一事有所耳闻，所以有心试探一下。

"我这府上一向平安得很，怎么会有事情发生？"虞山一脸诧异地问道。

"您是真的不知？"乐白有些糊涂了，实在搞不明白他是真的不知还是在装傻，赶紧问了一句。

虞山皱了皱眉，道："将军有话尽管直说，何必和我打哑谜呢？"

"好，那我就斗胆相问了。"乐白等的就是这一句话，沉声道，"虞老爷子，请问您今天可曾见过纪公子？"

虞山的回答却令所有人大吃一惊："你原来是为了这件事情而来，怪不得会这般大惊小怪，不过你大可不必着急，他此刻正在院里赏花散步，一点事也没有。"

"什么？"这下乐白可真的糊涂了，简直不明白这究竟是怎么回事，与众人相视一眼，追问道，"此事当真？"

"莫非你们还信不过我？"虞山愤然道。

"不敢！"乐白的心顿时放下了一半，赶忙陪罪道，"能否让我进院看上一眼，也好向沛公有个交代?”

虞山迟疑片刻，看看众人，却不作声。

乐白顿时会意，忙道：“就我一个人进去，绝对不敢惊动小姐。”

虞山微微一笑，道：“如此最好，不是我对各位放心不下，实是我这个女儿一向被我纵容惯了，心性乖张，万一各位惹怒了她，谁也猜不透她会做出怎样出格的事来。”

当下他领着乐白进了内院，一路走来，大小屋宇井然有序，分布罗列，缀以园林花树，小桥流水，假石飞瀑，有一种说不出的雅致。

乐白心中有事，对眼前美景无心欣赏，倒是心中有一团乱麻一般，半天理不出一个头绪，昏昏然地走到一座古亭边，却听虞山压低声音道：“将军请看，那一位不正是纪公子吗?”

乐白顺着虞山手指的方向望去，只见数十步外，的确有一个背影出现在一丛花树间，他与纪空手有数面之缘，凝神看去，只觉得这背影确与纪空手极为相似。

“这可奇了，如果说此人就是纪空手，那么虞左的话便是一派胡言，可是虞左这样做，究竟又是出于什么目的呢?”乐白心中问着自己，又恐单看背影，不能确定此人身份，所以耐下心来，想等此人转过身。

可是这一等，至少耗去了半炷香的工夫，这人似乎是有意要与乐白作对一般，竟然对着一丛花草看个不停，就是没有要转身回头的意思，正当乐白心中生疑时，这人终于回头。

以乐白的功力，数十步远的距离实在算不了什么，他一眼看去，认出此人就是纪空手，不由得大松了一口气。

虞山见了他这副神情，微微笑道：“将军只怕在这一刻才信了老夫所言非虚。我家小女既然答应了沛公，又岂能失信于人?将军此番可放心了。”

“我也是情非得已，得罪还望莫怪。”乐白神色颇有几分尴尬。

他心中依然存有几分疑惑，想了一想道：“其实我此刻进来，原是信了贵府管家的话，说是纪空手已经失踪，我这才一时情急，做出冲动之事。现在想来，心中还是好生奇怪，实在不明白贵府管家何以要与我开这种玩笑。”

“有这等事么？”虞山奇怪道。

“这是千真万确的事，如果老爷子这会儿得闲，不如我们一同出去，找他问个明白。”乐白虚惊一场，对虞左殊无好感，便想趁机让他受些责罚。

虞山正要答话，忽然听到身后有人沉声道：“怕只怕那虞左所言俱是事实，而眼前之人绝非是那纪空手。”

乐白一听，浑身一震，便要弯身跪伏，却被一股大力一抬，再也跪不下去。

“此时请罪有何用处？当务之急，是要寻找到真正的纪空手！”那人冷笑一声，显得极是冷静。

虞山回头来望，脸色微变，认出此人正是权倾一时的沛公刘邦。

“照沛公所言，莫非有怀疑老夫之意？此人明明是纪空手，何以又分出真假来？”虞山似是坠入一片云里雾里，一头雾水，言语中有忿忿不平之意。

刘邦并不因此而动气，反而拱手见礼道：“本公绝无此意，只是那纪空手生性多智，易容手段又是十分高明，假若他能找到替身，便可使这金蝉脱壳之计。”

乐白不明白刘邦何以能如此肯定眼前之人不是纪空手，那人回头之时，乐白也算看得仔细，觉得与纪空手简直是一个模子里刻出来的，哪会有真假之分？但是刘邦既然如此肯定，他下意识里也不由得犹豫起来。

他的意识之中，还有一层吃惊的原由，那就是刘邦的武功。他原以为，虽然自己从来不曾见过这位沛公的身手，但年龄所限，纵是厉害也不过如此。可是到了此时此刻，他才明白，刘邦的武功远胜于己，简直达到了高深莫测的地步，否则绝不至于让他欺近到身后三尺之地，自己还浑然不觉。

“金蝉脱壳?”虞山似乎吃了一惊，“沛公何以一定要认定此人便是替身?”

刘邦冷冷一笑，道：“他虽然外形容貌与纪空手一致，几无破绽可言，但他的精、气、神比之真正的纪空手来说，可谓有天壤之别。”

他此言一出，乐白再抬眼望去，只觉眼前此人的确没有纪空手身上特有的霸气，更少了纪空手那份遇事不乱的从容。他心惊之下，不由得对刘邦又添了几分佩服。

“属下这就将之擒下，细细盘查。”乐白一按腰间剑柄，便要上前。

虞山顿时也慌了手脚，急得直跳：“这可如何是好?若是这纪空手真的逃出了我的府上，却叫老夫如何向沛公交代?”

“您真的不知内情?”刘邦的眼中露出一丝诧异之色，深深地打量了虞山一眼。

“老夫若是知晓内情，岂容他们这般胡来?照这情形来看，只怕小女也脱不了干系。”虞山跺脚道，他显然意识到了这事态的严重性，假若惹恼了刘邦，只怕自己一家上百口人便是斩尽杀绝之局。

“你既不知情，本公便恕你无罪，即使有小姐参与此事，本公也不怪罪于她。你现在只管操心眼下府上的安排，到了午时三刻良辰之时，本公将亲代项大将军来向贵府小姐下聘。”刘邦微微笑道，似乎不在意纪空手此时的去向，虞山怔了一怔，赶紧谢恩而去。

亭边只剩两人，乐白望了望虞山的背影，心生疑惑，道：“难道这事就这么算了?”

刘邦冷笑一声，道：“本公之所以不让你去抓人，一是怕惊动了虞家小姐，二来抓住假的有何裨益?到时候抓鬼容易放鬼难，倒不如不去理他。我们当务之急，还是要将纪空手的行踪查明才是道理。”

他当先出了内院，与手下人马集齐，来到了虞府门外。众人跪伏一地，纷纷请罪。

“罢了，你们都起来吧！”刘邦皱了皱眉，一挥手道，“本公有几句话要问，你们不可有任何隐瞒，只要抓到了纪空手，本公就算你们将功折罪。”

众人无不谢恩而起。

“本公刚才来时，听了你们的陈述，心中着实奇怪。这虞府上下，内有你们把守各处要道，外有乐白率部封锁戒严，防范之紧，简直滴水不入，这纪空手绝不会无缘无故就失踪不见，除非他会上天遁地。”刘邦说得极是缓慢，似是边说边在理清自己的思路，一字一句地道，“而纪空手的武功，已经被本公废去，纵算他以前能飞，只怕到了现在，也只能与常人一般，在路面行走。这就怪了，你们既然谁也不曾见过他出入，他又怎么就会从你们眼皮底下消失呢？”

众人浑身一震，同声道：“属下敢以性命担保，的确是不曾见过这纪空手。”

“本公并不是不相信你们，而是想提醒你们一句，这纪空手或许并不是以他的真面目示人，假若他经过易容装扮，你们能识得出来吗？”刘邦淡淡地道。

“沛公之意，莫非是……”其中一人欲说又止，似乎不敢乱加揣测。

“本公之意，是想问你们，从昨夜到今晨，从内院到外院，除了纪空手之外，你们看到过有谁出入？”刘邦皱了皱眉，渐渐失去了耐心。

众人相视一眼，各自搔头冥想。过了半晌，有人道：“属下记起今日一大早的时候，曾经看到过虞家小姐的贴身侍女匆匆出了内院，不一会儿，又带着管家虞左回来。”

“虞左？”刘邦的眼芒陡然一亮，道，“说下去。”

“这虞左在内院待了一会儿工夫，然后出来便叫嚷着纪空手失踪了，吩咐下人四处查寻。属下心想，这纪空手失踪在前，而此事发生在后，两者应该没有太大的干系，所以便没有放在心上。”那人嗫嗫嚅嚅半天才把话说完，刘邦的脸色已是变了数变。

乐白看在眼中，陡然间想到什么，急忙说道："会不会这问题出在虞左身上？"

刘邦心中一动，沉声道："本公记得韩信曾经说过，在登高厅上，纪空手就是装扮成格里的模样混入厅内的。他到相府的时间并不长，与格里见面的机会也不多，却能在这么短的时间内学得形神兼备，以至于连赵高等一干入世阁高手都识破不了，可见此人在易容术上确有其独到之处。以此类推，本公认为，这虞左的确有可疑之处。"

"糟了！"乐白脸色一变，陡然惊叫起来。

"何事这般大惊小怪？"刘邦斜了他一眼，脸上现出不悦之色。

"假如这虞左确是纪空手所扮，那属下的罪责可就大了。"乐白不敢隐瞒，当下将虞左已经出府一事悉数禀明。说话当中，背上已是冷汗涔涔。

刘邦的脸色铁青中透着无情，正当众人以为他就要发作之时，他却沉吟片刻，忽然间笑了。

"你虽然违抗本公的军令，擅自放人出府，但塞翁失马，焉知非福？这至少可以让我们少走不少弯路。"刘邦不慌不忙地道，"如果本公所料不错，这内院中的纪空手只怕就是虞左所扮，而纪空手已经扮成虞左逃出了虞府。"

"属下这就带人追查下去，此时距他出府不过一炷香的时间，谅他脚程再快，也难以混出城去。"乐白赶忙请缨，希望能将功赎罪。

刘邦似乎并不着急，胸有成竹地道："他跑不了，本公早已下令封锁城门，以他此刻的身手，要想越墙而过，谈何容易？"

"沛公神机妙算，运筹帷幄，属下佩服之至。"乐白由衷赞道，众人附和，一时间赞声四起。

刘邦摆手道："此时可不是捧我的时候，你们现在就沿纪空手逃走的方向追下去，而本公立马调人，对全城来个彻底搜查，本公不信，他纪空手还能飞出我的手掌心去！"

乐白等人俱要领命而去，却听长街上传来一阵马蹄声响，定睛一看，竟是军中信使。

“何事如此紧急，竟然要劳动信使?”众人心中嘀咕着，各自猜疑。毕竟这军中信使只在行军打仗时专供各部联络所用，此刻人在城中，未免有些小题大做。

但这阵马蹄声未近，又从另一条长街响来蹄声，蹄声如雨，震得街巷俱响，不一会儿，竟然从四个城门的方向都有信使飞驰而来。

“难道出了什么大事?”就连刘邦心中也纳闷不已，一脸诧异。

等到四骑飞至，翻身下马见礼时，刘邦忙道：“无须多礼，速速报来!”

这四人一一禀道：“东门外发现了纪空手!”

“南门外发现了纪空手!”“西门外发现了纪空手!”“北门外发现了纪空手!”

此话一出，众人大惊，谁也没有料到，失踪的纪空手竟然出现了，而且一现就是四个，谁也弄不明白这究竟是怎么一回事。

刘邦没有算错，乐白在虞府门口所见的虞左，的确就是如假包换的纪空手。

只有易容，才是纪空手能够逃脱的唯一机会。纪空手知道这一点，关键的问题是，他借用谁的形象才能顺利混出虞府?

能够在这个非常时期自由出入的人，除了虞姬与袖儿之外，只有虞山夫妇。以纪空手的手段，若是装成虞山，可以达到天衣无缝的效果，可是纪空手压根就没往这方面去想。他始终认为，他亏欠虞姬已经太多，不能再因自己而连累到虞姬家人。

于是他想到了虞左，因为除了虞山夫妇之外，能够出入内院的男人只有虞左，而且虞左的外形与自己有几分相似，易容起来并不费力，如果用他来做替身，实在是再恰当不过了。

他心中拿定主意，便与虞姬主仆商谈起行动的细节来。经过一夜长谈，几经斟酌，终于确定了整个行动的方案。

他首先将自己扮成了虞左，然后由袖儿出面，将虞左召入内院。虞左心知此事凶险，但碍于虞姬之命，只得遵从。这样一来，他与纪空手互换了身份。

纪空手装成虞左之后，一面放出自己失踪的消息，一面大张旗鼓地召人四下搜索，无非是想混淆视听，让敌人确实以为自己已经逃逸。这样一来，使敌人有先入为主的思想，从而产生麻痹，在防范上有所疏漏。

乐白果然中计，他绝对没有想到眼前的虞左就是纪空手，心急如焚之下，经不得纪空手一阵慢条斯理的软磨硬泡，居然同意了纪空手率人出府的要求。

纪空手人一出府，自己的计划便算实施了一半，但要怎样在短时间内逃出霸上，依然是一个非常严峻的问题。

霸上城此刻气氛紧张，街道之上到处可见问天楼的战士与刘邦的军士策骑来回逡巡。纪空手找个借口，摆脱了虞府家丁，转入了东门口的一条街道。

这条大街非常宽敞，聚集了不少老字号的店铺，既有粮行、油坊，亦有酒楼、茶馆，人气极旺，很是热闹。纪空手观望片刻，突然拐进了一家专卖生油的作坊里。

作坊里有几个伙计正在忙着榨油出货，根本没有人注意到纪空手的出现。纪空手也不理会，径自来到了后院的一栋楼前，刚要敲门，却听得门“吱呀”一声开了，吹笛翁便要跪拜相见。

“时间无多，吹笛先生不必拘礼。那日别后，小公主与你们一切可好?”纪空手赶紧扶住吹笛翁，他对吹笛翁的出现并不感到吃惊，因为这正是他计划中的一部分。

“承蒙公子惦记，我们一切都好，只是小公主前些日子未得公子消息，茶饭不思，心中着急，直到接到了徐三谷传出的消息之后，这才放下心来。”吹笛翁微微一笑。

纪空手心中一暖，缓缓而道："我想她也想得好苦。"此刻听到红颜对自己的这番痴情，令他又想到了虞姬，最难消受美人恩，此时此刻，他的心中正是这种两难取舍的心境。

"幸好这种相思就要结束了，再过一会儿，公子就可与小公主面对面地谈心了。"吹笛翁轻笑一声，带着纪空手来到了楼层高处。

纪空手微感诧异："当务之急，我们还是尽快想办法出城。我这套金蝉脱壳之计，只能蒙人一时，时间一长，刘邦自然有所察觉，到时想走只怕就来不及了。"

"公子不必担心，五音先生已经安排好了一切，万事俱备，就等你的人一到，我们就可出城。"吹笛翁似乎胸有成竹，不慌不忙。

纪空手不由大喜："五音先生不是已经入川了吗？他老人家怎的也到了城外？"

吹笛翁道："他听说你失踪的消息之后，便日夜兼程地赶来，后来听到你为了掩护众人撤退，而一人留下断后的义举，大赞你有情有义之外，还说了一句话，我不知当讲不当讲。"

纪空手听他说话支吾，微笑道："你我又不是外人，有何顾忌？"

吹笛翁尴尬一笑，道："先生道你是一条真汉子，真英雄，却不是争霸天下的人物，因为争霸天下者，绝不应有七情六欲。此话虽说有些刺耳，却是先生的一片苦口良言，它的确是道出了这权谋相争的真谛。"

纪空手心中一震，蓦然又想到了张良评点自己的原话，黯然想到："无论是五音先生，还是张良，这二人都是拥有大智慧的智者，远见卓识，目力惊人，看人之准，只怕少有人及，他们既然不约而同地认定我绝非是争霸天下的材料，难道说我真的就与这天下无缘吗？"

他意志坚强，一生自信，纵然面临再大的困难，也敢于面对，永不气馁。但在这一刻，他忽然怀疑起自己来，在心里面悄然问着自己："难道说一个人只有做到六亲不认，无情无欲，才能成为天下之主吗？"

他隐隐觉得，这也许有点道理，因为历代王者，哪个不是自称自己为

“孤家寡人”呢？只有将自己绝情于天下，才能使自己成为与众不同的天之骄子，这也许就是真正的王者之情。

他继而想到，以五音先生的文韬武略，权势财富，足可一争天下，称霸江湖，何以他会在自己鼎盛之时，决然退于巴蜀这样一个弹丸之地，甘心平淡，安于归隐？难道这一切真的是人们传说的是为了情而看破世理吗？会不会是他早就看到了自己人性中的弱点，看出了自己不是绝情之人，所以才不作这逐鹿中原的非分之想？

“也许五音先生所说是对的。”纪空手喃喃而道，边走边想，放眼看到一块大的平台出现在脚下，这平台之上，出现了一个令纪空手感到非常新奇的东西。

他首先看到的，是一个用新竹篾片编织而成的大竹篮，在篮的中央置一火盆，盆里放有数十斤重的黑油备用。在竹篮的四周，各系一条儿臂粗的缆绳，与一个用真牛皮缝制的巨大口袋相连。纪空手从来没有见过这种物事，更不晓得它的用途何在，只是心头纳闷，不明白吹笛翁在这个非常时刻带自己来此的原因。

“先生在弄什么玄虚？这倒让我有些糊涂了。”纪空手看到吹笛翁冲着自己微笑，搔了搔头，任他机智过人，思虑周密，也想不出个中玄机。

“我们若要出城，一切就全靠它了。”吹笛翁从怀中取出一块火石，神秘一笑。

“靠它？”纪空手觉得有些不可思议，于是抬眼盯视吹笛翁，却发现吹笛翁根本就没有开玩笑的成分。

“公子可千万不要小看了它，这可是先生花费了十年心血才琢磨出来的东西，经过了千百次的失败之后，终于研究出来的飞行器。”吹笛翁得意地一笑，显然是为五音先生拥有这般超人的智慧而感到骄傲。

“飞行器？”纪空手更是莫名其妙了，“你是说就凭这些东西可以像鸟儿在天空中飞行，我不是在听你说梦话吧？”

吹笛翁并不介意，事实上当他第一次看到这种装置飞上天空的时候，也有恍如一梦的感觉。所以他没有多言，而是打燃了手中的火石。

“哧……”火星溅到黑油上，顿时冒出一股浓浓的黑烟，纪空手一不注意，呛得连咳数声。

“这……这是……通知……他……他们前来……接应的……信号吗？”纪空手依然如坠迷雾之中。

吹笛翁笑了笑，道：“一时半会，我也说不清楚，只要公子耐下性子等上半盏茶工夫，自然就可以明白我的用意了。”

纪空手脸上露出一丝担心之色：“此刻刘邦只怕已经率领人马对全城展开了大规模的地毯式搜索，一旦被他们发现这里有异样的情况，只怕我们还没有逃离此地，就已经被他们围得水泄不通了。”

吹笛翁不慌不忙地道：“公子进来之前，可曾有人向你问起过身份？”

“没有，我简直是如入无人之境。”纪空手也觉得有些奇怪。

“不过我可以肯定，只有公子，才能享受如此待遇，换作他人，绝对是寸步难行！就这一会儿的功夫，店铺里只怕早已洒满了香油，不仅地滑难行，而且随时可以点火烧油，阻住任何人的进入。”吹笛翁说出了之所以要在这个油坊与纪空手见面的原因。

纪空手摇了摇头，道：“火虽然能阻住敌人进入，但也能阻止我们出去。这样一来，我们岂不是要被活活烧死？”

“如果公子真让这把大火烧死，小公主要我赔命，我就算有九条命也担待不起。”吹笛翁诙谐地道，“我只想这把火能阻住敌人，为我们赢得一点时间。”

纪空手还要再说什么，突然“咦……”了一声，满脸惊奇。

原来那竹篮里的火盆燃烧片刻之后，滚滚黑烟顺着口袋的袋口灌入进去，使得原本干瘪的真皮口袋渐渐鼓胀起来，形成了一个大的球体，把这个平台的空间挤得满满当当的。纪空手与吹笛翁站在它的身边，就像是蚂蚁与鸡蛋之别，大小相差之大，令人咋舌。

“我明白了。”纪空手惊喜地叫道，“利用黑油的热力与浓烟灌入这真皮口袋，使口袋产生向上的浮力，然后升空，我们就可以像大鸟一样从天空飞离霸上了。”

“公子果然聪明，竟然能在这么短的时间内窥出道理所在。只是这口袋虽然鼓胀起来，但要让它产生向上的浮力，还需一定的时间。”吹笛翁显然听到了远处传来的一阵马蹄声与吆喝声，知道敌人已至，不由脸显忧色。

纪空手道：“先生所带的人手只有三五人，要想阻住敌人大队人马并不容易，只怕在时间上来不及了。”

吹笛翁道：“这几个人的任务就是负责放火烧油，然后撤退。刘邦之意在于公子，他们要想脱身并不太难。”顿了一顿，又接着道，“若真是到了万不得已的时候，我还可以阻挡一阵。”

说到最后这句话时，吹笛翁的眼中闪烁出一股复杂之情，纪空手看在眼中，不由大是感动：“不，你我共同进退，我岂能为了自己个人的安危而置先生于险地？”

吹笛翁淡淡一笑，道：“公子是一个至情至诚之人，能为公子做一点事情，一直是我最大的心愿，今日这个机会来了，我又岂能错过？再说了，就算我力拼众敌，也绝对不是毫无生机，至少还可以见机而退。”

说到这里，忽然听到有人高喊：“楼上有人。”接着又听到一阵“哎哟……哎哟……”的惨呼之声，显然是敌人踩到油上而滑倒，吹笛翁沉声喝道：“放火！”

“呼……”此声一出，便见小楼四周顿时燃起一片烈焰，火势之大，蹿出三尺火苗，就连这小楼高层也感到了一股迫人的热力。楼下一片混乱，传出刀戈之声与弦响之音，更有人大呼小叫起来。

与此同时，那巨型口袋的气体已经充至极限，开始摇晃着离地而起，吹笛翁大喜道：“公子快跳上去，时不待我，勿要犹豫！”

“可是……”纪空手哪里做得出这等只顾自己的行径，一时间脚下竟然不动。

吹笛翁急了，一把抱住纪空手，将他放入竹篮，道：“这飞球是以漠北熊皮多层缝制，更经特别加工，可承受百步外弓箭而不受损，但却使其重量增加，只能载上一人。若是两人都走，重量太大，只怕都无法离开，公子不要再矫情了。”

纪空手心中一凛，知道若再耽搁下去，也许连一个人也离不开这凶险之地，当下哽咽道：“那……那……请……先生……多加保重。”

吹笛翁点了点头，微微一笑，道：“我认识不少江湖术士，他们都说我不是一个短命的人，公子大可放心。”说完“锵”的一声，拔出腰间的长剑，接着道，“还请公子向五音先生带上一句话，就说我吹笛翁无论在什么时候，都绝对不会辱没我‘知音亭’这三个字！”

他说这句话的时候，心里已经有了一种不祥的预兆，可是他全然不惧，整个人如一株挺拔的苍松，眼芒射出，目视着这气球一点一点地离地而起，渐渐升向天空。

一尺、三尺、七尺……

纪空手望着人在脚下的吹笛翁，不知为什么，他忽然感到了有一种东西缓缓地在心间蠕动，让他的血脉贲张，让他的热泪横流。

他明白，这种东西叫作“感动”。

第三十七章　亡命剑道

一时之间，竟然出现了四个纪空手，刘邦心里一沉，他虽然不知这其中究竟哪一个是真的，哪三个是假的，但他却知道，纪空手此次出逃，是一个有预谋、有计划的行动。

他的思维在瞬息之间高速运转，权衡着自己每一个行动的利弊，在最短的时间内作出了决断。

“乐白，你率一部人马守住虞府，其余的人跟随本公，火速向西门靠拢。”他不慌不忙地下达着行动指令，神情中带着果断坚定的作风，不让人质疑他判断的正确性。

当下兵分两路，刘邦率领一干人马直奔西门，虽然他没有把握能够肯定出现在西门的人就是纪空手，但从西门而去，便是通往巴蜀的驿道。

知音亭既然参与了纪空手此次出逃的行动计划，那么他们行动的去向当然是直指巴蜀，即使自己的判断有误，但只要截断了对方回归之路，自己仍然有几分胜算，这便是刘邦赶往西门的原因。

可是等他的人快到西门之时，又接信使来报：“东门城内突然失火，黑烟滚滚，宁将军已经亲率一队人马，前往察看！”

刘邦怔了一怔，依然前行，道：“此乃敌人声东击西之计，这反而说明了纪空手人在西门的可能性最大，传令下去，调问天楼战士火速赶往晓关，那里是敌人入川的必经之路，务必不能让敌人突破而去。”

他作了最坏的打算，所以才决定派人在晓关阻截，这样一来，就算纪空手能够逃出霸上，依然面临前有伏击，后有追兵的险境，所谓打蛇打七寸，这也算是纪空手的要害之地。

驻守西门的将军乃是韩信，他听说刘邦人到，赶紧率部相迎。

“这里的情况如何?”刘邦一到西门，只见军士井井有条地进行着出入城门的一切盘查，不觉有些诧异。

他没有想到出身市井的韩信竟然也懂得指挥部署，虽是初次带兵，却已经显露出他在这一方面过人的天赋，这让刘邦喜出望外。

对刘邦来说，此时正是用人之际，得一武功高强者易，得一良臣勇将却难。看韩信带兵，虽然循规蹈矩，却别有新意，不落俗套，让人耳目一新，刘邦心中怦然一动：“此子才堪大用，虽说有些野心，但只要驾驭得当，无疑能够助我一臂之力。”

韩信迎上前来，跪伏行礼道：“适才确有形迹可疑之人在西门出现，待属下追上去时，已经不见。后来听人说道，那人长相模样与纪空手确无二致，是以才派信使向沛公禀报。”

刘邦脸上一沉，道：“如此说来，你并未亲见?”

“属下虽未亲见，但职责所在，不敢不禀。”韩信微惊，赶忙答道。

刘邦沉吟片刻，道：“依你之见，你看纪空手若要出逃，最有可能会从哪一门出城?”他并无怪责韩信之意，反而向他征询。

“纪空手狡计多端，所思所想，都非常人可以揣度，属下虽然与他有过长时间的交往，但是依然难作决断。”韩信肃然道，其实在他的心中，并非没谱，但是从自己的利益考虑，他倒情愿让纪空手平安离去，免得兔死狗烹，自己变成刘邦眼中的下一个目标。

刘邦哪里懂得他的心思，皱皱眉道：“如果连你也这么说，那么此人的行踪的确让人不能妄加揣测。不过按此人一贯作风来看，只怕他此刻还在城中，而这些人化装成他的模样，混淆视听，无非是疑兵之计。”

韩信点头道：“沛公所言极是精辟，既然如此，我们只有静观其变。”

刘邦看了他一眼，刚要说话，忽然又接信使来报：“宁将军火速禀告，他已在东城发现了纪空手的行踪!”

“是否确认此人身份?”刘邦追问一句。

“宁将军道，此人与知音亭的吹笛翁同时出现，十有八九是纪空手的真身，但是具体如何，有待确认。”那信使答道。

刘邦心头一震，忖道:“这吹笛翁何时进入城中，可见百密终有一疏。”当下点头道，“韩信，你随本公一同前往。”

韩信不敢有半点托词，只得应允，随即一声令下，迅速集结一标人马，随刘邦赶往东城。

刘邦看在眼中，微微赞许，心道:“此子带兵只有数日，却已有这般成效，假以时日，只怕必是少有的良将。”

马蹄嘚嘚，扬起漫天尘埃，数百骑士如一阵风般从大街驰过，不过半晌功夫，当先领路的那信使回头叫道:“就在前面了。”

刘邦抬头看时，果然见得一股浓烟弥漫了前方大半条街，烟色浑浊，睁眼见不到十步之远，只看见有百十人端盆提桶，进进出出，正在灭火。

“这烟火实在古怪，若是无心失火，这烟的颜色何以会这般黑?”刘邦鼻息一动，深深地吸了一口气，“怪了，这烟中怎么会有一股香油味?”

韩信眼中一亮，道:“这定是人为纵火，依属下之见，宁将军的消息并非有误，纪空手一定人在其中!”他顿了顿，“只是……”

刘邦见他吞吐不定，忙道:“只是什么?”

“若是这般，属下反而有些猜不透纪空手的心思了。他此刻与常人无异，身处火海，凶险至极，岂非与自杀等同?而这纪空手也不是自杀之人，莫非他另有深意?放火只是他的障眼法，真正的用意是想从地下逃遁而去?”韩信想到那一日在得胜茶楼的交战，明明看到纪空手携领一帮高手出面，可到了最后，却只有纪空手一人力拼酣战，而其他的人就像消失在空气中，凭空不见了，这说明对方在逃遁术上确有独到之处。

刘邦却摇了摇头:“他若想从地下逃走，实无可能，本公已派人在城墙之下设了无数听筒，深入地下数丈，只要有人挖洞，绝无不能发现的道理。依本公来看，只怕纪空手是另有图谋。”

他当即下令调集人手紧急扑救火势，同时与宁戈会合，宁戈禀道：“属下是因为这里先起烟火，心中好奇，才率人急忙赶来，谁知刚一进入这油坊之中，便看到满地倒满香油，一直连到了后院的小楼，属下极是纳闷，正要靠近，忽然不知自何处扔下一支火把，引发这场大火。”

“也就是说，这火是在你们赶到之后才烧起来的?”刘邦有些诧异地道，“可是你不是说先看到这里的浓烟才赶来的吗？莫非这又是纪空手的调虎离山之计?”

“属下最初也是有此疑惑，所以一面命人救火，一面叫来乡邻问话，始知在这浓烟燃起之前，有人确实看到了虞左的出入。”宁戈道。

刘邦一听，心中不喜反惊，喃喃而道：“如果这人真是纪空手所扮的虞左，他又想干什么?”他就算想破脑袋，也绝对想不到纪空手竟然是欲自空中逃走。

正在这时，忽然有人惊叫起来：“快看，那是什么?”

刘邦匆忙赶将过去，顺着那人所指方向抬眼望去，只见小楼的天空中升起一个庞大古怪的物事，正一点一点地悬浮而上，任是刘邦有多么广博的阅历，也认不出这竟是五音先生精心设计的飞行器。

不过刘邦毕竟是刘邦，眨眼之间，他似乎想到了这古怪物事的用途，更想出了非常有效的应对之策，冷冷一笑：“原来如此，那就别怪本公无情了。”

他回头下令：“命令五百弓箭手待箭准备，没有本公的号令，任何人不可妄动!”

韩信怔了一怔，道：“沛公既然有心以箭将之射落，何不早早动手?”

刘邦的眼眸中射出一股杀机，道：“纪空手既然敢与本公作对，本公当然要他死得难看，现在这点高度，还不足以让他活活摔死!”

韩信闻言，心中忍不住打了一个寒噤，刚要开口，却又欲言又止。

“你想说什么？为何这般吞吞吐吐?”刘邦奇怪道。

“属下认为，沛公既然有心让纪空手来牵制虞姬，如果杀了纪空手，只怕对虞姬不好交代。这样一来，反而会误了沛公的大事。”韩信沉吟片刻，硬着头皮道。

“你能这样想，可见你颇有远见，不看重眼前之得失，而权衡整个大局之利弊，实乃大将之才也。不过这纪空手始终是本公的心头大患，一日不除，难以让人心中踏实，至于虞姬那里，本公已有了应对之策。”刘邦笑了一笑，脸上露出得意之色。

韩信“哦”了一声，似有几分失落的感觉，虽然刘邦并未对他现出任何杀机，但是他相信纪空手的见解并没有错。刘邦之所以迟迟不对自己动手，无非是因为自己还有利用的价值。

这本就是一个尔虞我诈的年代，如果韩信不是明白了这一点，他就绝对不会在纪空手的背上插上一剑。

刘邦轻轻地拍了拍他的肩头，道：“你虽然与纪空手颇有交情，但自大王庄一役后，本公已经完全信任于你，所以你凡事不用太多顾虑，竭力效命，本公相信你有飞黄腾达的一天！”

“多谢沛公提拔。”韩信心中未置可否，但脸上却装作感激不尽之状，伏地而道。

一阵奇异的乐音突然响起，初时不觉，过了片刻工夫，刘邦与韩信对视相望，无不侧耳。

这乐音并不限于音律，也无美感，倒似动物之间交流的唧唧之语，在这一刻间从空中传来，让人心里顿生寒意。

“这是什么声音？竟如此古怪！”刘邦心头一颤，情不自禁地出言相问。

“回沛公，这好像是笛子发出的声音，只是古怪异常，让人不能确定。”韩信聆听片刻，犹豫地道。

“这么说来，这是吹笛翁搞的鬼，大难临头，不知这是他为纪空手奏的哀乐，还是为自己遇人不淑而叹息，哈哈哈哈……”刘邦不由大笑起来。

但韩信却没有笑，而是皱着眉头，脸色惊变："只怕事情没有这么简单，沛公请听，这笛声像不像一种动物的声音?"

刘邦静心听了一会儿，点头道："的确如你所说，这声音十分耳熟。"

"这是老鼠的声音，吹笛翁在这个时候吹起这种曲调，只怕是别有用意。"韩信一脸肃然。

刘邦微微一笑，似乎并没将之放在心上，抬头看了看空中悬浮的皮球以及皮球下悬挂的大竹篮，道："你的意思是指吹笛翁想借笛音来指挥老鼠与我们作对?"

韩信道："吹笛翁肯定是这般想法，试想一下，一只老鼠不足让人生畏，但若有百只、千只，只怕就不是人力可以控制的了。"

就在这时，刘邦的脸色陡然一变，这倒不是因为韩信的话，而是他确实听到了有一种怪异的声音传入耳际。

这声音由小及大，初时不觉，只是感到耳中酥痒，似有千百只虫蚁从四面八方爬行而来，瞬息之间，其声渐大，恰如在十里之外闻听惊涛拍岸，一浪紧接一浪，有共鸣之音，给人以无穷震撼。到后来，这千百道声音虽细却清晰，汇聚一处，其声之尖锐，使人产生莫大的惊惧与恐慌。

"天呀，怎么会有这么多的老鼠?!"一个充满恐惧的声音陡然尖叫起来，顿时引起众人上窜下跳，一片惊呼。

刘邦大吃一惊，急急回头，只见满街之上竟然有数以千计的老鼠满地飞窜，直奔这边而来。老鼠行动极速，带着吱吱尖叫，其情其状端的恐怖，不要说那些军士，便是刘邦自己也有毛骨悚然之感。

他久经沙场，见识过的场面不可谓不广，再恐怖的画面也领教过了，按理来说这世上已没有太多的东西能够引起他的恐慌，但是乍眼看到千百只长相凶恶、龇牙咧嘴的老鼠从四面八方向自己飞窜而来，他的心里咚咚直响，还是感到了一丝害怕。

"大家不要慌，老鼠惧火，谅它们也凶不到哪里去，大家还是镇定下来，对付里面的敌人要紧！”韩信挡到刘邦面前，大声疾呼，脸上毫无惧色。自小他就流落市井，常年与鼠蚁臭虫为伍，已是见惯不怪，是以看到这种场面，远比刘邦镇定得多。

刘邦一惊之下，已恢复了常态，眼见韩信挺身而出，稳定军心，不由露出欣赏之意：“难得你能临危不乱，确有大将风范。”

“属下只是尽本分而已，怎当得起沛公赞誉？”韩信微微一笑，他的心里早已看出，对付刘邦这等枭雄，唯有让他看中自己，相信自己的实力，才可确保性命无忧，否则只要自己失去了可供他利用的价值，那么自己的生命就算走到尽头了。

刘邦点点头，道：“你能居功而不傲，殊为难得。”说完这句话后，他忽然想起了卫三公子那一天对自己的叮嘱，虽然他一向很佩服自己的父亲，但是人老了，顾虑自然就多，这韩信虽说也是造神行动的参与者，但比起纪空手来似乎要容易驾驭。自己此刻正是用人之际，大可不必因此而放着这样一个人才不用。

他透过浓浓的黑烟，眼见那庞大的气球已经升到了离地十数丈的高空，当下再不迟疑，挥手道：“弓箭手准备，目标就是空中的皮球！”

五百军士都是经过有素训练的精锐，虽然脚下仍有老鼠飞窜，但心理的恐惧毕竟比不过对刘邦的畏服。所谓军令如山，一声令下，五百张弓同时拉响，箭镞寒芒闪闪，指向半空。

刘邦眼芒一寒，左手抬起，缓缓地升在空中……

“呼……”就在这时，从火海中突然蹿出一条火龙，直奔人群而来。

“小心！”刘邦与韩信几乎是在同一时间惊呼道，可是声音的速度似乎并不比这条火龙的速度快多少，等到军士们有所警觉时，这条火龙在空中炸裂开来，向四方席卷。

火星飞泻，碎裂的木片如火红的飞瀑冲向人群……

“呀……”许多军士躲闪不及，身上的衣衫顿时着火，场面混乱不堪。

更让刘邦与韩信吃惊的是，在这火龙之后，还有一把剑，带着一股必杀之气的剑！

刘邦与韩信潜意识地向后退了数步，当他们发现来敌并不是针对自己，而是攻向那些手持长弓的军士时，已经慢了半拍。

没有人会有这么快的反应，就连刘邦与韩信也不例外，来人显然算到了这一点，所以用非常突然的袭击，最无情的手段展开了实力极为悬殊的杀戮。

“呀……呀……”惨呼声此起彼伏，十数人在这一刻中纷纷倒地。在这段空间里，不仅有火，有烟，更有让人心悸的血腥。

“是吹笛翁！”刘邦一瞥之间，终于认出了对方的来历。

而韩信已经拔剑，身形也如一阵狂飙般起动，以最快的速度攻向了吹笛翁的背部。

“当……”吹笛翁唯有回剑格挡，他没有回头，却从剑锋的厉啸声中听出了来人的厉害，他如果不想死，就得撤剑回格。

双剑相击，产生出一股巨大的回旋之力，不仅使得两人浑身一震，各退数步，而且同挟火势，卷起数尺之外的火头，升高盘旋。

韩信只觉自己的肌肤一阵火辣辣的痛，似乎被火烧了一下，但是这并不影响到他的出手。

“哧……”剑从空中划过，如流星般攻向了吹笛翁的七处要害。雪白的剑身在火光的映射之下，竟如鲜血一般红得耀眼，红得惊心。

吹笛翁面对如此凄美的一剑，心中丝毫不乱，他明白，自己不能慌，也不能乱！他现在所做的一切，都是为了给纪空手争取时间。正因为他心存必死的决心，所以在这一刻他拥有近乎超然的冷静。

“轰……”韩信的一枝梅一振之下，幻作七道剑芒，如带血的梅花逼射开来，吹笛翁的剑锋一闪，以快得不可思议的速度在瞬息之间与之相触，一一化解。

“砰……”吹笛翁勉力化去韩信的剑招，只觉胸中沉闷，气血翻涌，整个人跌飞而去。他的人在空中，要想落地站稳并非不能，但他无意于此，反而借这一撞之力，伸肘出击，攻向了身后的人群。

他借力打力，这一肘击的势头之猛，根本不容别人有任何躲闪的余地，但见十数名军士遇肘飞跌，当场毙命，纵有不死者，亦是肋骨断裂，终身残废。

韩信似乎没有料到吹笛翁会是如此强悍，又是这般骁勇，一怔之下，发出一声悠长的尖啸，攻出了他最为得意的一式剑法。

这式剑法是他新创而成，虽然未经演练，但韩信却对它情有独钟，极具自信。这式剑法既有流星剑式的神髓，又结合了他体内玄阴之气的特点，在瞬息间的顿悟中完成，完全可以代表他个人的实力。

他原本并不打算用在吹笛翁的身上，因为他觉得吹笛翁固然厉害，却还不值得自己以这一式来对付，可是当他准备出手之际，忽然改变了主意。

他这一改，全为了刘邦，他必须要让刘邦认识到自己的真正实力，才能以此来达到自己的目的。

所以他的这一剑杀出，涌起了无限杀机，闪电般的身形如一道幻影掠过虚空，在刹那之间亮出了耀眼夺目的剑锋。

剑生厉啸，一股暴烈无限的霸杀之气犹如一张巨大的网般罩向了吹笛翁的头顶，控制了足有五丈范围的空间。

火焰、泥石，也在刹那之间变得狂野，或起或伏，或明或暗，在这无常的时空里不断地变化着图案。

狂风骤起，充斥了整个空间，压力之大，足以让这段空间的任何东西在瞬间窒息，包括这吞吐不定的火焰。

“杀……”韩信冷酷的脸在不定的光线里显得更加凄厉，咧嘴大喝一声，使得这虚空也在这一声大喝中战栗不已。

每一寸空间里的每一分空气，似乎都被这凭空而生的杀气所驾驭，气旋飞涌，朝四面八方扯动，仿佛要将这虚无的空间撕个粉碎。

烟尘如此，火焰如此，断梁灰烬如此，此剑一出，这些物体仿佛尽数随风而逝，再也不存于这片天地。

无情的杀气，随着剑锋的每一寸移动而渗透进去，让这空间里的空气变质、变味，带出一股森然的血腥。

“呼……”吹笛翁的脸几乎扭曲变形，在火光照射下显得极度诡异，手臂振出，将长剑从火焰中斜劈而出，带着夺人魂魄的赤红，迎向了韩信这霸烈的一剑。

吹笛翁从来没有遇到过如此可怕的剑招，他的阅历不可谓不广，见识不可谓不多，但像韩信这般如此无情的一剑，他的确是生平仅见。他目睹着韩信的出手，感受着这一剑带出的无匹劲气，有一种被大山压住而难以喘息的感觉。更让人感到可怕的是，这剑中所蕴含的森寒之气，这种冰寒的感觉，仿佛让人置身于冰山之下，无边无际，似乎永远不能摆脱这冰寒的刺激。

可是当吹笛翁奋起出手时，他的心中更生惊恐，只觉得自己不动则已，一动反而引发了对方布下的气机，使得更强的压力如飞瀑狂泻而来，而自己的剑速之缓，仿佛穿行于千层冰封。

一快一慢，双剑都以各自的速度在虚空中留下幻痕无数，剑在虚空，谁都明了，但剑在虚空的哪一处，谁又知道？

吹笛翁却明白，这双剑一旦撞上，自己不死即伤，绝无幸免，因为对方的剑招已经克制了自己每一个剑式的变化，这是只输不赢的赌局。换作以前，换作别人，也许这已成定局，但是吹笛翁虽然无法控制住自己内心的惊骇，却身心不乱，静若止水。

他送纪空手上竹篮的时候，心里已存必死之心。所以当对方的剑芒挤入自己三尺范围时，他的剑锋突然爆裂出万千霞彩，向着天空中剑芒最盛处刺去。

面对韩信这咄咄逼人的剑势，他没有躲，也没有闪，而是迎头直进。他已不畏生死，所以用的竟是同归于尽的打法。

这一次轮到韩信吃惊了，吃惊的正是吹笛翁剑上带出的必杀之气。一个连自己的生死都不放在眼里的人，他的杀气绝对到了容量的极限！韩信千算万算，都算出这是势在必得的一剑，但他却算漏了一点，那就是吹笛翁竟然会使出这样亡命的一剑！

韩信的剑式如果不变，那么结果只能是两败俱伤，甚至是同归于尽，这绝对不是他想看到的结局。他使出这惊人的一剑，本是为炫耀实力，借此达到飞黄腾达的目的，从而让自己更好地活在这个世上，所以他只有变招。

幸好他这惊人的一剑本是取流星剑式之精华，还原于本色也就不显山露水，只是剑中的杀气比之先前却差了一层势在必得的意境。但饶是如此，这空气之中依然横溢出令人色变的压力。

"轰……"双剑终于在虚空中交汇成一点，爆裂出万千气流，韩信与吹笛翁同时跌退数步，浑身气血翻涌，一时间竟然无法再度出手。

天空突然宁静，肆虐已久的大火也在这一刻被人熄灭，只是无声的烟尘弥漫在空气之中。

吹笛翁只觉得自己的血液被一股寒气凝结一般，几乎有爆裂的可能。他知道韩信通过剑身将玄阴之气传入到自己的经脉中，虽然还不至于置人死地，但至少可以让他在某一瞬间虚脱无力。

所以他才感到了一种心悸，他并不担心韩信，相信在这一回合中韩信没有占到任何便宜，可是他却害怕一个人，这个人完全有能力抓住这一瞬间的机会将自己陷于万劫不复之境。

这个人就是刘邦！

刘邦迟迟不曾出手，是因为他确实有鉴赏韩信真正实力的念头，只不过他起这个念头的动机并非如韩信所想，而是想看看韩信的实力是否在自己可以控制的范围之内。

他之所以要这样做，是因为他此刻最需要的就是人才。若与项羽争霸天下，最重要的一点就是搜罗天下精英，归我所用，倘若连这一点也做不到，论及实力，论及势力，论及根基，论及名望……凡此种种，他与项羽相较都是尽落下风，这也是他一直隐忍不发、低调行事的原因，可他并不是无条件地吸纳人才，他用人的原则，讲究的是绝对控制，如果不能驾驭其心，便是如纪空手这等百年不遇的奇才，他也是杀之不足可惜。

当他看到韩信刺出这惊人的一剑时，心里不由“咯噔”了一下，为韩信演绎出来的剑意而感到吃惊。以他的目力，尚且看不出这一剑式的破绽，那么韩信的实力实是达到了不可小觑的地步。不过吹笛翁以独特的方式化去这灭顶之灾，却又让刘邦将悬着的心放了下来。

“呼……”他没有犹豫，眼见吹笛翁跌退的同时，他的身形迅速跟进，大手扬起，向吹笛翁握剑的手拍去。

吹笛翁出于本能地向后直退，由于一时气血不续，行动之缓，与常人无异，而且他这一退之后，身上露出了太多的空门，根本无法挡住刘邦的雷霆一击。

刘邦并不觉得这是自己绝佳的机会，反而更加谨慎，更加小心。卫三公子曾经说过：“越是平坦的道路，就越是容易让人摔跤。所以得意之时更要小心，否则一失足便成千古恨，追悔莫及！”刘邦始终将之当作至理名言，是以他眼见得手之际，并不为之窃喜，而是劲力陡发，掌幻万千，封锁了吹笛翁反击的任何角度。

刘邦已不想让吹笛翁纠缠下去，唯一的办法，就是让吹笛翁死！只有这样，他才可以集中精力来对付人在虚空的纪空手。

所以他这一拍要构成致命的绝杀，绝不留情！

“轰……”就在刘邦的巨掌拍近之时，吹笛翁的气血一滞之下，借外力的挤压已经恢复如常，当下也不犹豫，挥剑迎向刘邦的掌锋。

掌与剑一触即分，吹笛翁惨呼着狂跌而出，他的剑的的确确化去了刘邦这一掌的攻势，但刘邦的掌势一变，拍在了剑身之上，吹笛翁只感有一股无可匹御的巨力如泄闸的洪流般直灌入自己的经脉之中，鼓胀得几欲爆裂。

吹笛翁心中大惊，这几乎是没有想到的结果，他甚至不敢想象这究竟是怎么一回事。两人只是隔着剑身相触一瞬间，对方的劲力居然能有这般惊人的威力。

而更让吹笛翁震惊的是，他跌飞的身体已经完全不受自己的控制，虽然意识无比清晰，却根本不能阻止自己的身形向烈火中飞坠。

足以让玄铁熔化的温度炙烤着吹笛翁全身的每一个毛孔，刹那之间，他的脑海“嗡……”的一下变得一片模糊，仿佛坠入油锅煎熬，无论在身体上还是在心理上，都感到了一种生不如死的痛苦。

火海中响起一声惨绝人寰的惨呼，接着便闻到毛发皮肉焦煳的味道，紧接着一声更惊人的巨响随之而起，竟然是吹笛翁身体鼓胀之后的爆裂……

吹笛翁死了，竟然死得如此惨烈，谁也不知道吹笛翁临死前的那一刹那会是一副怎样的表情，但可以预想，这种死的方式绝对是他做梦也没有想到的结局。

但是刘邦没有时间再去理会吹笛翁的死，他的注意力不在吹笛翁的身上，而是人在空中的纪空手。吹笛翁的出现对他来说只能算是一个小插曲，他真正要对付的主角还是纪空手。

所以他抬起头来观望空中气球离地的距离，二十丈的距离似乎是一个有效的距离，此时动手，既在射程的有效范围之内，也足以让纪空手活活摔死。

“放箭!”刘邦回过头来，看了看惊魂未定的将士们，冷冷地发出了他的指令。

此令一下，数百张弓同时抬起，在最短的时间内调准了精确度，目标只有一个，就是空中的气球!

“啸……哧……”数百支离弦之箭同时飙射而出，快如闪电，便像是一道道极速移动的银光，在阳光的照耀下显得格外灿烂，而且这些箭矢所取的角度与路线显然经过了事前的演练，井然有序，毫无疏漏。

韩信的脸色情不自禁地变了一变，心中丝毫没有喜悦与畅快的感觉。

他忽然感到有几分酸楚，觉得纪空手今日的下场也许就是自己明日的榜样。

他实在找不出任何的理由，认为纪空手还能在这种情况下生还。

可是这些精准无比的箭矢并没有将空中的气球击爆，而是一触气球表层，迅即弹开，趁着这点时间，气球又已蹿升数尺。

众人无不讶然，刘邦更是大吃一惊，他怎么也没有想到这真皮所制的气球竟能挡得住劲箭的穿透，这出乎他的意料之外。

他的眼睛禁不住痉挛般地抽搐了一下，眯成一条线缝。如果他知道这气球的所用真皮乃是由漠北熊皮经数月浸泡、晾晒，再以特殊药物精制而成的话，他就绝对不会让箭手相距二十丈的距离才开始放箭了。

饶是如此，刘邦手下的这班箭手皆是善射之人，臂力极大，又有准心，假若近距离放箭，这气球依然难逃爆裂之虞，偏偏刘邦另有想法，才使得这五百箭手虽有劲箭强弓，竟然奈何不了这皮制的气球。

“再射！”刘邦心有不甘，大手挥到。

众箭手早已拉弓引箭，为了避免失败，无不使出吃奶的劲道，大力发出了他们第二轮射击。

箭矢升空，无论是速度，还是力道，都大大超出了先前所射之箭，可是一触气球，依然对它丝毫无损。

这令刘邦震怒不已，当下从属下手中抢过一把铁胎硬弓，深吸一口气，弯身提聚劲气，“呼啦……”一声，弓弦如满月，长箭在手，缓缓地对准了气球的中心。

他这一拉，几乎用尽了身上所有的力道，劲力更是透过握箭的手指，贯注在寒芒闪闪的箭矢之上。他绝不相信，这用兽皮制成的气球，可以挡得住他这石破天惊的一箭！

“呀……”刘邦大喝一声，一支长箭呼啸而出，奔向虚空。

这是一支充满了内力的劲箭，谁也不可否认它的霸烈。当它乍现虚空之时，已不再是一支箭，而是一道来自魔界的闪电，这闪电仿佛从地之裂缝而出，在刹那间抽吸着虚空中的一切物质，冻结凝固，所带出的杀气在锐啸声中张狂地扭曲、旋动，似乎击射之物已不是那空洞的气球，而是要撕裂云层，直指红日。

众人无不惊呼，他们都是神射手，浸淫弓箭都有太长的历史，但他们也是第一次见到如此霸烈的一射！

只怕当年后羿射日的箭法也不过如此，试问这漠北冰熊的肉皮又怎能与之相抗？

这是毋庸置疑的问题。

但是——就在这时，从空中，从那气球之下的竹篮里，突然伸出了一只手，一只有力而沉稳的大手。

刘邦的眼睛不由跳了一下，虽然相距甚远，但他仍是一眼就认出了这手的主人就是纪空手。

这太不可思议了！

一个武功全失的人，又怎会有一只如此有力的大手？

当吹笛翁将纪空手抱入竹篮时，他的手指微微一动，顺手点了纪空手身上的几处穴道，虽然用力不大，但一时半会，纪空手还无法动弹。

吹笛翁用心良苦，纪空手又岂会不知？他只能眼睁睁地看着吹笛翁留在地面，泪已夺眶而出。

此时此刻，留在小楼就意味着死亡，吹笛翁以死报效，又怎能不让纪空手感动？

他坐卧在竹篮上，背靠火盆，眼看着自己一尺一尺地向空中升去。这气球初时受热上浮的力道不大，速度亦缓，只升了数丈之高，纪空手只感自己的背部已是大汗淋漓，灼热难当，就像是一块架在火堆上炙烤的肉，十分难受。

“这可如何是好？若是照这般继续下去，只怕我人未逃走，烤也将我烤死了。”纪空手不由暗暗叫苦。

以五音先生的智慧，当然不会考虑不到这一点，可是他在设计之时，并没有想到这气球会供身无武功之人使用。在他看来，只要有内家真气底子的人，自然耐得住这点热力与温度，而一般的常人，也配不上坐在他精心制作的气球中。

吹笛翁肯定也是如此所想，他与五音先生一样，也忽略了纪空手此时的状况。纪空手浑身经脉既有五处受制，此刻便与常人无异，哪里还能提聚功力来抵御这炙烤之苦？

纪空手眼见自己处于这般劣境中，心里大骇之下，苦于身子无法动弹，只得听天由命。

他虽然背靠火盆，不能看到盆中油火是如何猛烈，但他背上的皮肤隔了一层衣衫，仍能感受到这火力的厉害，如千百枚银针一般刺入，让人疼痛难当，汗水沿毛孔而出，湿透了整个衣衫。

他深深地吸了一口气，想以坚强的意志来渡过这意想不到的劫难，甚至企图用转移注意力的方式来减轻自己身体承受的痛苦。

他的眼睛一直在审视着竹篮所用的竹料，心里极是好奇，似乎没有想到这世上的竹子竟然还有这种可以耐得住高温的品种。他却不知，为了寻找这种奇竹，五音先生曾经遍游巴山蜀水，最后才从一座古老的山谷中发现了数十株这种可以耐高温炙烤的铁竹。否则单是这载人之物用何种材料制成，才可以重量既轻，又能耐火，便不易解决。

纪空手看得百思不得其解，反而随着气球的升高，感到呼吸有些困难起来。他体内的经脉虽然受制，但玄阳之气始终存在，当身体受到外力的挤压以及高温的炙烤之时，这股受制的真气突然勃发出一股生机，在有限的空间里激烈冲撞，使得经脉随时有爆裂的可能。

纪空手心中大骇，明白这般下去，自己体内的真气要么走火入魔，要么极度膨胀，引发身体爆裂。但无论是哪种结果，最终都会让纪空手消失于这个世界！

纪空手的心里蓦然生出一种苦涩的痛楚，他怎么也没有想到，自己没有死在刘邦手中，也没有死在韩信手里，却在无心之中，死于自己人的手上！

这难道是命中注定？

他感到哭笑不得，也是第一次对自己失去了自信。在这一刻间，他想到了红颜，也想到了虞姬，更想起了昨夜的旖旎。

昨夜的月儿好圆，斟酒一杯，纪空手斜坐窗前，人无醉意，却有离愁。

分离在即，纪空手的心里充满了无限惆怅，他怎么也没有想到，人与人之间从相识到相知，从相知到相恋，竟然是如此的简单，简单得就像是缘分早定。在他与虞姬长街偶遇的刹那，谁又能想到他们会相知相惜？

袖儿轻轻的脚步声已经离楼而去，整幢小楼中，只剩下纪空手与虞姬。红烛数根，燃起绯红的色彩，与淡淡的花香构成一种别有韵味的情调，让人蓦感温馨。

“好美的月色啊！”虞姬带着一股淡淡的幽香而来，轻傍在纪空手的身边，幽幽地道。

“月色虽好，却不知明日的月下，我在何方？你又在何方？”纪空手轻啜一口酒，依然抬头望月，脸上流露出一种说不出的伤感。

虞姬轻叹了一口气，没有说话，只是静静地凝视着月色下纪空手那略带忧郁的脸。

“我不知道，过了明日，这世界又会变成什么样子。虽然我已经计划好了每一个细节，但面对强大的对手，我没有一点把握，甚至心里还有一些害怕。”纪空手握住了虞姬伸来的柔荑。

“你是为了我！纪大哥，我记得你曾经对我说过，你这一生中还从来没有害怕过。”虞姬的娇躯一颤，缓缓而道。

纪空手回过头来，两人相对而视。

“是的。我从小到大，无论遇上什么事情，我都没有害怕的感觉，但是到了今晚，不知为什么，我竟然觉得自己害怕起来，这是不是很奇怪？”

纪空手眉头一皱，隐隐现出一丝担忧之色。

虞姬深深地看了他一眼，俏脸一红，低下头来，呢喃道："这一点也不奇怪，你爱我，所以才害怕失去我。"

她丝毫不再掩饰自己的情感，不顾一切地投入到纪空手的怀抱中，娇躯因为激动和兴奋而不住地颤抖着，令纪空手闻到了那股淡淡的撩人心魂的处子幽香。

"是的，这是真的，我真的害怕这是我们的永别！"纪空手心头一颤，禁不住打了个寒噤。

虞姬仰起脸来，露出鲜艳欲滴的红唇，堵在纪空手的嘴上，半晌才分开："那你就要了我吧！有了这一夜，从今往后，无论我们相隔多远，分离多久，我都永远是你的人！"

她的身体在纪空手的怀中轻扭了几下，似乎充满着对这浪漫之夜的渴望。纪空手透过薄纱轻轻地抚摸着这动人的玉体，感受着怀中这充满青春活力的生命，心中生起一股莫名的亢奋。

谁说少年不多情？只是未到情浓时！

纪空手体会着佳人对自己的这番痴情，十分感动："其实我也好想好想，只是此刻我身处危局，怕辜负了佳人的这番好意。"

虞姬吐气如兰，用力搂住纪空手的腰，将脸紧紧地贴在他的胸前，道："虞姬虽然不懂男女情事，但却深知，喜欢一个人并不是要索取回报，而是付出。这些天来，人家每天都在饱受相思之苦，更有感于你是一个君子，才决意以身相许，若是你是真喜欢人家，便不要再推托。"

美人情深，令纪空手好生感动，再也抑制不了心中的情动，拦腰将之抱起，贴住她的耳根道："我何德何能，得蒙佳人垂青，若是再推三阻四，岂非真的成了伪君子了？"说着站将起来，向帘幔走去……

虞姬的俏脸如火烧般一片通红，耳根发热，将头深埋在纪空手的胸前，可她的心却"扑通扑通……"跳个不停，对这未知的初夜既充满了害怕，又有几分担心，但更多的却是无限的渴望。

她丝毫没有任何的做作，也没有女人通常所使的欲拒还迎。她的一切举止动作都源于自然，心甘情愿地任凭情郎摆布，只是娇躯酥软，目光迷离，脸上带出迷人的潮红，除了短促急速的娇喘之外，竟然说不出一句话来。

纪空手虽然也是这床戏中的稚儿，但他自小流落市井，走惯声色场所，耳濡目染，所见所闻并不算少，这会儿面对自己心仪的女人显出这等情动之态，倒也上手得快。

他本不是一个急色的人，对自己的情感也极有控制，只是一来对这情深义重的娇娃确实颇具好感，心头着实欢喜得紧；二来自己也是少年血性，阳刚之气大盛，又岂能抵挡得了这诱人无比的胴体诱惑？而更重要的一点是，他对自己明日的命运确无把握，这一别之后，前途是凶是吉尚是未知，他绝不想让自己和虞姬之间留下任何遗憾。

只有把握现在，才能对得住自己，这历来是纪空手做人的原则，所以他不后悔，心里只有欢喜。

掀开帘幔，入眼所见便是那张粉红牙床。

两人只感心跳加剧，紧张得连一句话也说不出来，腿挨腿坐在床榻之上，纪空手重新将她紧拥在怀中，让她温腻暖人的肉体毫无间隔地紧贴住自己。

然后他俯下头去，温柔地吻着她如羊脂般嫩白的粉颈与如莲花般晶莹的耳垂……

虞姬的情动之处竟然就在她的耳垂之上，所以当纪空手的舌尖轻舔上去的那一瞬间，她的娇躯禁不住战栗起来，完全融化在他这唇舌之中。

纪空手的牙齿咬在这动人的耳垂之上时，虞姬再也顾不得女儿家的羞涩，嘤咛一声，檀口发出一种令人心旌神摇、销魂蚀骨的呻吟，虽无病却弱而无力，让任何男人闻之都会血脉亢奋。

纪空手的嘴唇没有在虞姬的耳垂上作过多的停留，而是滑过她潮热的脸颊，寻找着那如花瓣般鲜艳的红唇。虞姬似乎再也难以忍受这诱人的情欲，双臂一环，紧紧地缠住纪空手，伸出香舌，作最狂热的回应。

两人的身体都在挤压厮磨，各自的手在无意识下都在对方的身上热烈地游走……

这些日子以来所压抑的情感，似乎都要在这一刻间得到释放。月色下的小楼中，虽是秋日的夜，却充满了盎然春意。

此时的两人似乎都融入了这浑然入梦、神魂颠倒的缠绵中，不分彼此，也没有主动与被动之分，只是发乎自然，尽情地化入情欲的烈焰中，享受着身心自由的奔放。

纪空手的一双大手随着时间的推移，从温柔逐渐变成了强有力的侵犯。那无处不到、肆无忌惮的爱抚非但不令虞姬反感，反而更加刺激着她的神经，绵软的娇躯热得烫手，颤抖不停。

“我从来没有这么舒服过。”虞姬如梦呓般低呼了一句，人似醉了一般。

“我也一样，原来男女间的情事是这般的美妙，我真的应该感谢你对我的垂青。”纪空手只觉得自己全身都处于亢奋的状态下，根本无法抵挡眼前美女这无处不在的诱惑，嘴贴在虞姬耳边，深情温柔地道。

虞姬从喉咙里“嗯”地发出一声，继而转为呼吸急促的呻吟，娇躯情不自禁地发出一阵抽搐般的颤抖，因为她感到情郎的大手已经顺着自己的衣领，滑入进去，触到了那一对盈盈一握的乳峰。

这无疑是一处从未有人入侵的禁地，高傲而立，富有弹性，唯有处子才具有的坚挺。当纪空手的手背轻轻地搓弄起那硬滑如玉般的乳头时，虞姬曼妙的身子自然蜷缩成一团，光滑的肌肤因紧张而绷得直紧。

“不要！”虞姬几乎是在失去意识的情况下轻吟了一声，她本不忸怩，但潜意识中那种少女的矜持让她象征性地抗拒了一下，其实在她的内心，只是希望这一切依然继续。

纪空手怔了一怔，但没有罢手，因为他没有看到虞姬有任何抗拒的迹象。当两个人的衣物都一一褪尽时，他们终于做到了坦诚相见。

帐外的烛火或明或暗，隔着轻纱帐幔，帐中的一切变得朦胧起来。

当羊脂白玉般的胴体毫无保留地出现在纪空手的眼前时，纪空手简直有些惊呆了。他怎么也没有想到上苍造人，竟然给了虞姬一个如此完美的身体，不仅毫无瑕疵，而且每一个部位都是该大的大，该小的小，充满着肉欲之美。

“我难道是在做梦?”纪空手眨着自己的眼睛，似乎不敢相信这一切竟是真实的。

虞姬星眸微开，无力地斜了他一眼，道：“人家这些天来总是梦见与你在一起，但愿这一次不再是梦。”她的声音略带一种糯音，满溢春情，极是黏人，那自然而然带出的诱惑，让纪空手再也无法控制自己的神智。

“我不信，除非你能证明给我看。”纪空手近乎无赖地一笑，将自己精壮笔挺、健硕有力的身体紧紧贴了上去。

虞姬嘤咛一声，情不自禁地伸出手来，两人紧紧相拥一起。

第三十八章　瞬间彻悟

据说在天地混沌初开之时，那时候的人并无男女之分。造人的神每时每刻不间断地造人，久而久之，也就厌烦了，于是他想出了一个可以代替他造人的方法，就是将一个人一分为二，一半为男，一半为女，让他们来繁衍生殖，延续生命。可是这繁殖要经过十月怀胎才能一朝分娩，这男人还要担负起养育之责，显然是一件极为痛苦的事情。造人的神担心他们会害怕痛苦和麻烦而放弃繁衍的责任，便额外地在他们交合之时赋予他们最大限度的快感，这样一来，无论是男是女，因为要追求这份快感，也就担负起了繁衍的责任。可见上苍待人，讲究利弊均衡，再是公平不过。

而此时的芙蓉帐内，当纪空手将自己的身体压在虞姬的胴体上时，两人便同时找到了自己的另一半，肉体间再无半分隔阂。

一声痛苦的呻吟之后，虞姬不再压抑自己心中已经诱发的处子热情，而是忍痛迎合，与纪空手痴缠一起，拼命地抵死缠绵，开始享受这人伦之乐一点一点勃发而来的快感。

只有到了此刻，两人才真正明白，何以只有情到深处，才会你中有我，我中有你。也只有到了这一刻，他们才算真正领略到了春宵一度值千金的意境。

云收雨散，大汗淋漓，虞姬似乎依旧沉浸在刚才的热情之中，手足紧紧地缠在纪空手的身上，星眸迷离，小脸红扑扑的透着清纯可爱。

纪空手轻轻地拍着她的香肩，感到佳人对自己是这般依恋，心中好不温馨。当他好不容易静下心来，鼻间忽然闻到了一股淡淡的清香，恰似幽谷中生长的幽兰散发出来的味儿。

“好香。”纪空手心中生奇，循香而寻，竟然发现这迷人的香味是来自于虞姬的肌肤。

虞姬用力地搂着他，睁开美眸，檀口轻吐：“你现在才闻到吗？其实这香味自小便跟着人家。”

纪空手贴着她的脸，柔声道：“我初时也闻到了这香，只是很淡很淡，浑不似这一刻般浓，想不到你的身体还有这样的妙处，真个喜煞人也。”

虞姬听得情郎夸赞，心里着实欢喜，浑身仿佛又热了起来，道：“我的人都是你的，这香儿也尽由你闻，若不是你明日还有要紧的事儿待办，我倒情愿让你玩个够，也算是遂了你的心愿。”

纪空手闻言一凛，虽然这几句话说得极是诱人，却在提醒着他要为明日的计划盘算盘算，免得出现不必要的麻烦。

他尴尬地点了点头，道：“若非有你提醒，我倒迷恋起这床第之上的缠绵恩爱、男女之欢了，可见世人大多好色，原是因为这其间的个中滋味。”

虞姬柔情似水，斜倚在他的怀中，道：“这好色原无不好，只要发乎自然，便合人伦之道，关键之处还在于人，要拿得起，放得下。这世间的美男子也不知有多少，但真正能使虞姬以身相许、为之情动的，除了你纪大哥，再无第二个人。人家只望你此次去后，早点来接我相聚，从此长相厮守，也不枉我这一番痴情。”

纪空手大是感动：“只要我能逃出霸上，绝不辜负佳人的这一番心意！”当下紧紧地将虞姬搂入怀中，心中充满了甜蜜温馨，让人生醉，只觉得所有的困难与危险，已变得微不足道，再也不能影响到自己心中的决定。

……

可是到了此刻，纪空手却备受恶劣环境的煎熬，心中既有相思亏欠之苦，身外又受烈火无情侵袭，万般疲劳之下，顿时彻悟。

他陡然发现，自己自上到竹篮以来，便如入蒸笼，饱受烈火高温的炙烤，可是在他忆起昨晚与虞姬情热的这段时间里，竟然不知不觉地忘却了身受的痛苦，可见心境的不同，决定着人对苦痛的承受力的不同。因有身体，始有疲累，因有心意，始有苦痛，倘若自己能做到浑然忘我，未尝就不能支撑下去，逃过此劫。

他心头一阵狂喜，便不觉得这烈火似先前般霸道，这也更坚定了他心中所想。当下再不犹豫，深深地吸了一口气，静下心来，开始无我的妄想。

但要做到真正的无我，谈何容易？人有本相，本相有心，只有做到了无相无心，才能达到无我真境。

要想无相，先要守心，唯有将心放在身外，才能做到无心于本相。

纪空手刹那间顿悟一切，尽抛心中凡念，将精、气、神贯注于自己的灵台之中，无论气球升至何处，无论烈火有多么炽热，总之他不存一念，不作一想，混沌之中，仿佛从未开蒙。

在这一瞬间，他没有任何的感觉，既不知身在何处，亦没有时间的概念，尽去诸般本相，无内无外，更已无我。

人既无我，那么肉身所存在的苦痛虽然不减一分，但似乎已经与他没有太大的关系，这种纯以守心的参悟来达到无我无心的境界，从而战胜一切苦痛的法门，确实高明至极，而纪空手得以瞬间彻悟，既是机缘，亦是定数。

凉风习习，吹在纪空手近乎禅定的脸上，不知过了多久，他缓缓地回过神来，慢慢睁开了双眼。

背上的高温丝毫不减，但纪空手已经不觉其热；气球升空的高度亦是愈来愈高，纪空手也浑然不觉自己的呼吸困难。而更让人惊奇的是，他不仅已能动弹，而且体内受制的穴道竟然在不经意间化解，充满生机，更比受制之前大有精进。

纪空手诧异之下，突然明白了其间的道理。

以刘邦的独门制穴之法，本是世间无人可解。他制穴之意，并非如常人之法阻断气血，而是以本身的内力，化作一道道闸门，横亘于纪空手体内的经脉走向间，既不融于纪空手体内的真气，也不会与之相斥，而是永久地存在下去，断绝纪空手经脉的流程走势，令他再也无法提聚真力，等同废人一般。

但是机缘巧合的是，五音先生与吹笛翁在无心之中都忘记了这一点，所以才会将纪空手送上气球。

这气球升空之法乃五音先生自创，是以在此之前，普天之下并无此物，根本无法参透其中玄理。五音先生试验之时，所用之人皆是内力深厚之士，虽然经历高温炙烤，却并无大碍，并没想到若是常人乘之，却是生死一大劫难。

之所以有如此一说，一来是因为只有足够的火热，才能令气球中的空气排出，从而产生向上的浮力；二来这气球由地面升上空中，气压骤减，容易使肺腑内脏遭到外力挤压。纪空手此刻与常人无异，又怎能凭普通的体质来抵抗这两种苦痛的折磨？

但世间万事万物就是这般难以预料，纪空手人在绝境之中，想到昨夜的万种风情，又从其中领悟到痛由心生的禅理，虽然他身受高温炙烤，又受大气挤压，体内的真气鼓胀欲爆，但他却以无我的心境，耐住了这苦痛的折磨，反而使身体极度舒张，逐渐将刘邦注入自己体内的异力由毛孔逼出，逢凶化吉，恢复了自己的功力。

纪空手思及此处，犹有后怕，只觉自己能够活于世间，简直就是一个奇迹，要是在这个过程中某个环节稍有错位，那么等待他的，就唯有九死一生！

“红颜，虞姬，连上天都如此眷顾于我，我又怎能舍弃你们而一个人独去？”纪空手情不自禁地笑了，似乎从来就没有笑得这般悠然，这般温馨。

但他并没有因此而放松自己，他知道，等待自己的，还有更大的困难与危险，只要自己稍有不慎，就还在危局之中，难以脱困。

“呼……呼……”空中蓦然响起一片呼啸之声，羽箭穿空，呼啸而至，凛凛生寒的箭镞照准气球飙射而来。

纪空手脸色一变，心中惊道：“敌人果然狠毒，假若让他们狡计得逞，岂不是要我活活摔死?”此刻气球离地已有二十丈的高度，纵算纪空手功力已经恢复，只怕也唯有徒呼奈何。

他绝不甘心让别人来掌握自己的命运，是以在最短的时间内作出决断，双掌一翻，将全身的内力贯注于气球的皮层之中，形成一种向外的扩张力。

这一手果然有效，加上气球本身坚韧的皮质，使得对方的箭矢一触球体立马弹开，丝毫无损于皮质的完好。

但纪空手的心里并没有因此而欣喜，反而更加紧张，因为他十分清楚，对于真正的内家高手来说，这点距离算不了什么，他得随时提防对方高手的袭击。

“呼……”就在纪空手念头一转时，他的耳朵颤了一颤，入耳所闻的，是长箭穿透虚空所发出的隐隐风雷之声。

如此霸烈的一箭，确有沛然不可御之的威势，才从弦上射出，眨眼间已如一道电芒逼至，凛凛箭身上，充满无限杀气。

纪空手心中一惊：“能够有这等功力者，放眼天下，已是寥寥无几，此箭若非卫三公子的手笔，便是刘邦亲自出手，舍此二人再无第三者可以射出这一箭来!”他对刘邦有如此高的修为一点也不怀疑。当日救起刘邦时，他根本不知其伤在谁人之手，也不知那时刘邦为了取信陈胜王而自封五成功力。

随着箭的逼近，纪空手心中暗忖：“看来今日如果我不尽全力，只怕这一箭就足可要了我的命。”

他终于伸出了自己的大手，这只大手沉稳而有力，谁也不敢相信，就在这一刻前，这只大手不仅软弱无力，而且根本就无法动弹。

但在此时此刻，当这只大手出现在虚空时，它却显得那么富有生机，那么充满活力，而更让人心惊的是，不知什么时候，一把七寸飞刀已经紧紧地握在了这只大手的手心。

纪空手出刀，骤然而现，毫无先兆，更没有一丝的犹豫，就在他听到脚下传来弦响之时，他的飞刀已出。

刀出，犹如夜空中的一道闪电，炫耀夺目，以一种玄乎其玄的角度，没入虚空。

飞刀的出现只是一瞬间的事情，如一片暗云，又似一缕清风，但它的陡然现身带出的那种狂野的气势，足以让每一个观者动容。面对这瞬息间的变化，刘邦的表情依然冷峻如初，但他的内心却有一股说不出来的惊骇。

他并不为这一刀的霸烈感到惊骇，而是惊骇纪空手何以会在这个时间使出这样的一记飞刀！天下间凡是经过他独门制穴手法的人，根本就无法化解，更不要说还能使出如此霸烈的飞刀了。

他的独门制穴手法乃是问天楼不传之秘，唯有历代楼主才能拥有这手法的秘诀。据说自这手法问世以来，曾经使用过六七十次，在受制的这六七十人中，不死即废，无一例外。所以他才敢大胆地答应虞姬的要求，以博美人一笑，借此来达到自己的目的。

可是纪空手却化解了他种下的制穴之法，这是怎么一回事？难道说这纪空手真的是一位天生的武者，仅凭悟性与天资就能创造这种绝不可能发生的奇迹?

这才是让刘邦感到担心的事情，他虽然从未与纪空手有过真正的交手，但是他对纪空手出道江湖以来所做的每一件事都并不陌生。在他看来，纪空手就像是一个不倒翁，也许实力未必太强，势力也未必庞大，但无论遭受多么大的压力，纪空手却总是能奇迹般地站着，永不屈服，永不倒下！这也是刘邦为什么要将纪空手排在项羽之上，列为自己平生第一大敌的缘故。

刘邦曾经目睹过纪空手与人交手的场面，是以，他对纪空手的实力从来都不敢低估。不过，当纪空手真的奇迹般化解了自己的独门制穴手法之后，此刻再见飞刀，他的心里禁不住产生了一种强烈的震撼。

他之所以震撼，是因为纪空手这一刀的速度以及它与生俱来的气势，虽然此刻他们相距甚远，可是他却从虚空的气流中感到了纪空手这一刀的霸杀之气。

那是一种君临天下、睥睨众生的霸气，大有舍我其谁的王者之风，同时它也是一种感觉，可以让人的心里产生震撼的感觉。

刘邦的眼睛几乎眯成了一条缝，挤出一道锐利的厉芒，死死盯在那穿行虚空的飞刀上。

他在等待，等待着飞刀与自己射出的那一箭的相撞。他倒有心想看，究竟是飞刀霸烈，还是劲箭有力！同时他的手上已经扣了三支劲箭，随时准备发出第二轮的攻击。

虚空之中，他听到了隐雷的轻啸，见到了电闪的轨迹，却没有看到那刀、那箭。刀在哪里？箭在何处？其实他知道，刀在电闪的轨迹之中，箭在隐雷的轻啸里。

“轰……”半空中传出一声清脆的爆响，如悠扬的钟声划过天际，刘邦怔了一怔，他看到了刀，也看到了箭。当刀箭在半空中悍然撞击时，他分明看到了一团火星，随着汹涌的气旋转个不停。

“他发出的飞刀竟然能阻住我的箭势，这说明他已经恢复了自己原有的功力，这究竟是怎么一回事?!”刘邦摇了摇头，似乎完全糊涂了，但他的心里却十分明白，那就是不管纪空手遇上了什么事，他都绝对不会让纪空手再次从自己的手里逃脱！

“嗖……嗖……嗖……”他不再迟疑，以最快的速度射出了他手中的三支劲箭。

一弓三箭，虽同发却分先后，并且各有各的角度，以电芒之势破空而出，这一手端的漂亮，引起全场将士齐声喝彩，就连刘邦自己，脸上也露出满意之色。

他之所以得意，是因为他相信自己的这三支箭的确演绎出了箭术的极致。虽然他并没有专门练过箭术，但在他这种武学大高手的眼中，任何兵器都有共同点，只要稍加用心，自然可以通晓其中玄理。

三箭虽是齐发，但各有一尺间距，而且它们的目标显然一致，都是那个悬在半空的气球！只是它们的落点却有细小的偏差，这样一来，加上奇快的速度与惊人的力道，纪空手要想出手阻住箭的去势，恐怕有不小的难度。

“完了！这种箭法简直是闻所未闻。如果它是冲我而来，我或许还有办法，可是它不是，它只想射爆气球，然后让我活活摔死！”就在刘邦拉响弓弦的刹那，纪空手已看到了这一箭可能引发的后果。他的身上不仅有离别刀，还有数把例无虚发的七寸飞刀，可是他心里十分清楚，单凭这些，还不能阻挡这一弓三箭势在必得之势。

他不得不佩服起刘邦来，其实他在沛县之时，就觉得刘邦是个了不起的人物，年纪轻轻，却少年老成，遇事不乱，处乱不惊，的的确确是块干大事的材料。在纪空手的眼中，虽然刘邦性格阴沉，办事圆滑，但仍不失为自己的朋友，如果不是刘邦想借神农之手除掉自己，或许他们至今还是维持着亲密朋友的关系，而不是这般一拼生死的敌对关系。

他始终认为，若要与刘邦为敌，绝对不是明智的选择，在作出这个结论的时候，他并不知道这位永远都是以冷静姿态对人的人的武功究竟如何，但就凭他的这份冷静，已经展示了作为高手的自信。所以当刘邦露出这一手神奇玄妙的功夫时，纪空手似乎并不感到太过惊讶。

虽然纪空手算到了刘邦的真正实力，却没有把握破解对方这凶狠的绝杀。眼看着这三支离弦之箭呼啸而来，越逼越近，纪空手握刀的手也紧张得直冒冷汗。

十五丈、十丈、五丈……

箭头每逼近一尺，纪空手的心便不自然地跳上一跳，感到有一股无穷的压力紧紧挤压着身体。

“想要我死？没那么容易！无论如何，我都要搏上一搏！”纪空手不再犹豫，一只手握住离别刀的同时，另一只手已经扣着三把飞刀。

“呼……”但是谁也没有料到，就在这时，半空中陡然生出一股劲风，其势之猛，竟然带动着气球快速地向南飘移。

刘邦只能眼睁睁看着自己发出的劲箭射了个空，他简直有些不敢相信自己的眼睛，更恨这风，为什么早不来，迟不来，却偏偏在这个紧要关头来了！而且来势之猛，令人咋舌。

难道这就是天意？

望着越飘越远的气球，刘邦觉得眼前发生的这一切实在是太不可思议了，如果说纪空手化解自己的独门制穴尚有情理可循的话，那么这狂风来得如此不合时宜，莫非真的是天不绝纪空手吗？

“就算你有老天帮助，我也不会就此放弃！”刘邦在心中狠狠地忖道，当下召集人马，跟着气球向南追去。

行到南门处，这一路上行人翘首望天，议论纷纷，见到刘邦领人横冲直撞而来，俱皆避让。

“回禀沛公，阀主已经率人追了过去，而且让属下转告沛公，纪空手之事虽然重要，但当前迫在眉睫的，还在于虞姬，希望沛公不要因小失大。”镇守南门的一位将军迎上前来道。

刘邦心中一凛，当下勒马驻足。

韩信悄声道：“阀主既有此言，自然有他的道理，此时距午时不过几个时辰，我们还是尽早打算，让虞姬准备一番，好随我们上路。”

刘邦摇了摇头，道：“没有纪空手，虞姬又岂肯轻易随我们赴鸿门一行？当初虞姬答应随本公前往鸿门，下嫁项羽，乃是因为纪空手在本公控制之下，如果让她得知纪空手已经逃逸，她又怎会心甘情愿地任我摆布？”

他的脸上现出一丝少有的隐忧，接着道：“所以本公对纪空手是势在必得，不然也不会调动如此强大的力量来对付他了。本公现在所担心的是，以阀主所带的人手是否有把握能擒住纪空手!”

“这一点沛公大可放心，就算纪空手足智多谋，最多也是一只狐狸，遇上阀主这等好猎手，只怕难逃被猎杀的命运。”韩信深知卫三公子的厉害，是以很有信心。

“可是……”刘邦的眉头皱了一皱，欲言又止。

“沛公若是担心纪空手还有接应之人，不如就让属下带人赶去增援，以作策应，这样一来，可保万无一失。”韩信忙道。

刘邦沉吟片刻，道：“本公所担心的，是这接应之人的身份，虽然阀主武功盖世，倘若对方是五音先生，只怕这一战便凶险异常了。”

韩信惊道：“五音先生？他怎么会出现在这里？”

刘邦道：“如果本公所料不差，五音先生根本没有回川，而是一直就在关内居中策划，若非如此，项羽如此器重于我，又怎会轻听人言，对本公产生怀疑？”

韩信豁然醒悟：“原来如此。怪不得那一日不见五音先生，难道说那个时候他就在项羽的军中？”

刘邦点头道：“知音亭归隐江湖已久，早无争霸之心，是以在五阀中人缘极好，与流云斋一向有些交情，假如五音先生出面煽动，说出本公与问天楼的关系，就算项羽从不疑我，只怕听了五音先生的话后，也难免不无顾忌。因此这段日子来，项羽调兵遣将，对我形成合围之势，又召本公亲赴鸿门，其实就是要给本公一个解释的机会。”

“这么说来，若非情不得已，其实项羽并不想与沛公翻脸？”韩信若有所悟。

“换作本公，亦是如此。”刘邦淡淡一笑，“此刻正是争夺天下最为关键的时候，大秦气数虽尽，但诸侯并起，战乱频繁，假若在这个时候出现内乱，便宜的是别人，吃亏的是自己，以项羽的眼光，岂会看不到这一点？”顿了一顿，又接着道，“不过项羽纵然不想看到内乱发生，但若是让他知道本公与问天楼确有渊源，只怕又另当别论了。流云斋与问天楼为了称霸江湖，争夺天下，这百余年来结下了太多的梁子，早已是势不两立，他绝对不会容我们问天楼借他的势头发展壮大，反而会不顾一切，先行将我们悉数剿灭！”

“这才是本公最担心的问题！”刘邦长叹一声，“因此纪空手约战霸上的确让我们陷入了一个前所未有的困境中，若非有非常之手段，实难化险为夷。”

韩信还是第一次看到刘邦能推心置腹地说出自己的心事，不由得微微一笑。他知道这意味着刘邦已经开始对他有了一定的信任，只要好好地把握机会，自己就能得到企盼已久的权力。

“属下明白了，促成虞姬下嫁项羽，这自然是这非常手段的一部分，不过沛公您大可不必担心，属下心中有一个计划，无论纪空手是否在我们手中，属下都可以让虞姬赴鸿门一行！”韩信不慌不忙地道。

“有这等好事？”刘邦喜出望外。

韩信凑过头去，在刘邦耳边嘀咕了几句，刘邦的脸上不再如先前般冷峻，而是流露出一丝欣赏之意。

“果然是一条妙计！此事若成，你居功至伟！”刘邦拍了拍韩信的肩头，召来宁戈，“你速速率领一部人马，赶往晓关，与阀主会合。务必谨记，无论最终结果如何，请阀主在午时前一定赶回霸上！”

宁戈领命而去。

刘邦冲着韩信笑了一笑，道：“你随我来，按计而行。”

晓关，是关中出入巴蜀的一道门户，也是一道双峰夹峙下的十里峡谷。

当卫三公子率领问天战士赶到晓关时，那一直在空中飘移的气球已经不见了，准确地说，是消失在这峡谷之中。

这峡谷怪石嶙峋，林深草密，地形十分险恶。卫三公子等一眼看到它时，心里就有一种不安的感觉，仿佛闻到了这林石之中隐伏的杀气。

这绝对不是空穴来风，而是他经过推断而得出的对形势的预判。这气球既然选择在晓关降落，那么可以肯定，这晓关一定埋伏了接应纪空手的人马。

只有进行有力的狙击，才能为纪空手的逃逸赢取时间，卫三公子对此当然不会不懂，他之所以出现片刻的犹豫，并非心中生怯，而是在思考着以怎样的手段来粉碎对方的阻截，从而将纪空手一擒而获。

他明白纪空手此时的重要性，只有将纪空手控制在手，才能控制虞姬，从而达到他们的目的。否则今日鸿门一行，刘邦的确是凶多吉少，这绝不是他想看到的结果。

所以他的心神一直绷得紧紧的，不敢有半点松懈，带着训练有素的战士，进行有效而繁琐的搜索。

秋风掠过，吹动山林，卷起暗影无数。当他们行至峡谷中段的一片深潭时，卫三公子突然感到一阵心绪不宁，就像是野兽遇到危机所产生的本能一般，立生感应。

他之所以生出警兆，是因为他虽然不能确定气球的下落方位，但以他的目力，测算出应该是在这片范围之内。他虽然不知道接应纪空手的人物中究竟有谁，但他明白，这些人至少都不是弱手，假若有五音先生在，便是单此一人，已足够让他头痛了。

不过他一点也没有慌，也不乱，他相信自己训练多年的问天战士的实力。这些人原本已是江湖上少有的高手，经过精心调教之后，已具备了极强的应变能力与战斗力，更难得的是，他们都对问天楼忠心耿耿，完全值得他去信赖。

峡谷很静，静得令人心悸，偶有几声虎啸狼嚎响起，更让人感到这气氛之凝重。

“一切小心，前后呼应，一旦发现异状，立马攻击。”卫三公子眉锋一立，发出了指令。

问天战士很少见过卫三公子如此凝重的表情，无不心中一凛，更加小心翼翼地向前搜寻。

"按照时间来推断，纪空手落地未久，必然还未走远，可峡谷中却这般安静，可见对方是想以静制动，攻我们一个措手不及！"卫三公子不由得更加提起警觉，对四方流动的空气都丝毫不漏，尽在耳目掌握之中。

他明明感觉到了危险的存在，却不能洞察危险的来源，这在他一生当中，殊属罕见。能让卫三公子这样等级的高手尚且不能寻出蛛丝马迹，可见其对手的确是经过了精心的准备。

"小心……"他刚要转过一株大树，忽然耳中听到一阵怪异的风响，他没有犹豫，滑退数步，高声示警。

"轰……隆……"一时间头顶上响起如惊雷般的巨响，无数块大石从峡谷两端的峰顶上飞滚而下，其势之烈，犹如万马奔腾，无可阻挡，峡谷内的光线也时明时暗，让人触目惊心。

"呀……"众人无不神色大变，纷纷飞退避让。腿脚稍迟者，便被大石当场砸住，压成肉酱，也有被巨石擦伤的，忍不住痛便惨呼起来。

一时间，峡谷中乱作一团，这些战士纵是训练有素，但倏乎间遇上这等惊变，也是再也无法保持原有的冷静。

卫三公子没有想到危险竟会来自于头顶，脸色气得近乎发白，但他很快镇定下来，叫道："不要自乱阵脚，保持队形，以防敌人偷袭。"

他的命令果然重要，可惜就是迟了一步，等他话音一落，忽然间漫天竹影飞杀而来。

呼呼之声大作，天空中竟然真的涌现出成百上千的竹影，只是已无竹子的婀娜多姿，反而竹头削尖，每一竿都带着无穷杀气，呼啸而来。

"呀……呀……"这些巨型的竹箭显然要比滚石更具杀伤力，许多人闪躲不及，当场立毙，更有惨号不断，凄厉呻吟。

卫三公子心中大骇，面对这接二连三的突然变故，他的心陡然悬空。

还没有见到一个敌人，自己反而折损了几员干将，这可是卫三公子始料不及的事情。

“此地不可久留，大伙一股作气，冲过这段峡谷，在前方拦截。”卫三公子果断地下达了命令。峡谷的尽头，便是五方寨，那里的寨子虽然很小，小到只有几十户人家，但是卫三公子显然知晓这五方寨地势的重要，事先有所部署。

众人一听，不敢耽搁，迅速列队，他们心中有数，知道必须尽快闯过这段诡异的峡谷，照眼前已经发生的情形，谁也不能预料再待下去，等待他们的会是什么。

可是他们没有立刻行动，而是面面相觑之后，将目光全都投在了卫三公子的身上。

因为随着一阵徐徐而来的清风，他们听到了一种如诉如泣的箫音，这箫声悠远而凄寒，令人在不经意间感到了一股可怕的杀意。

卫三公子面上的肌肉不自禁地跳动了一下。

吹箫之人显然是一个内家高手，箫声一出，杀气横溢，所布下的气场似乎充斥了峡谷中的每一寸空间，以内家真气来驾驭音律，又通过音律的变化控制声音所达的范围。这种功夫，江湖上并非没有，但能如此人这般从容自如，而且吹出的音律曼妙绝伦，只怕唯有一家了。

卫三公子的脸色“唰……”的一下变得异常难看，心中陡然不安起来。他听这箫音，感受这杀气，让他想到了一个人来。

他深深地吸了一口气，大手一挥，做出原地待命的手势，然后将手紧紧地按在腰间有容乃大锏的锏柄上，大步向前迈去。

“哗……”他的步幅大而有力，衣衫鼓胀，猎猎作响，每一步踏出，犹如战鼓般充满杀意，整个峡谷山林顿时死寂。

踏出数十步后，转过一道山弯，便听到飞瀑隆隆之声，冲入深潭，其声之烈，却掩盖不住那悠扬的箫声。当卫三公子感应到对方的存在时，抬眼望去，只见飞瀑之下的一方巨石上，一个身着白衣的清癯老者置身烟云般的水雾中，静立吹箫，神情怡然，宛若真正的神仙。

卫三公子的眼睛不自禁地一跳，迅速锁定在此人脸上，其实他早已猜到对方是谁，只是不愿承认这个事实罢了。因为他觉得，有了这样的一个大敌，今日一战的胜负已难预料。

两人相距十丈的距离，静立不动，就像是两座相对而峙的山峰，在沉默中感受着对方施加而来的压力。

卫三公子还复了自己镇定自若的神情，但心神依然绷得很紧，不敢有半点松懈。他侧耳倾听这穿越于飞瀑之中的音律，并没有生出闲云野鹤般的意境，倒是从这变幻莫测的节奏中，听出了阵阵杀伐之意。

一曲吹起，终有尽时，曲终音在，绕梁三日。白衣人的嘴唇虽然离开了他所持的洞箫，但那悠远的箫音还在峡谷之中盘旋不去……

“箫好，吹箫的人更好！音兄的风采依旧是那般潇洒，那般从容，真正羡煞卫某了。”卫三公子淡淡一笑，似乎并不因五音先生的出现而有任何的惊讶。

“卫兄谬赞了，五音一介山野村夫，怎敢蒙卫兄如此推崇？倒是卫兄胸怀大志，深谋远虑，放手一争天下，其情之豪，实非五音堪比。”五音先生人在飞瀑水雾之中，从容而道。

“音兄是在笑话卫某，以音兄的才情武功，若不是在盛年之下归隐江湖，到了今日，又怎能轮到卫某强行出头？只是卫某有一事不明，想请音兄赐教，不知可否？”卫三公子冷笑一声，以咄咄逼人之势问道。

“难得卫兄这般抬举，但有所问，无不尽答。”五音先生毫不动气。

“爽快！”卫三公子拍掌道，“既然如此，卫某有心相问音兄，时值乱世，音兄是否已动了重出江湖之心？”

他问此话，有所针对，是因为他素知五音先生自出道江湖以来，从来是一言九鼎，一诺千金。如果五音先生不想自毁招牌的话，那么今日峡谷一战，他就唯有置身事外，而无形之中，卫三公子也就去一大敌。

“卫兄何有此问？莫非在卫兄的眼中，我五音倒是一个说话放屁、从不守信的小人？”五音先生眉头一皱。

“卫某绝非此意，只是心想音兄为了爱女，出手救援纪空手，这也是人之常情。若是音兄为此而出手，相信谁也不会怪罪音兄失信于江湖。”卫三公子慢条斯理地道，其实话里藏话，步步紧逼，企图用话来套住五音先生，让他无法出手。

“卫兄如此说话，还是小瞧了五音，既然你心中有些疑惑，我就当着天，当着地，当着你再说一遍：五音既然归隐江湖，当然不问江湖中事。这样一来，卫兄当可放心了吧？”五音先生肃然道，眼芒一闪，直射卫三公子，两人的目光在虚空中悍然交错。

卫三公子心中更是生疑，真不知自己是该信五音先生的话呢，还是不信，心里委实琢磨不定，不过他虽有心事，脸上却丝毫不露，反而哈哈一笑：“这么说来，刚才的高山滚石和竹竿长箭并非音兄给我的见面礼？那我倒想请教音兄，这些东西又是何人所为？”

他原以为五音先生既然如此说话，必定会出言抵赖，孰料五音先生竟然点了点头：“不错，那些东西的确是五音派人预备的，想不到竟然用来招待了卫兄，得罪之处，还望莫怪。”

他深深地作了一个长揖，脸上满怀歉意，似乎刚才发生的一切只是无心之过。卫三公子哪里会相信他这一番托词，冷笑一声：“这倒让卫某有些糊涂了，音兄既然已经归隐江湖，何以所作所为件件不离‘江湖’二字？这种挂羊头卖狗肉的行径，难道就不怕天下人耻笑吗？”

五音先生丝毫不动气，淡淡笑道：“何谓江湖事？其中的界线只在人心，谁又真的能够分得清？我总不能任由卫兄你一阀之主去欺凌一个江湖后辈吧？卫兄不爱惜五阀的声誉，我五音还爱惜得很哩！”

“这么说来，今日之事，你是非管不可了？”卫三公子眼芒一寒，冷冷地道。

“岂止是今日之事？这数月以来，五音所管之事多了，在五音的眼中，可没有江湖之分，只有善恶与公道。”五音先生昂首挺胸，大义凛然。

卫三公子心惊之下，不怒反笑：“原来如此，这数月以来，卫某做事总是不顺，每每成功在即，便是功败垂成，心中还在纳闷，试想这纪空手纵然是一代奇才，毕竟是初出茅庐，势单力薄，何以竟敢与我作对？现在想来，倒也见怪不怪了，有音兄与知音亭撑腰，他又有什么事情做不出来？”

五音先生道：“卫兄所言差矣，这绝对不是是否有人撑腰的问题，而是在于这纪空手本就是人中龙凤，就算没有人襄助于他，他也绝不会默默无闻地度过他的一生。他的出现，本来就注定了会有一段轰轰烈烈的传奇，你唯一的不幸，就是成为了他的大敌。”

卫三公子心中一凛，不得不承认五音先生所说的都是事实，正因为如此，他才不敢轻易让纪空手逃去。所谓虎入深山，平添双翼，若是这一次放走了纪空手，一旦他不在这个世上，势必会给刘邦构成最大的威胁。

所以他绝不会就此放弃，就算眼前有五音先生这种最强的对手，他也在所不惜，一拼到底。

他已无话可说，唯一要做的，就是出手！

在卫三公子的身后，数十名问天战士已经整齐站立，一脸刚毅。在他们的身上，根本看不到经过两次劫难的痕迹，反而多出了一股悲愤与肃杀，只要卫三公子一声令下，他们完全可以不惜生命。

五音先生没有动，也没有任何表情，只是静静地站立在那一方巨岩之上，如一株苍松般傲然挺立。

他的脸上已有少许的皱纹，鬓发斑白，却带着几分沧桑与刚毅。他的眼睛微微眯起，显得坚决而深邃，便像是那遥不可及的星空，又像是大山中猎人的眼睛。

问天战士迫于五音先生这般惊人的气势，情不自禁地退了一步，不知为什么，五音先生的身材并不高大，可是他的人一站在那里，就像是一座险峻的大山横亘前方，让人为之震撼，为之心悸。

五音先生的眉锋一扬，泛出一丝不经意的笑，像是这秋日里肃杀的风，又像是此刻天上那变幻无端的云，没有人能读懂这笑中的含义，却无人不识这笑中的杀机。

卫三公子的脸色变了一变，稍纵即逝，仿佛并未发生，但他的心里却一下子绷得很紧，就像是开弓的箭弦，因为他感到了五音先生涌动飞溢的杀气与生机。

这是一种唯有高手之间才会产生的感应，卫三公子惊奇地发现，眼前这位归隐多年的江湖大豪，并不因远离江湖而不思进取，反而比起自己来，更多了一份从容不迫的气度。

五音先生所带出的气势，已经渗入虚空，每一个人都清晰地感应到了这一点，同时为自己所感受到的压力而心惊。

卫三公子只有在静默中等待，大手紧握于锏柄上，眼眸中流露的是一股讶异。在他这一生中，几乎没有打过毫无把握的仗，可是这一次，却是例外。

江湖传言，五阀阀主的武功之高，已到了骇人听闻的地步，很少有人亲眼目睹过，就连五阀之中，也是只闻其名，不知其实，所以在卫三公子的心中，他很想见识一下同为五阀之一的五音先生的身手。

可这只是他的一个想法，当他想付诸行动的时候，却忽然发现，十丈距离虽然不远，但要跨越它，却很难很难。他根本就不知道自己一旦出手，孰胜孰负，殊无把握。

这已不是关系到个人生死的一战，而是涉及到了问天楼与知音亭的荣誉，以及他与五音先生一世的英名，身为五阀之一的卫三公子，焉敢冒进？

他必须谨慎，必须小心。

“久仰音兄以一曲无妄咒扬名江湖，是以所用神兵便是无妄尺，箫就是箫，何言为尺？想必其中必有缘故吧？”卫三公子在这个时候谈起这样的话题，实在不合时宜，但五音先生似乎懂得其中的玄机，并不讶异。

在如此紧张的气氛之下，卫三公子这样做当然有他的道理，一来可以放松情绪，调节心态，二来在谈笑声中出手攻击，当可取到突然之效，虽然这种方法未必能对五音先生有效，但却能给对方不断地施加压力。

五音先生淡淡一笑，道：“卫兄所使，是有容乃大锏，取你所修内力之名而得名，所以就认为天下武人也该同你一般，其实不然，我之所以将它叫作无妄尺，只是取它本身长度而得名。”

“原来如此，所谓一寸短一寸险，音兄敢用尺长短刃与我相搏，可谓艺高人胆大，佩服佩服！”卫三公子言不由衷地道。

“不敢。”五音先生微微笑道，“但是卫兄倘若要试，五音定当奉陪。”

卫三公子轻哼一声，“唰……”地一响，将锏紧握在手。

五音先生眼芒一亮，却依旧凝立不动，仿佛任何事情已不足以让他心动。

此时正是残秋，落叶凋零，满山残黄，整个峡谷一片肃杀。天空中虽有骄阳当头，却让人无法感受到温暖，更多的，是那侵入骨子里的冰寒。

肃杀之下的天地，出现了一片宁静，但正是这看似无波的宁静，却潜藏着无穷的杀机。

风冷，风渐疾，就在这死寂的一刻，五音先生突然动了，脚下横移了七步，如一阵清风般挺立在峡谷的中央。在他移动的过程中，几乎所有的问天战士的心都绷得紧紧的，眼神放亮，企图从中找出可以攻击的破绽，可是他们失望了。

五音先生虽然横移了七步，但整个动作如行云流水般一气呵成，没有一点停顿或是呆滞的地方。他的每一个动作看似平淡，但连贯起来，却能易守为攻，给人的感觉就是随时会在顷刻间爆发。

卫三公子的眼睛几乎眯成了一条缝，脸色变得有些难看起来。他忽然想到了五音先生的用意，知道五音先生此时所做的一切都是在给纪空手争取时间，等待下去的时间越长，纪空手逃走的机会就会越大。但是，面对五音先生这等傲视天下的强手，他又岂能贸然出击？

这似乎已形成了一个相持之势，也是五音先生希望看到的局面。

他此刻的目光宁静致远，恰似那寒夜中的苍穹，空洞深邃。他的目光所及之处，就像是一阵刺骨的寒风，让每一个人的心里都感到了一股从未有过的凄寒。

沉闷紧张的僵持之局，在静默的等待下只维持了短暂的时间，卫三公子似乎已经失去了他应有的耐性，手腕一振，将铜锋缓缓地向虚空延伸而去……

他不能因为五音先生而让纪空手逃逸，所以他必须出击，无论结果会是怎样，都已无法让他动摇击杀纪空手的决心。

“准备放箭！”卫三公子冷冷地向自己的属下发出了命令。他最大的长处，就是无时无刻不把握着自己原有的优势，让它发挥出最大的功效，至少在这一刻，他占有着人数上的优势，当然懂得如何利用才能有效。

同时他的铜横亘于虚空，蓄足劲力，就像是斜挂虚空的一弯明月，充满诗情，也不无渗入人心的至寒之意。

卫三公子一动，他身后的问天战士也同时行动，一时间弓开弦满，蓄势待发，数十道寒芒对准同一个目标，杀气弥漫，只等卫三公子一声令下，便要将这峡谷变作一个杀戮场。

但是就在这行将爆发的一刻，一阵骏马急驰的声音轰然响起，迅如疾雷般由远及近，直迫卫三公子的身后而来。马蹄扬起漫天尘土，如旋风般地卷飞上半空，遮天蔽日，时隐时现出数百名强悍的骑士。他们个个表情肃穆，充满杀气，背上负着长弓箭筒，手中各持锋利兵刃，正是宁戈率领的五百铁骑增援而来。

五音先生脸色微变，将手中洞箫朝虚空一扬，遥指卫三公子的眉心，道：“数十年不见，卫兄倒长进了不少，懂得了怎样以多欺少！承蒙卫兄如此看得起五音，以千人之众来对付我区区一人，真是佩服之至，亦是不要脸之至！”

卫三公子虽未回头，却已知晓来人的身份，不由心中大喜，认为宁戈能在这个僵持的时候领兵而来，无疑可以助长己方的气势。

“音兄此言差矣，对于敌人，不必讲究合情合理，也不必强求信义，而是应该不择手段，以最小的代价摧毁敌人，才是真正的制敌之道。音兄说我不要脸之至，可见真是卫某的知己，可是卫某却不晓得音兄是否是卫某的敌人，是以举棋不定，倒不知该用怎样的手段来对付你。”卫三公子一听五音先生说话，脸色数变，冷哼一声。

五音先生不怒反笑：“无论用什么样的手段，只怕你都没有足够的时间了。”

卫三公子眉锋一展，沉声道：“你这话是什么意思？”

“什么意思？你应该心知肚明。”五音先生淡淡一笑，“就算你现在动手，以你我之间的了解，只怕不到千招难分胜负。这样一来，你是否还能有足够的时间赶回霸上？”

卫三公子浑身一震，似乎正被五音先生的话击中了要害，怔了一怔，道：“你好狠，竟然设下这样一个局让我去钻！”

五音先生摇头道：“你错了。这个局虽然五音也参与布置了，却不是我的主意。只是纪空手说出这个局的时候，我觉得实在有趣，所以才答应前往项羽军中，说动项羽派人来霸上调查你和刘邦勾结的证据。再说，这个局并非死局，还有必解之道，关键在于你卫三公子是否下得了这个狠心，所以主动权还在你的手中，你有权选择你自己的结局。”

“你认为我还有其他的选择吗？”卫三公子的眼中喷出一股怒火，竟似要将对方烧成灰烬。

“这我就不清楚了。不过我为卫兄多年未竟的夙愿着想，已经指点了一条明路，认为唯有如此，才可化解此局。”五音先生悠然道，“以我对项羽的了解，他绝不乱怀疑自己的属下，也绝不轻信于一个属下。刘邦为了取得他的信任，曾经付出了血与汗的代价，才有今日的声势与地位，项羽当然不会就此听信谣传，革去刘邦的兵权。但是如果说他的手上掌握了一些证据的话，只怕又另当别论了。”

“你是在威胁我？”卫三公子的眼中露出十分复杂的表情，死死地盯在五音先生的脸上，似乎想找出某个问题的答案。

“你不是那种容易受人威胁之人，我五音又岂是威胁于人的小人？我这么说，只是因为我了解你，你是那种只要利益大于生命，就会不惜生命去追求利益的人，为了问天楼，为了已经消亡多年的卫国，生命对你来说，并不重要，这也是我真心佩服你的原因。”五音先生一脸肃然，只有在这一刻，他才说出了心里的真心话，脸上流露出惺惺相惜的表情。

卫三公子无话可说，他已明白，无论是五音先生，还是纪空手，他们都已找到了他性格中的弱点，所以才会给他布下这么一个永远解不开的死局。此刻的他，就像是一个过河的卒子，只能前进，不能后退，根本就没有任何选择的余地。

不过卫三公子就是卫三公子，即使面临这种绝境，他也不会轻言放弃。

“音兄能如此清楚地了解我，算得上是卫某的知己。不过就算我要去死，也得先找一个人垫背，音兄何不成全了我？”卫三公子冷笑着道，将全身的功力提聚于掌心，便要出手。

五音先生哈哈大笑起来，竟然双手背负，似乎根本不相信卫三公子会贸然出手。

卫三公子一时间僵在当场，思维在高速运转，权衡利弊，以求在最短的时间内作出正确的判断。

宁戈带着人马飞驰而来，见了这种场面，心惊之下，大手一挥，命令属下在百步之外原地待命，自己单人一骑，缓缓来到卫三公子的身后，翻身下马行礼。

“属下奉沛公之命前来增援，有何指令还请阀主吩咐！”宁戈沉声道。

“沛公此刻人在何处？”卫三公子问道。

“他已经到了虞府，正在安排鸿门之行的准备工作。属下临行之前，他还再三嘱咐，希望阀主能够在午时准时赶回霸上，以免贻误大事。”宁戈答道。

卫三公子心中顿时泛起一股难言的滋味，又悲又喜。悲的是爱子的无情，喜的亦是爱子的无情，刘邦能够为了大计而抛弃个人情感因素，这正是卫三公子期望看到的，虽然他抛弃的是自己，卫三公子却也感到了几分欣慰。

从这一点上来看，这至少说明了刘邦思想上的成熟，可以理智地看待一切问题。“能忍常人不能忍之事，从而出人头地。”这一句话说来容易，但真正能够做到的，放眼天下，又有几人？卫三公子深知要做到真正的无情是何等的艰难，是以他面对刘邦的无情，反而多了几分宽慰与放心。

“我知道了。”卫三公子沉默半晌，才缓缓说道。他的目光自然而然地转向了五音先生，却见五音先生抬手弄箫，吹起了一曲无妄咒。

这无妄咒源自佛门禅理，与狮子吼有异曲同工之妙。它的音律平和，寓意却高深莫测，一曲奏起，仿若汪洋大海，可以容纳百川，其包容之气度，可使所有的言语都变得空洞乏力。

忽然间，卫三公子的意识似乎浑然超越了他的本身，整个人游离于自己的意识之外，忘却了其他的所有人和事，将自己置身于一个充满回忆和幻想的时空，完全把现在的自己迷失在这个峡谷之中。

第三十九章　复国大业

卫三公子整个人仿佛都在一段时空中倒退，不在峡谷，而是到了一座非常清幽和古旧的小楼中。那时的他，只有四岁，却跪在一排立满牌位的神像前，听着父亲讲述着一段沉重得让人窒息的历史。他的表情是那么虔诚，那么严肃，根本与他的年龄不符，但在他的肩上，第一次感到了自己作为卫氏传人所担负的责任与使命。

他不知道别人的童年是什么样子，所以也不知道自己的童年是否幸福，他只知道，如果时间能够倒流，他宁可不变做人，也不愿意在自己的大名之前加上“卫”这个姓氏。

身为卫氏传人的他，实在经历了太多心理上与生理上的苦痛，更饱受了太多非人的折磨，如果有选择，他真的不想当这个江湖豪阀的接班人，哪怕就是做一个沿街乞讨却无忧无虑的小乞儿。

他的思绪继续随着箫音而变，他越过了自己的童年，进入了自己的成人时期，不仅娶妻成婚，而且终于登上了阀主之位。他原想自己可以随心所欲地做一些自己喜欢做的事情，可是不久之后，他才蓦然发现，权势与地位的变化并不代表他的心灵可以自由地放飞，反而因为肩上的责任更使本不自由的心灵多了几分禁锢，甚至连刚出生的爱子，也必须为了将来的责任而隐姓埋名，送出千里之外，让他承受自己曾经承受过的太多的苦痛。这本不是一个父亲可以做出来的事，但为了使每一个卫氏传人都能很好地将问天楼的大业顺利延续下去，卫三公子只能忍痛割爱，别无选择。

为了复国大计，他几乎费尽心血，竭尽所能，抛弃了一切的个人喜好和恩怨，终于让他等到了这难得的多事之秋。数十年的辛苦眼见就会有所回报，偏偏在这个时候，出现了纪空手。

对他来说，在争霸天下的道路上，既没有绝对的朋友，也没有绝对的敌人，可是这纪空手却不同，他一出道，已经显现了其咄咄逼人的王者气势，卫三公子几经考虑，还是认为除掉他才是最稳妥的方式，却不料此人大难不死，反而给他们制造了最大的麻烦。

这个麻烦实在太大了，不仅可以让卫三公子这一生的心血付之东流，甚至会影响到问天楼百年的根基，正如纪空手与五音先生所料的，卫三公子绝对不会看着自己为之奋斗一生的事业毁于一旦，若真是到了万不得已，他也会随时准备牺牲自己，以保全大局。

所以他不会输，也不可能输，他是卫三公子，他与刘邦一样，他们都能做到对自己无情！

箫音依旧，勾起了卫三公子所有的回忆，他从这箫音中得到的感觉与想象空间，令他的心情深深地陷入到悲凉与沧桑之中，甚至感到了自己的苍老。

他的意志经过了无数的折磨与训练，已经变得比钢铁还要坚强，但不知是为什么，当他一听到这曼妙绝伦的箫音，就觉得就算倾尽所有的语言，也不如这箫音更能打动他的心弦。

他的心已可静若止水，可惜的是，他遇上的是五音先生。五音先生以音律冠绝天下，又有雄浑的内力相辅，所谓音由心生，纵是铁石心肠，又怎能挡得住这箫音的魅力。

五音先生婉转凄迷的箫音回荡在这峡谷之中，完全不受固有韵律的影响，也不受地域环境的局限，如天马行空，任意为之，以近乎本能的连接将天地间的神韵勾勒出来，渐渐地将你带入到他所赋予你的世界中，去感受其中的喜，其中的悲，并在悲喜之中进入原已封闭的心灵禁地。

变幻无穷的箫音，从五音先生置身的岩石处如一朵朵鲜花般初露绽放，神奇地将卫三公子与外界的联系隔断开来。高亢激扬处，仿若在九天之外，和着飞瀑的水沫，隐隐传来，直透人心深处；低缓时，则若沉潜渊海，深不可触，震动起水中涟漪，一波一波地有若无形。箫音中的情感，紧紧地缠住卫三公子的心神，每一个音符都如一把开锁的钥匙，似要解开他心中的结，又似要打开他的心灵之门，音与音之间所发出的令人心悸的共鸣，令人难以排遣。

宁戈惊诧于卫三公子的表情，只觉得自己从来没有看到过卫三公子的脸上竟然有一种说不出来的哀伤，透过那黑白混杂的鬓发，他甚至第一次感觉到这位曾经不可一世的豪门巨阀有了一种从未有过的老态。

此刻的卫三公子，呆望着五音先生持箫独奏，眼神好生凄迷，不由得感叹自己心中那份迷茫与孤寂，他甚至觉得自己就像是一匹受伤的老狼，独自徜徉在一片已经失落的荒原之上。

“阀主，你怎么啦?”

宁戈再也不能沉默下去，他虽然不能参透五音先生箫音的奥妙，却懂得内家高手完全可以通过对音律的控制来掌握别人的情绪以及思维，卫三公子脸上的表情似乎已说明了问题。

卫三公子浑身一震，蓦然还复清醒。他是何等之人，微一沉吟，已经明白了自己刚才的处境。

“无妄咒果然名不虚传，便是连卫某也不能幸免，领教了！”卫三公子眼芒一寒，直射向远在十丈开外的五音先生。手，已紧握锏柄。

他绝对不能容忍别人如此放肆，就算这人是五音先生，他也必须为此付出代价。

可是卫三公子还是没有出手，他不仅看到了五音先生那悠然的淡淡一笑，还看到了那水潭中一幅让人难以忘怀的画面。

箫音渐长，水波不兴，但就在这平静的水面上，却泛起了点点鱼肚，成百上千的游鱼浮在水面，悬凝不动……

这种以内力传送，使声音变得极具杀伤力的手段并不稀奇，至少对卫三公子来说是这样。他甚至认为自己还可以做得更好，但是让他吃惊的是，当这箫音散尽之时，这些鱼儿忽然鱼尾一摆，又恢复了活力，悠哉游哉地在水中沉浮起来。

这份对自己的内力达到驾驭自如的功夫，的确让卫三公子大开眼界，能将自身内力控制得如此完美者，恐怕放眼天下，唯有五音先生。

这不得不让卫三公子有所犹豫。

他此刻心中所想，是在权衡着这一战是否值得，没有把握的事，他不会做，也不能做。

但五音先生没有给他太多考虑问题的时间，就当卫三公子还在犹豫的时候，他的身形突然动了。

五音先生的身形犹如一阵清风，动得很快，却似乎不着痕迹。他的脚尖微点，踏在水中的游鱼身上，既不惊扰那游鱼自由的浮沉，又借着这似有若无的一点反弹力，行过数丈远的水面，犹如滑行于薄冰之上。

这仿若仙人般曼妙的轻功身法，让在场的每一个人都看得目瞪口呆，几疑置身梦中，而更让人吃惊的是，五音先生的动作虽快，却不进反退，竟然从容地向后而退。

宁戈与数百骑士无不张弓以待，箭矢同时对准目标，只待卫三公子一声令下。

一时间峡谷中的气氛紧张到了极限。

卫三公子却冷静下来，只是双目收缩成线，眼芒锁定在五音先生的背影上，直至再也不见。

良久之后，他才轻轻地叹息了一声，就在宁戈等人以为他要下令之时，他的大手离开了锏柄，一挥手，转身沿着原路而返。

这一路上，他一直保持沉默，似乎在思索着什么问题，直到快至霸上之时，他突然开口问道：“宁戈，你是不是觉得奇怪，刚才在峡谷之中我何以会在可以出手的情况下没有动手?”

这个问题也一直是宁戈心中所想的，他当然希望能知道其中的答案：

“是的，五音先生虽然展露了不凡的武功，但若是阀主决意出手，再加上属下这些人全力一拼，我们至少也有七成胜算。”

“七成胜算？”卫三公子的眼神中流露出一丝质疑的神情，“你错了，如果我们真的动起手来，胜负最多只是五五之数。我之所以迟迟没有动手，是因为在那峡谷之中，除了五音先生之外，至少还潜藏了数十名一流好手，我们唯一的一点优势，就是在人数上占优。”

宁戈吃了一惊，道：“属下自问学艺多年，在内家修炼上有一点心得，如果真是有数十名高手蛰伏谷中，按理来说属下绝对不会毫无察觉。”

卫三公子微微一笑，道：“你们宁家的家传武学在江湖上也算一绝，难怪你心中会有不服。事实上我也是在聚精会神之下偶然发觉，这些人或伏水中，或藏于飞瀑之后，或掩于泥石之中，隐身手法极是高明，如果我所料不差，其中定有来自匈奴的龟宗高人。”

“龟宗高人？”宁戈大惊道，“这些人一向远在西域、北域活动，怎的会突然现身关中？”

宁戈之所以有惊诧的神态，实是因为卫三公子的判断太过匪夷所思，据他所知，龟宗创派已有千年历史，其武学路数有别于中原武林，因其门中代代都有高人出现，每隔十年便会有人现身江湖，扬名一时。只是到了近百年间，龟宗一门内部因为武道理解上的分歧，继而按照地域的划分形成了西域龟宗与北域龟宗两宗，这才绝迹江湖，退出关外，成为江湖中人的一段记忆。

龟宗门中不仅武功怪异，举止特立独行，而且善于隐身，精通偷袭，是以宁戈才感到心惊，喃喃而道：“就不知这些人究竟是来自北域还是西域，如果是北域龟宗，只怕我们的麻烦就来了。”

“难道说这还有什么区别吗？”卫三公子皱了皱眉，似乎对龟宗不甚了解，他希望能从宁戈的口中知道答案，因为宁戈是问天楼中专门负责打探消息的，对江湖逸事及各种门派非常了解。

“龟宗之所以可怕，是因为这一门派的练气法门、武功套路都是借鉴龟的生活习性与生理特点创制的。它远不同于江湖中的一般门派，又处于偏僻阴冷之地，是以这一门派的人举止怪异，行事更是如乌龟蛰伏一般，有极强的忍耐力。不管花费多长的时间，只有找到机会，才会出手，而且出手必将置对手于死地！”宁戈如数家珍般一一道来，言语不着一丝停顿，只是眉间隐现忧虑，“这龟宗之中，又分西域与北域。近些年来，北域龟宗的掌门是一个名叫李秀树的高丽王族成员，不仅权势极大，而且野心勃勃，听说早有心思逐鹿中原，只是一时找不到进入中原的契机，才一直按兵未动。如果五音先生与这李秀树联手，这无异于引狼入室，不仅我问天楼多了一大劲敌，而且这天下的形势必将大乱！”

卫三公子陷入一阵沉思之中，良久才摇头道：“以我对五音先生的了解，他应该对天下此刻的形势早有了解，绝不会为了对付我问天楼而请来北域龟宗这等有野心的门派。他心性虽然淡泊，但一直心系天下苍生，目睹这流年战火已有不忍，又怎会忍心添乱？”

宁戈道：“那么这些人就是西域龟宗无疑了。属下揣测，西域地靠巴蜀，以五音先生的声望，要想请西域龟宗出手相助，应该不是问题。据说此时执掌西域龟宗的是一个名为车侯的匈奴人，早年艺成，曾经向五音先生约战于大雪峰山。虽然未知胜负如何，但经此一役，这车侯便再也没有踏足江湖一步。当时江湖传言，车侯是败在五音先生手中，但不知什么原因，两人竟然惺惺相惜，成为知己。”

卫三公子沉吟片刻，道：“照这么看来，这些人显然是来自西域龟宗，而且看他们的内力修为，必定是精英尽出，不留余力。五音先生的知音亭里已是高手云集，何以又会请来这些龟宗高手？莫非他在近段时间内有大的行动？”

他的怀疑并非空穴来风，这些天来，他一直都在思索，似乎想从近段时间发生的一切事情里面寻找到一个问题的答案，而这个问题就是：纪空手究竟想干什么？

自大王庄一役之后，纪空手就销声匿迹达三个月之久，以他的个性，绝不会甘于寂寞，那么这三个月来他策划了一个怎样的行动？

他首先在项羽大军进入关中这一敏感的时间里约战霸上，无疑是想将卫三公子与刘邦之间的关系公诸于众。这样一来，已经使卫三公子与刘邦处于非常被动的不利局面，接着他又成功逃出了霸上，并且请来了西域龟宗的高手，这让卫三公子隐隐感到了不安。

“以知音亭的实力，纵然在人数上与我相比略显劣势，但要作为一支接应的力量，还是有极大的把握，何以五音先生会请来西域龟宗的高手前来助阵？难道说五音先生与纪空手算定可以逃出霸上，所以其意并不在狙击我，而是另有图谋？”卫三公子想到这里，禁不住冷汗直冒，一种淡淡的恐惧感油然而生，因为他实在不明白对手的意图会是什么。

即使这样，留给他的时间也已不多，他心里明白，只要他与刘邦再见之时，就是他远离这个人世的时刻，他别无选择。

他唯一的结局，就是用自己的头颅，作为刘邦取信项羽的唯一代价，这看上去十分残酷，却十分有效，至少可以为刘邦赢得数年的时间，来完成问天楼争霸天下的宏愿。

这是一个死局，人人都明白的死局。无论是五音先生，还是纪空手；无论是刘邦，还是卫三公子自己，其实大家心里都十分清楚，这是他卫三公子必走的一条路。

如此悲情的一个结局，竟然最终会落到自己的头上，这是卫三公子始料未及的，自他出道江湖以来，他想过自己生命的千万种结局，却从来没有料到有一天自己会割下自己的头颅！

在这一刻，他想到了数十年前那位大秦叛将樊於期。当荆轲提出要借他的头颅一用时，肩负满门深仇的樊於期那时的心情，只怕与卫三公子此刻的心情别无二样，同样是充满了悲情，充满了期待，更充满了一种别无选择的无奈。

他抬起了头，望着城门上竖着的那杆写着“刘”字的帅旗，心中深深地叹息一声：“为了这面大旗最终能插遍天下，牺牲我个人的生命，又何足道哉?”

然后他便看到了刘邦，那一脸坚毅刚强的刘邦，虽然他从那一脸刚毅坚强之中看到了一丝哀伤，但他心里更愿意看到的，是一个无情的刘邦!

只有无情之人，才能最终夺得天下，对卫三公子来说，这是一句祖训，若能如此，卫国也就不会灭亡!

他希望刘邦能够记住这一句话。

当五音先生重新站到那潭水之畔时，在他的身后，不仅站着纪空手、红颜等一干知音亭精英，还有一位满脸钢髯的胡服汉子，这位胡服汉子的身后，至少站列了八十名匈奴壮士。

“这位卫三公子不愧为五阀之一，能在如此形势之下洞察危机。而最让人佩服的是，以他的身份地位，居然能够忍得下这一时之气，并不轻举妄动，可见此人的确是一代枭雄，深谋远虑，善于权衡利弊。”那位满脸钢髯的胡服汉子情不自禁地赞道。

五音先生微微一笑，道:“卫三公子身居问天楼阀主，风头最劲，是以一向与入世阁、流云斋不和，这是人所共知的事情，可是他却能在五阀之中生存下来，这本身就说明了此人的心计之高，不可揣度。我虽然在此设下埋伏，但是并没有期望凭此一役来挫其锐气。对于一个武者来说，要想战胜卫三公子，还需要出现奇迹。”

那位胡服汉子正想接话，五音先生已接着说道:“车兄，你可知我最称手的兵刃是何物?”

车侯微微一怔，道:“这还用说，你角羽之犀利天下震惊，难道你还会有别的兵器更甚其一筹吗?”

五音先生笑道:“所以我说，对付卫三公子此人，若无奇迹出现，必将很难成功。你可知他刚才以无妄尺为我称手兵器之说套住我，不能以‘角羽’应敌?”

车侯恍然大悟，怒道:“此老鬼如此狡诈，但难道以你我二人联手，还不足以取其性命？”

“车兄主掌西域龟宗，功力之深，已是罕有对手，如若你我联手，那天下还有谁能匹敌？可惜的是你我不仅是江湖上有名的人物，又是顶天立地的汉子，无论是为了声誉还是个人的面子，只怕都不愿意承担这以多凌寡的败名之举。”五音先生拍了拍那人的肩。对他来说，车侯能在自己的一封书柬之下召之即来，这份盛情实是令人感激，他又怎会忍心看着这样一位有情有义的汉子为了自己而不惜一世英名呢？

车侯淡淡一笑，道：“此人既然能惊动音兄不惜结束多年的隐居生活而重现江湖，可见此人之厉害已是非同一般，万不得已之时，采用非常手段亦无不可。”

他的言谈举止豪爽直率，天性中透着十足的血性，让人一看便知是生长于苦寒之地的匈奴人。他年已四十有余，执掌门派经年，按理说应该精通世故，可是世间礼法于他，根本如过眼云烟，不屑一顾，纪空手虽只是第一次与之见面，却大觉两人脾性相投，深深地为车侯天马行空、不拘一格的风采而折服。

“车宗主快人快语，行事更是痛快，空手今日虽是初次与宗主相见，但久慕宗主之名，知道宗主乃敢作敢为的好汉子，真正让空手佩服不已。”纪空手不由得拍掌赞道。他的人一落地，就被红颜带到了峡谷之中，是以对五音先生与车侯布置埋伏的整个过程看得清清楚楚。在他的眼中，还是第一次看到西域龟宗的高手们纪律严明、训练有素的风范，更从其行动中看到了匈奴人天性中的骁勇善战、不畏生死的一面，忍不住在心中暗道：“若能拥有这样的一支力量，加上我的神风一党、知音亭精英，何愁大事不成？看来天终将助我，让我完成天下苍生共同的夙愿。”

“纪小哥言重了，前些日子车某与音兄闲聊时，谈起小哥来，心中还道音兄英雄一世，到头来依然不能免俗，心爱红颜侄女，爱屋及乌，是以才会没来由地夸赞起你这个女婿。可是到了今日一见，方知音兄眼力果然精辟，红颜侄女的目光更是犀利，竟然寻得了纪小哥这般人才，着实让车某艳羡不已之下，不由扼腕叹息。”车侯皱了皱眉，轻叹一声。

五音先生听他话出有因，心中生奇，忙道：“车兄如此夸赞年轻人，只怕助长了他的骄气，倒是你最后这一句话，让五音有些不明白了。”

车侯并不答话，而是挥手叫出了身后一位年纪尚轻的匈奴汉子，道：“云峰，你上前一步。”

这位名叫“云峰”的少年长相粗豪，脸上自有一股勃发英气，极是豪迈。当下踏前一步，拱手见礼道：“小侄见过世伯，纪公子。”

五音先生微一诧异，蓦然醒悟：“原来是世侄，怎的直到今天才出来见面？所谓虎父无犬子，真是一点不假。”

车云峰微微一笑，道：“多谢世伯夸赞，小侄未免承受不起。小侄自那天见到世伯之后，早有心思相认，无奈家父一向管教严明，是以不敢，还望世伯原谅。”

他虽然年纪只有十五六岁，比之纪空手小了几岁，但言谈举止十分得体，外相粗豪，心思却细。说这一番话时整个头低下敛眉，不敢乱瞧张望，由此可见车侯的家教极严。

五音先生忙还礼笑道：“世侄无须多礼，在我看来，你父亲如此严厉地管教于你，说明你是一个可造之材，有言道，教之深才责其切。若是你是无用之人，他又何必如此煞费苦心来栽培你呢？”

他望了望车侯，道：“车兄，你说是吗？”

车侯道：“音兄切莫宠坏了小孩子，我之所以叫他出来，只是看到了纪公子，心中只恨自己只有这么一个儿子，若是有个女儿长得像红颜侄女这般可爱动人，车某倒有心要与音兄争一争这个女婿了。”他说完哈哈大笑，引得众人无不莞尔。

红颜听了这话，满脸羞红：“世叔这般拿侄女开玩笑，我可不依。”娇嗔之态煞是可人，纪空手看在眼里，心中为之一荡。

车侯嘻嘻一笑，以示歉意，然后脸色一变，肃然道：“音兄，下一步应该如何行动，还请示下！”

五音先生道："照车兄所看，我们当如何行事？"

"擒贼先擒王，当然要紧追卫三公子不放，只要除此大敌，问天楼只怕也就名存实亡了。"车侯的眼中陡露杀气，显得非常果断，不负宗主风范。

五音先生看了一眼纪空手，两人相视一笑，他这才缓缓摇头道："车兄所言，正与五音所想略同。的确，除掉卫三公子还是当务之急，可是若要我们动手，刚才已经动了，又何必等到现在？空手对此早有安排，所谓借刀杀人，我们可以不费一兵一卒，就足以置他于死地。"

车侯惊问道："借刀杀人？借谁的刀？谁的刀有如此锋利？"

五音先生淡淡一笑，道："要杀卫三公子，当然是借他自己的刀，若非如此，试问天下，有几人可以在他的有容乃大锏下全身而退？"

车侯眼中流露出一股诧异之色，显然不明其意，更不明白卫三公子何以会好端端地自己砍下自己的头颅，但他从五音先生与纪空手的脸上看到了一种自信。

"这样一来，问天楼从此便可以在五阀之中除名了。"车侯没有再问下去，他相信五音先生，就像相信自己自己一样，否则他绝对不会因为五音先生的一封书柬，而千里迢迢地从西域赶到关中。

五音先生道："事情并没有这么简单，就算卫三公子死了，我们依然还有刘邦这个大敌，卫三公子既然敢放心而去，当然知道刘邦有足够的实力来主持大局，否则他又怎能这样草率地放弃生命？因此，我们接下来的目标，就是刘邦。"

车侯人在西域，可是对中原发生的一切大事并不陌生，"刘邦"这个名字，对他来说并不陌生。他只知道此人从一名小小的亭长爬起，未经几年，便已成为了这个天下可以呼风唤雨的几个大人物之一。虽然他不知道这其中究竟有什么背景，也不知道这其中究竟发生了怎样的故事，但是他心里十分清楚，这一切就像是一个奇迹，而奇迹的发生，不仅需要运气，还需要实力。

所以他的心一沉，神色顿时凝重起来："以我们这点人马，要想在十万大军中找到刘邦，已是一件非常困难的事情，如果还要出手对付他，这无异于登天攀月。"

纪空手平静地一笑，道："车宗主的担心不无道理，如果想要在十万大军中与刘邦决战，我们不仅毫无胜算，而且会有全军覆灭之虞，这当然不是我们所希望看到的结局。不过如果对方只有千人之数，这事便变得相对容易了。"

车侯深深地看了纪空手一眼，神色中依然带出一丝疑惑，他并不是不相信纪空手的实力与能力，而是觉得纪空手的话太过匪夷所思，因为谁也不是刘邦，所以又怎么能掌握刘邦行动的时间与规律？

"此刻的刘邦，无疑已是惊弓之鸟。"车侯思虑再三，说出了心中的疑惑，"他明知有我们这股力量的存在，一旦卫三公子死了，更会让他小心翼翼，提高警惕，步步设防，他又怎会留下可趁之机让我们轻易得手呢？"

"他当然有所顾忌，不过平心而论，他此刻最大的顾忌不是我们，而是项羽，如何取得项羽的重新信任，已是他的当务之急。"纪空手的眼神中透出一丝微笑，似乎一切事情尽在掌握之中，自信地道，"据我所知，今日午时，他将护送虞姬前往鸿门，我们就在戏水设伏，将之一网打尽！"

车侯摇头道："就算他会在戏水出现，谁又能保证他的人马只有千人之数？万一打虎不成，反被虎伤，实在有些得不偿失。"他虽然相貌粗豪，实则心细如发，行动之前，必将计划周全，若非如此，他掌管下的西域龟宗也不可能成为西域武林中的一支翘楚。

纪空手与五音先生相视一眼，脸上露出赞许之色："这个问题问得好，我之所以敢断定刘邦此行的人数不会超过千人之数，实则是因为此刻刘邦的心理。试想一下，刘邦此行最大的目的，就是为了解释项羽对他的怀疑，以重新获取项羽的信任。他为了显示自己的诚心，所带人马自然不多，否则此刻项羽的大军已对霸上之军形成合围之势，万一引起项羽的疑心，以为刘邦有所企图，反令刘邦得不偿失。凭刘邦的心计，他当然不会想不到这一点，所以我才会想到在戏水设伏。凭我们的实力，完全可以取到意想不到的奇效。”

他这一番话极有道理，有根有据，听得车侯也佩服不已，当下哈哈笑道：“有纪公子这般推断，我车侯就放心了。从今日起，凡我西域龟宗之人，便任由纪公子调遣，不必客气。”

纪空手与五音先生一脸欣然，以神风一党与知音亭原有的人手，若要对抗刘邦与问天楼一干精英，未免有些势单力薄，此刻能得到车侯的这等承诺，真乃虎添双翼，由不得纪空手心中不喜。

“如此多谢了！”纪空手拱手作揖道。

“你无须谢我，要谢，你就谢五音先生，谢你自己那无处不在的个人魅力，更要谢谢你自己这颗拯救天下苍生于水火的善心。谁说无情才丈夫，真正的大丈夫，就是你这种有情有义的汉子！”车侯凝视着他的脸，一字一句地道。

纪空手的心中一动，只觉得有一股暖流从心头流过。他忽然发现，无论是至理，还是名言，绝不是一成不变，虽然张良与五音先生这般人物断定自己会与天下无缘，可是不到最后一刻，谁又能预料到未来的命运呢？

难道说只有无情的人才可以成为这个乱世的真主吗？

“这绝对不是唯一的答案，我相信自己，更相信人性中会有美好的一面。只要生命不息，我绝不放弃！”纪空手在心中喃喃道，这一刻，他突然发现自己在不经意间涌起了一股强大的自信。

他之所以自信，是因为他本就不是甘于屈服命运的人，在乱麻一般的未知世界里，他似乎隐然看到了一线生机。

“你似乎受过极重的内伤，可是不知出于什么原因，却奇迹般地好了，难道说你遇上了奇遇不成？”五音先生微闭眼眸，伸手搭在纪空手的脉息之上，神色变了一变。

他们此刻已出了峡谷，正在一处高地上歇息。在纪空手的提议之下，他们并不急于赶路，而是在等待着神风一党的到来。

神风一党负责清除五方寨中暗藏的敌人，在扶沧海的率领下，他们已经摸清了对方的人数，与五音先生约定同时动手，所以如果没有意外发生的话，他们应该正在赶往这里的路上。

纪空手之所以并不急于行动，一来是此地离戏水并不太远，过早设伏，一旦对方有人探路，容易暴露。二来他与虞姬早有约定，按照霸上的婚俗规矩，从娘家上路，途中须有三日行程，就算男女两家相邻，亦要等足三日方可成亲，以合二三之数，遵循人伦。这样算来，等到刘邦到达戏水，还有两日之数，时间上并不紧迫。三来他此次的行动，必须要借助神风一党的众多精英，譬如土行、水星等身怀绝技之士。此次行动，已经关系到生死存亡，对纪空手来说，绝不能出一点纰漏，否则自己这一番心血便要付诸流水。

纪空手的身边，正静静地坐着红颜，她痴痴地望着纪空手略显消瘦的脸。经过了这一次的生离死别，她终于明白，今生今世自己恐怕是再也离不开这个男人了。

当她听到父亲的说话时，忍不住低呼了一声："你原来吃了这么多的苦头，难道说这个天下的归属，对你来说真的这么重要吗?"

纪空手轻拍了一下她的香肩，眼神一暗，道："你生在名门豪阀，远不知百姓疾苦，可对我这样一个出生市井、长于市井的乞儿无赖来说，却深知一个明君对于天下苍生的重要。一个真正的明君，他是不会只想到他个人的安危荣辱的，其一言一行，随时可以影响到这天下间每一个人的一生命运。所以我自小衣食无靠、夜宿街头之时，就暗暗地在心里对自己发誓，有朝一日，如果我成为天下之主，我一定要让天下的百姓都过上好日子，再也不用为衣食而愁，再也不用为病痛而苦。"

他满含深情地说着自己心中的抱负，仿佛从前的一幕幕往事又在眼前流过。这几年来他行走江湖，走过千村万镇，目睹了天下百姓流离战火之中，饱受兵灾之祸，承受着妻离子散、背井离乡的灾难，这不仅勾起了他的切肤之痛，同时也更加坚定了他争霸天下的决心！

他的每一句话，都令五音先生唏嘘不已。虽然五音先生还没有纪空手这种感同身受的经历，但是他对天下百姓遭受的苦难深深同情，他始终认为，一个人生于世间，就拥有生存的权利，如果说一个人连自己生存的权利都不能得到保障，那么这是社会的悲哀，也是人类的悲哀。

这也是他何以会鼎力相助纪空手的原因，如果说他有私心的话，为了爱女，他宁愿纪空手归隐乡田，不问世事，就这样平安幸福地度过今生一世。可是到了现在，他却发现，这只是自己一厢情愿的想法，因为纪空手并不是他想象中的那种甘于寂寞之人，而是一条人中之龙，可以腾飞于九天之外的一条巨龙。

更让五音先生感到惊讶的是，自从纪空手出道江湖以来，他所经历的每一战都凶险万分，可以说九死一生。无论他当时的武功是否高明，无论他遇上了怎样的敌人，最终他都奇迹般地化险为夷，在这江湖之上留下了一段段令人瞠目结舌的传奇。

五音先生人在江湖数十年，阅历不可谓不丰，见识不可谓不广，就他而言，面对纪空手创造的这些传奇，连他也不得不啧啧称奇。

他忽然想道："这也许就是运气使然吧！"既然是运气使然，他突然悟道："一个人既有这等运道，莫非上天注定了他就是这个天下的主宰之人？"

这无疑是一个非常大胆的假设，甚至推翻了他原有的固定思维模式。他归隐多年，每每翻阅史书，便会惊奇地发现自轩辕黄帝开创史前文明以来，历朝历代，但凡是凭武力争夺天下者，无一不是唯我独尊、冷酷无情的独夫，便是大秦始皇一统天下之时，也令行天下，自称"寡人"，可见这绝对不是历史的巧合。

以五音先生所拥有的大智慧，既然这不是巧合，就必定有规律可查。在他翻阅了历代史书之后，终于得出一个结论：无情之人未必能得到天下，得天下者却必是无情之人！

这也是他一直不看好纪空手的原因，为了让纪空手打消争霸天下的念头，他甚至用上了非常手段，可是在这一刻，他忽然改变了主意，暗暗揣度道："凡事总有例外，以纪空手多情多义的性情，或许争霸天下尚有不足，但他的运道不错，或许可以弥补。"

想到这里，五音先生的心情豁然开朗。如果纪空手能够成为这乱世中最终的胜者，未尝不是天下百姓之福，以他悲天悯人的性情，以他超越常人的智慧，也许从此之后天下太平，盛世复现，百姓安居乐业。

五音先生听着纪空手讲述着他对天下百姓饱受疾苦的感受，深深地凝视着纪空手深沉的脸庞，缓缓地道："要想把拯救天下苍生作为自己一生的抱负追求，说来容易，做起来难。它不仅需要此人有钢铁般的意志，坚韧的毅力，还要能吃得苦中苦。所以在这个时候，你一定要想好，进则争霸天下，是否有终，尚是未知，但其中所受之苦，只怕是闻所未闻，见所未见，是以必须要有十分的心理准备；退则归隐山林，携妻生子，尽情于山水之间，一生无忧无虑，可以颐享天年。"

纪空手默默地沉思了一会儿，这才答道："这是一道不易解答的难题，也是我自己心中的一个结，我也不知道自己的选择是对是错，但是我想——"他缓缓地抬起了头，眼中闪现出一道激动的神情，满腔豪情地道，"如果我此时放弃，我这一生都不会原谅我自己，因为我没有为了自己的理想而全力以赴！"

红颜一脸平静地看着他，秋波盈盈，似有一分幽怨，更有几分理解，轻声道："只有胸怀天下的男儿，才是女儿家心仪的对象，我想自己也不例外吧，所以无论你走到哪里，都请带上我！"

她的话语很轻很淡，但听在纪空手的耳中，却感到了她对自己的这一腔痴情。他已无言，只是轻轻地拉住了红颜伸来的小手，似乎天地间再无任何东西可以将他们分离。

五音先生只能默默地离去，他知道在这一刻，自己只是一个多余的人。能看着自己的爱女如此享受着温情的一刻，他心里着实高兴，并不想因为自己而影响到他们，自讨没趣。

“唉……”就在两人默默相对之时，红颜轻轻地叹息了一声，其中的幽怨之情，让纪空手蓦感心惊。

“颜妹，你怎么啦？莫非你心中有事？”纪空手紧紧地将她搂在怀中，极是爱怜地道。

红颜摇了摇头，淡淡笑道：“我的心中只装得下一个你，难道你还不明白吗？我只是觉得，这次回来，你仿佛变了一个人般，心事重重的，让人见了好生不忍。”

纪空手心中一惊，沉吟半晌，终于下了决心，道：“我心中的确装了一桩事情，却不知当讲不当讲，但是颜妹，我不想瞒你，也不想骗你，因为在我的心里，我始终把你当作是这一生中最最亲近的人。”

红颜的脸上抹出一层淡淡的红晕，酡红如醉，深情地凝视着纪空手的眼睛：“有你这一句话，我便知足了！纪大哥，我也有一句话，不知当问不当问？”

纪空手道：“你纵不问，我亦要说。”当下将自己与虞姬的这段感情一五一十地讲述出来，说完之后，心中虽然忐忑不安，但脸上却无怨无悔。

“你又何必说出来呢？其实你纵然不说，我亦感觉得到，只是我怎么也没有想到虞姬这般有情有义，敢作敢为，比起她来，我可差得远了。”红颜轻轻一笑，似乎毫不着恼。

“你难道一点也不怪我吗？”纪空手又惊又喜，红颜此举大出他意料之外。

“我怪你做啥？莫非在你的眼中，红颜是一个不明事理、只吃干醋的恶妇？”红颜娇声一笑，嗔道。

红颜的反应简直令纪空手无所适从，不知是福是祸，僵立当场，呆若木鸡。

“我只恨当时自己不能陪伴着你，不能像虞姬那般为你做些什么。能如虞姬这般，心中想到什么，便敢作敢为的奇女子，让红颜好生敬佩，我又怎会这般小家子气，好端端的怪起人来?”红颜轻靠在纪空手的肩上，很是大度地道。

纪空手没有想到自己心中的难题竟然如此轻易地解决了，心中的喜悦真是无以复加，他环搂红颜细腰，手落处柔若无骨，温暖腻人，真个是爱煞人也。

红颜的身体顿起一阵强烈的颤抖，以微不可闻的低声道：“你怎的不问问我，刚才我想问你的一句话究竟是什么?”

纪空手虽与红颜相识已久，但这般亲近实在少有，想到怀中美人如此体贴自己，心中只觉得有种说不出来的舒服，迷迷蒙蒙中，乍听红颜开口说话，不由怔了一怔，道：“你想问的不就是这件事情吗?”

“非也。”红颜的声音低如虫蚁，如兰香般的呼吸愈发急促起来，柔声道，“我想问的是，纪大哥，你既然这般疼我、爱我，为何又不亲亲人家?”说到最后几个字时，已是几不可闻，整个脸颊一片通红，情不自禁地低下了头。

纪空手惊喜地捧起她的俏脸，深情地道：“我怎会不想呢?简直日思夜想，偏偏又怕你着恼，若是得你允许，从此之后，便是将你整日含在嘴里，犹嫌不够。”

他不再犹豫，而是采取了最霸道的方式，以最直接的方法寻到了红颜的香唇，深深地吻了上去。

香舌入口，舒卷有度，两人身体相贴，双口并举，这般厮缠下去，只要是成年男女已难消受，何况这两人你情我愿，正是爱煞对方的时候?

个中反应，可以想象，这一吻之长，让双方俱有窒息之感，只有到了这一刻，在纪空手与红颜之间，才将一腔相思之苦尽化甜美，在双嘴之间交流着情热的滋味。

“呵!纪大哥，不要!”红颜突然“嗯……”了一声，将嘴挣脱，又羞又急地道。因为她在情热之间，已经感到有一只大手伸入了她的衣领之间，按在了她温腻坚挺的处子肉峰之上。

她挣扎了一下，整个人愈发显得娇软无力，自懂人事以来，从没有一个男人的举止会令她这般意乱神迷，手足发颤，胸口处更似有只兔子般七上八下地跳个不住。

而更让她感到惊慌的是，在纪空手轻重有度的揉捏下，自己的酥胸愈发硬挺，感受着这只有力的大手传递过来的无限快感，她实在不晓得面对情郎的这番热情的爱抚，自己究竟是该拒还是该迎。

她无力地嘤咛一声，心中的防线近乎崩溃，她终于明白了一件事情，面对爱，任何抗拒都是苍白无力，因为自己根本就抗拒不了这种销魂的滋味。

她不再言语，而是微一用力，往纪空手的身上紧贴过去。这一次，她是自动地献上了娇艳欲滴的红唇，任凭这使自己心醉的情郎品尝个够。

两人的热情与爱意如爆发的火山般喷发开来，燃烧着各自的身心，情到深处，发乎自然，谁也不想让这充满浓情的欲火就此熄灭。

两个年轻的躯体在瞬间相拥，剧烈地交缠厮磨，就在双方都无力控制住自己心中的欲火之时，一阵急促有力的马蹄声从峡谷深处隆隆传来。

纪空手的头脑忽地清明起来，整个人冷静下来，轻轻推开红颜："扶沧海他们回来了。"

红颜似乎依然还沉浸在情热之中，"嗯……"了一声，将头深深地埋在纪空手的怀中。

刘邦终于率队走出了霸上。

果然不出纪空手所料，刘邦这一路人马的数量不逾千人之数，但这数百人却全是问天楼的精英，除了凤五、乐白等几张时常出入江湖的熟脸之外，刘邦几乎倾尽了问天楼一楼之力，可见他对这次鸿门之行的看重。

在这一路人中，除了问天楼的精英之外，还有两人却并非楼中之人，但在刘邦的眼中，这两人的重要性更在楼中人之上，因为他们就是谋臣张良与将军樊哙。

樊哙之所以能得到刘邦的器重，是源自于他的忠心与办事干练得力。他最大的弱点，就是太讲义气，是以纪空手约战霸上一事，刘邦根本就没有让他知道。不过此次深入项羽军中大营，凶吉未卜，身边若无一员猛将相伴，是谓不勇，所以刘邦毫不犹豫地将他也带在身边，希望在关键时刻能派上用场。

而张良从军不过半月之久，刘邦能对他另眼相看，一来是因为张良的确是军事上的一大奇才，机谋善变，思虑周全，而且可以审时度势，洞察危机，颇有急智；二来则是他与纪空手在得胜茶楼的那段对话由密探口中传给刘邦后，终使刘邦放下了心理上对他的防范。因为在刘邦看来，一个人能够舍弃个人的好恶情感而去追求远大的理想，无疑是自己难得的知音，更是同道中人。所以唯有这样的人物，才是自己最值得信赖的，所以他将张良引为心腹。

在刘邦的身边，韩信也是一个不可多得的将才，经过数次接触之后，刘邦愈发觉得韩信才堪大用，绝不是卫三公子口中所说的应该小心提防之人。就拿这一次出行来说，若非韩信出谋划策，虞姬又怎会心甘情愿地随之前往鸿门？

韩信的计谋说奇不奇，说怪不怪，它的灵感竟然出自于纪空手身上。当时他之所以有把握说动虞姬出嫁，无非是选用了李代桃僵之计。

既然纪空手已经出逃，那么虞姬肯定还不能知道纪空手确切的消息，既然如此，只要派人假扮成纪空手的模样，然后让虞姬在无意之中远远看到，她怎么也想不到这竟会是一个骗局。

只要让虞姬确信纪空手落在了他们手中，也就可以以此作为要挟，逼迫虞姬下嫁，等到她事后知道真相，那时木已成舟，悔之晚矣。

当时刘邦一听此计，便觉可行。因为他始终觉得，一个女人为了自己心爱的男人连死都不惧，也必然不会在乎自己的名节与身体。为了逃过眼前的劫难，他连父亲的生命尚且不惜，何况是一个女人的名节？

照计施行，虞姬果然中计。她此刻坐在一辆四马并行的豪华大车之内，手撑粉颈，眼斜窗外，似乎还在担心着纪空手此刻的安危。

“小姐，吃点东西吧，你快整整一天未进食了，这样下去可不是办法。”袖儿托着一盘精美的茶点，跪坐在虞姬身前，轻声劝道。

“我不饿。”虞姬回过头来，淡淡一笑。她的脸似乎红了一红，抹过一丝动人的娇羞，因为她刚才所想，竟是那一夜与纪空手的闺房之乐，她可不想让人看透她的心思。

袖儿自小侍候虞姬，儿时为伴，长大为婢，又怎会猜不透自家小姐的心思，不由轻叹一声，道：“为情而痴，为情而苦，也只有纪公子这样的男儿，才值得小姐这般情动，茶饭不思。”

虞姬嘴角泛出一丝甜甜的笑意，道：“像纪大哥这样的男儿，难道你就不动心吗?”

袖儿脸上一红，道：“所谓佳人配英雄，像纪公子这等英雄，岂是我这等奴婢可以痴心妄想的？也只有小姐你这般的国色天香，与纪公子才是天设的一对，地造的一双。”

“可惜的是，造化弄人，天不遂人愿。”虞姬神色一暗，幽然叹道，“如果说我和纪大哥真是天设地造的一对良配，就应该让纪大哥远走高飞才对，可惜的是，他还是没有逃出刘邦的手心。”

“为了纪公子，所以小姐才答应刘邦，前往鸿门?”袖儿皱了皱眉，似乎并不理解虞姬的这个决定。

“换作是你，只怕你也会这般决定。”虞姬的眼光透过窗外，望向无尽的天际，淡淡笑道，“只要你真的深爱着一个人，就会发现，爱一个人并不是要得到什么，而是在于付出，付出你的感情，付出你的身心，甚至付出你的生命，这才是最重要的，而且一旦付出，不求回报，唯有如此，你才算真正爱过一回。”

“可是小姐为了纪公子而嫁给项羽，纪公子又怎能理会得小姐你这片苦心呢?”袖儿摇了摇头，依然不解。

虞姬笑了笑，道：“他能否理会在于他的心，你是否为他作出牺牲在于你，只要心中无怨无悔，又何必计较这些事情？”

袖儿似懂非懂，点了点头：“原来如此，这爱既然如此痛苦，不如当初不爱。”

虞姬“扑哧”一笑，道：“你还小，当然不会明白这其中的滋味，等到你遇上了自己心爱的男子，只怕你就会说，虽然爱是这般痛苦，明知如此，却无悔当初爱过。”

她的脸上洋溢着一种甜蜜，并不为自己未来的命运感到悲伤，当她不经意间看到袖儿脸上似笑非笑的表情时，忽然醒悟，袖儿已是二八年华，正是情窦初开的年龄，又怎会不懂这爱的含义呢？她之所以这样做，无非是想让自己开心一下。

马车夹在这支队伍之中，一路上只听得马蹄嘚嘚，车轮辘辘，除了虞姬与袖儿之间偶尔交谈几句外，竟然不闻半点人声，可见刘邦带兵军纪之严，能在数年之内跻身强豪之列，并非偶然。

刘邦才出霸上未久，就隐隐感到有些不太对劲，但是他却不知问题出在哪里，只能严令三军，严阵以待，以防突发事件。

当他与卫三公子见过面后，似乎就产生了一种不祥的预兆，认为自己与纪空手之间的恩怨并未了结，真正的恶战还在后面。

此刻卫三公子的头颅，已经用香粉、樟脑等防腐药物进行过特殊处理，静静地躺在刘邦身边的一个正方形的檀香木匣之中。当卫三公子命令凤五出手的那一瞬间，刘邦并不悲伤，只是感到浑身麻木，整个人异乎寻常地冷静。

谁也不会看着父亲死在自己的面前而无动于衷，就算一向无情的刘邦，也不例外，不过在他的心中，更多的是一种无奈，因为为了复国大计，他们父子已别无选择。

“您安息吧！总有一天，孩儿会用敌人的鲜血来祭祀您的在天亡灵！”刘邦暗暗在心头发出复仇的誓言，面对这檀香木匣，他再也忍受不住心中压抑已久的苦痛，无声地流下了泪水。

他也是人，自然就有人的感情，虽然在人前，他要保持自己刚毅坚强的形象，可是当他一个人独处车中时，才露出了自己身心俱疲的真相。

不过纵然是真情流露，也只能是限于一时，此刻的他，已经没有多余的时间来供他挥霍，他必须在这几天的行程中，寻找到对付项羽与纪空手的办法。

正如纪空手所言，对付项羽，唯一有效可行的办法只有卫三公子的头颅，只要刘邦献出卫三公子的首级，谁还会怀疑刘邦与卫三公子之间存在着不同寻常的关系？而且有了虞姬，项羽有怀抱美人归的得意，又岂会让这事情煞了风景？

所以要对付项羽似乎不难，难就难在如何对付纪空手。

对刘邦来说，他从来就没有小看过纪空手，以前如此，现在更不敢有丝毫的大意。一个纪空手已足以让他感到头痛，而一个拥有神风一党、知音亭以及新出现的西域龟宗这数股力量的纪空手，就不仅仅是让人感到头痛那么简单了，不仅可怕，而且恐怖！

他相信卫三公子的判断，纪空手约战霸上，只是阴谋的开始，而不是结束，而这个阴谋显然是针对自己而来的。现在最大的问题，是刘邦根本不知道这个阴谋究竟是什么，也就无从知晓它会在什么时候发生。

这让刘邦感到一种从未有过的心惊，现在他唯一可做的事情，就是步步小心，随时防范，这使得刘邦的心头异常沉重。

不过第一天的行程很快结束，并未出现刘邦预想中的危险，可是当他们穿过一片广阔无边的平原，来到戏水河畔时，他的眉锋轻轻一跳，莫名之中感到了一股浓烈的杀机，已经弥漫了戏水两岸的整片荒原。

第四十章　无法弥补

这是高手的直觉，更是一个超一流高手所拥有的预判能力，虽然谁也不知道刘邦的武功究竟如何，但不可否认的是，他绝对是一个超级高手。

“通知队伍立刻停止前进，等待探报的消息！”刘邦没有犹豫，而是迅速作出了反应，虽然他还不能确定这股杀气的来源，却可以肯定这股杀气的真实存在。

这已足够，只要证明了杀气的存在，就预示着危机的来临，虽然刘邦不能推断出危机爆发的时间，但他心里清楚，这将是他这一生中从未经历的一场大危机。

他下车观望，似乎想找到这股杀气的来源，可是当他静心运气，将自身发出的气机渗入空中时，他却惊奇地发现，自己根本就无法找到这股杀气的来源！也就是说，就在他下车的这一刻，这股杀气竟然收敛无形，仿佛是这个世间从来都未曾有过这股气息的存在。

河水东流，舟楫横渡，轻风舞动，林木轻摇，放眼望去，这荒原之上一片美景，显得异常静谧，但这并不能消除刘邦心中的戒备。

此刻已是秋末冬初，黄花凋零，树木肃杀，在夕阳斜照之下，大地一片金黄。

刘邦并没有欣赏这种盎然秋意的雅兴，双手背负，昂首观天，看似极度悠闲，其实在用心感受着那股杀气的再次出现。他相信只要那股杀气出现，绝对逃不出他异常灵敏的感官捕捉。

可是他却失望了，他没有等到这股杀气的出现，却等来了探子的消息："方圆五里之内，并无异于常情况。"

"再探，范围扩大到十里之内！"刘邦冷冷地看着这十几名气喘吁吁的探子，丝毫没有一丝同情。

探子已去，樊哙却来了。

"禀沛公，属下已经率领手下准备好了架桥所需的树木，只待一声令下，可以在半个时辰之内实现通行。"樊哙走路便如一阵急风，就像他的人一样，永远保持着极高的效率。

"再等等看。"刘邦眼中露出一丝欣赏之意，一闪即没，代之而来的是冷峻，"你准备用三分之一的人马架桥，所需时间不变，其他的战士担负警戒，随时应付突发事件。"

樊哙脸上流露出一股诧异，并不明白刘邦何以会这般小心翼翼，不过他对刘邦的命令从不质疑，毫无条件地坚决执行。

刘邦继续在等待着那股杀气的出现，却依然一无所获，似乎那暴露杀机的敌人，突然间就融入了这荒原中的草木之间，让人根本无法察觉。

面对这种现象，刘邦甚至有些怀疑起自己的直觉只是一种错觉，心中暗道："难道说自己这些天来一直处在高度紧张之中，才致使神经错乱，在判断上出现了误差？"

重新等到探子的回报之后，他决定不再犹豫，因为按照计划，他必须在今天渡过戏水。

"架桥！"刘邦发出了命令。

一声令下，近三百名战士霍然而动，十数人同时抬起一根巨木，步伐整齐地向河道冲去。

这些人无疑都是训练有素的战士，是以工程进展得异常顺利，其余的近六百名战士无不挥矛持戈，列队整齐，护住七八辆大车，对刘邦下达的命令不折不扣地执行着……

只有在这一刻，刘邦的脸上才微微露出了一丝笑意。这些问天楼的战士虽是江湖之人，但问天楼的纪律一向严明，是以这些战士更是刘邦十分器重的精锐，虽说人数不多，但身负武功，个个都可以一当十。

“我有这般骁勇的战士，面对强敌，又有何惧？”他放下心来，对刚才的那股杀气已不似先前那般在意。趁此闲暇，他回头看了一下载着虞姬主婢的大车，却见张良一身儒衫，策马跟在车后，正指挥着一帮战士团团将大车围在中间，以防敌人偷袭。

刘邦不由得点了点头，很是满意张良能在短时间内作出如此反应。毫无疑问，此次鸿门之行的重点就在虞姬与卫三公子的头颅之上，张良能急他所急，事先防范，可见目力犀利，不愧是谋臣之才。

“若要得天下，像张良、樊哙这等良臣猛将该是多多益善才是，唯有如此，才可以分我之忧，不至于让我费尽心血却徒劳无获。”刘邦有所感触地心中暗道。

樊哙大步行来，拱手见礼道：“沛公，桥已架好，还请示下！”

刘邦微微一怔，道：“怎么速度如此之快？”他自入关中之前，已经对关中各地的地势河流了若指掌，以戏水的河道宽度，若要架好一座木桥，半个时辰已是最少的时限。他绝对没有想到此桥架得如此之快，大大出乎了他的意料之外。

樊哙忙道：“这河道并不如事先预计的那么宽，河水也浅了许多，是以架起桥来并不费力。”

刘邦微一沉吟，道：“莫非这是因为到了初冬时刻，正是枯水之期？纵是如此，据本公了解，戏水历年的水位纪录似乎也并没有这么少的流量！”

“属下也不明就里，也许是今年气候不同，是以流量减少也说不定。”樊哙觉得刘邦实在太过小心，畏手畏脚，怕东怕西，像是一个喋喋不休的太婆一般，浑不似他往日雷厉风行的行事作风。

“既然原因不明，我们就应该更加小心。”刘邦晃了晃头，似乎想打起精神，“不知为什么，本公心里总有一丝不祥的预兆，觉得这地方总有些古怪，所以为了保险起见，传令下去，队伍分三拨行动，由本公与张良打头阵，你与韩信居中，宁戈护着虞姬押后，间距相隔百步左右，以最快的速度过桥。”

樊哙心中虽然觉得刘邦此举未免多余，但见他一脸肃然，只得领命而去。

军号响起，三军整装待发，刘邦缓缓地回头看了一眼队伍，大声喝道：“出发！”手腕一振，马鞭在空中旋了一个圈儿，当先向桥上而去。

踏上这临时架设的木桥，听着流水潺潺的声音，刘邦望着戏水两岸初冬的风景，似乎也为自己的担心感到多余。

他的目光所到之处，正是对岸的一片土地，光秃秃的枝丫伴着渐寒的河风，与荒原上大小不一的山石构筑了一种肃杀的基调。他的目的不在于这些山水，而是那山水背后隐藏的东西，虽然他也觉得自己的担心有些多余，但在这种关键时刻，他宁可自己多余，也不愿意毫无防备地遭人袭击。

他一路小心地踏马前行，快至对岸时，突然眉锋一跳，看到了岸边的河滩上一种非常奇怪的现象。

若非他在无心中看到，其实这种现象并不能引起他太大的注意，可是既然被他看到，却引起了他极大的兴趣。

这河滩之上，出现了两道水线。低的一道水线正是此时河水流过的痕迹，而高的一道水线却紧贴着河岸的草地。在这两道水线之间，除了一片光秃秃的鹅卵石外，还有水渍未干的痕迹。

这种现象若换在平时，绝对没有太大的问题，可是刘邦此时心中却吃了一惊，迅速地寻求这种现象存在的原因。

出现两道水线，这说明了河道落差的高度，在水线之间出现水渍未干，说明了这种水深落差的形成就发生在一两日之间。如果说此时是在雨水充足的夏季，河水暴涨暴落，尚有因可寻，可是问题在于，此时是在枯水的冬日，哪里来的这般大起大落的流量？

这只能说明，这一切只是人为！

想到这里，他几乎吓出了一身冷汗，大喝一声："加速前进，赶快过桥！"

他的话音未落，便听得河水上游传来隆隆之声，一道白色的苍龙奔腾而下，卷起怒涛无数，以风驰电掣般的速度冲泻而来。

刘邦简直不敢相信自己的眼睛，无论自己如何算计，最终还是落入了对方的圈套中。

瞬息之间，他全然清楚了对方的诡计：对方算准了自己等人通过戏水的地点，然后在河道上游选择了水道狭窄的一处，筑堤拦水，一旦自己等人架桥通过，立马决堤，以水淹为奇袭，可以达到事半功倍的奇效。

他不由恨起自己来，明明对方的诡计在樊哙架桥之后已现端倪，可是自己一时不察，竟然还是掉入陷阱。

不过他迅速清醒过来，知道此时不是后悔的时候，现在需要做的，就是怎样使己方的损失降到最低。

他挥鞭奋蹄，跃上河岸，迅速发出指令，命令已经上桥的战士以最快的速度向两岸飞退，耳中听着怒涛惊吼，眼中所见狂浪滔天，水势之急，令刘邦感到人力的渺小，自己枉为一军之帅，却只有听天由命的份儿。

"哗……哗……"水声愈发逼近，从刘邦发现怒涛狂浪，到水势冲向木桥之时，整个过程最多不过三息时间。

三息的时间，是多么的短暂，数百名战士根本不可能在这个时间里作出太快的反应。当刘邦的示警声喝出，只有少数的战士迅速向桥的两端做出了进与退的动作，余者甚至还不知道发生了什么事情。

如潮之水卷起数丈巨浪，飞泻而下，由数百根巨木连接的桥身根本承受不了巨大的冲击之力，只听"轰……"的一声巨响，白浪冲过，木桥顷刻间化为无形。

数百名战士身不由己，迅速被狂浪席卷而去，只有几十名水性好的战士强行搏浪，拼命挣扎，无奈在如此湍急的水流中，一切努力都是徒劳。

顷刻之间，数百名骁勇善战的勇士在这洪流冲击之下，没有一丝反抗，便葬身鱼腹。其情其景，惨烈之至，便是刘邦的脸色也陡然一暗，似乎不能接受这样残酷的现实。

但是他根本没有时间来宣泄自己心中的悲痛，就在这时，他又在莫名之中感到了一股浓烈的杀机！唯一不同的是，这股杀气已经很近很近，仿佛就在眼前的这片山石林木之中。

他的心中一凛，环顾身边，除了张良、韩信之外，就剩下几十名侥幸生还的战士，虽然这突至的洪流只卷走了刘邦三分之一的战士，可是余者全在对岸，隔着一条大河，根本不能起到救援之效。

他深深地吸了一口气，直达肺腑，尽快地让自己从这场突变中冷静下来。他心里清楚，此时此刻，任何失误都有可能导致自己英名不再，对方既然已动杀机，那么真正的危险马上就会来临。

当他冷静下来时，心里忽然又涌现出一个问题："对方是谁？是项羽还是纪空手？"

不过他很快就将项羽排除在外，原因十分简单，如果项羽真的有心对付他的话，无论采取什么样的方式，他都死定了，又何必这样费力地安排这个陷阱呢？

他与韩信的目光相对一起，半晌之后，韩信似乎明白了他的意思，脸色沉凝地点头道："没错，只有纪空手才会想出这样可怕的陷阱！"

刘邦的牙齿顿时咬得"咯咯"直响，恨不得将纪空手身上的肉一口一口地撕咬下来，方才解心头之恨！他怎么也没有料到，一个流落市井的小无赖，竟然会成为自己今生最大的对头。

他有很多的理由来恨纪空手：自从纪空手现身江湖以来，不仅与问天楼争夺登龙图，而且害得他为了取信项羽而不得不将自己父亲的头颅也作为释疑的证据献上，并使自己此时处于一种风雨飘摇的险境！他甚至恨虞姬何以喜欢的是纪空手，而不是他刘邦！可是他从来没有想过，如果不是他先借神农之手想害死纪空手，纪空手又怎会不认他这个一向敬重的兄长与朋友呢?

有果必有因，这是一个非常简单的道理。做人如果不懂得这个道理，他又怎能做成一个真真正正的人呢?

就在此时——

“嗖……”的一声弦响，一支羽箭破空而出，如一道电芒迫至。这一箭不只是快，而且准，更让人心惊的是，当箭芒迫至刘邦面门一丈处时，突然箭杆一爆，斜分三支，一箭射向刘邦的胸口，另两箭却对准了刘邦的座骑。

“流星子母箭?!”刘邦心中惊叫了一声，会使这种箭法之人，出在西域龟宗，但能使得这般精妙者，这世间似乎就只有一个人，那就是车侯!

这箭不仅手法巧妙，而且力道奇大，一入虚空，便带出无数的气旋，呼啸而至……

刘邦没有拔剑，也不能拔剑，而是抬起了手，似乎想凭一只空手来接下这三点箭芒。他心里清楚，车侯的箭出，绝对是不同凡响，即使自己拔剑，也未必有十足的把握将之击落，可是他别无选择。

他此时身处险境，面临敌人的层层埋伏，已到了生死攸关之际，现在最需要的是鼓舞起手下战士的士气，唯此尚可一搏。

所以他的手已抬起，平伸虚空，体内的劲力瞬间提聚至整条手臂，关节爆响间，犹如一场即将爆发的大雪崩，随时准备崩裂……

风徐徐吹来，挤不进这充满霸杀之气的空间。既然挤不进，这空间里又怎会有风?

不仅有风，更有无数气流在交织蹿动，犹如恶魔狂舞，更似群鬼跳动，整个空间充斥着一股浓浓的死亡气息。

地上的草木、泥石、枯叶、水渍，仿佛也在刹那之间变得狂野，疯狂地跳入空中，扭曲变形，幻生成一个巨大的漩涡，一个黑洞!

“呀……”就在这令人窒息的紧张时刻，刘邦发出了一声惊天暴吼，终于出手!

他的出手之快，根本无法用言语来形容，所拿捏之角度，更是妙至毫巅。当他的手臂一振时，就仿佛在虚空中同时多出了三只手，一抄之下，箭芒尽没无形。

天地似乎在瞬息间陷入一片死寂。

谁也没有想到刘邦的功力之深，竟然一精至斯，纵是车侯射出的流星子母箭，也只能震得他身体晃动了一下，浑似没事一般。

有容乃大！刘邦手下的战士无不大声惊呼，精神也为之一振。他们跟随卫三公子多年，也曾经见过卫三公子的出手，可是当他们见到此刻刘邦的出手时，才惊喜地发现，刘邦对有容乃大的理解，似乎已在卫三公子之上。

这简直是不可能发生的事情，唯一的解释，只能说明刘邦对武道的理解有一种天才般的悟性，也就是说，刘邦是个天才，一个练武的天才，甚至是百年不遇的奇才。

这是他修成有容乃大以来的第一次出手，因为这是车侯的流星子母箭，所以他已是全力以赴，但饶是如此，他体内的气血依然翻涌不停，若非他用一口真气镇住，只怕当场吐血。

“好手法，好功夫!”一个熟悉的声音突然在一片山石之间响起，伴着几声稀稀落落的掌声，纪空手悠然地站到了十丈开外的一块草地上。

他的脚步不丁不八，虽是随意地一站，但整个天地却仿佛为之一暗。

纪空手的脸上挂着一丝淡淡的笑意，似乎他面对的不是刘邦，不是韩信，不是数度想将他置于死地、背信弃义的兄弟，而是多年不见的朋友。他双手缓缓地背负于后，意态悠闲，如观花赏月，身上丝毫不沾一丝杀气。可奇怪的是，他似无心插柳，但是他一出现，整个人便自然而然地带出一股无可匹御的王者霸气，犹如云天之外的苍龙，凌驾于万物之上。

在场的每一个人似乎都为纪空手带来的气势所震撼，虽然这种气势并不霸烈，也不疯狂，但正是这种近乎于无形的气势，却显示出了一种势不可挡的信心。

刘邦人在马上，眉锋一跳，与此同时，数十匹战马“希聿聿……”地狂嘶起来，仿佛禁受不起这气势带来的压力，显得无比狂躁。

“这是纪空手吗？数日之前还任人摆布的纪空手，怎么会忽然一变，成了摆布他人的纪空手？”刘邦缓缓地吸了一口气，压制住胸中翻涌的气血，在心里不住地问着自己。他怎么也不敢相信，站在自己面前的这个人，半个月前就只剩下了一口气。

可是当他看到纪空手嘴角处泛出的满不在乎，很是自信的笑意，他就知道，眼前这人的确是如假包换的纪空手，因为只有纪空手，才有这种招牌式的笑容。

“我也许犯下了一个永远都无法弥补的大错，而这个错误会让我后悔一生。”刘邦心里“咯噔”了一下，情不自禁地忖道。当日在虞府的后花园中，他完全可以杀了纪空手的，可是却没有这样做，因为他并不想因此而得罪虞姬。其实在他的心里，还有一个重要的原因，是因为他太自信自己的制穴手法了，以为受了他制穴手法的人，永远都只可能是一个废物。

用如一个废物般的纪空手来控制虞姬，这个想法在当时那种情况下并没有错，而且绝对划算。可是到了今天，刘邦的心中隐隐生出了一丝后悔之心，就像一个从来都是大赢的商贾，做了第一桩亏本的买卖。

“刘兄、韩兄，我们又见面了！这天下说小不小，说大不大，为什么总是要让不想见面的人总是遇上呢？”纪空手的神情中多了一份调侃，显得极是从容。

“这也是没有办法的事情，有些人总是阴魂不散，死缠烂打，让人想不见面都难。”刘邦微微一笑，话有所指，语带讥讽。

“有这等不知趣的人吗？他莫非是不想活了？以刘兄方才那接箭的功夫，再加上这位韩兄惯使的身后剑，天下有谁敢这般纠缠？”纪空手故作惊讶地道。

“纪少所言，实在风趣，本想多谈几句，只是天色渐晚，本公还有要事待办，这便失陪了。”刘邦心系对岸虞姬的安危，不想与之废话，反而以退为进，逼得纪空手先行出手，他再随机应变。

“这就是刘兄的不是了。”纪空手依然不慌不忙地道，“故人相逢，不愿多谈也就罢了，总不能收了故人老大的一份见面礼，却连谢也不道一声，未免不合情理吧？”

他此话一出，刘邦能忍，但他手下的战士却早已破口大骂起来，经历了刚才九死一生的场面，见到仇人，便是再好的涵养只怕也只有暂时丢到九霄云外。

“你想怎样？”刘邦大手一挥，压下了众人骂声，冷冷地道。

“我想怎样？哼！”纪空手脸色陡然一沉，“我想要回登龙图，你能给吗？我想要回虞姬，你甘心吗？我还想要你去死，你情愿吗？”

“要我死？”刘邦眼芒一寒，冷笑道，“就凭你吗？”

“是的，对付你这位名动天下的沛公，有我这位淮阴街头的小无赖便足矣。可是，你敢吗？”纪空手狂傲大笑起来，似乎在有意激怒刘邦。

刘邦缓缓地下了马，脸色变了一变，无论他的心机如何深沉，当他听到纪空手的这句话时，也不可避免地动了真气。

他缓缓地向前走了七步，不多不少，刚好七步，每一步的间距似乎都经过了精确的计算，然后才稳稳当当地站立不动。

当在场的每一个人都认为这是刘邦即将出手的先兆时，他却笑了，心平气和地笑了。他利用这走出七步的时间让自己的心冷静下来，思索着纪空手这样做的目的，这是卫三公子临终之前再三嘱咐的，只有制怒，才能不犯错误，他觉得这个方法的确不错。

因为他似乎看出了纪空手的用意。

就在众人都认为他不会动手的时候，他果然没有动手，而是出脚！

“轰……”他一脚踹起一块重达数百斤重的巨石，呼啸着向纪空手冲去，当这块巨石快到纪空手面门时，却突然下坠，重重地向地面砸去。

这方圆丈余的地面似乎是空心的，根本经不起这巨石下坠的力道，轰然坍塌，尘土漫舞之下，一个大坑仿若恶兽的大嘴，赫然出现在众人的眼前。

烟尘散尽时，眼快之人甚至看到了坑底布满了密密麻麻的刀锋，刀尖向上，寒光凛凛，富于想象的人不由得打了个寒噤，都在心中思忖着："假如这不是一块石头，而是人……"

"你故意激怒本公，无非是想让本公再次落入你的陷阱。"刘邦不动声色，淡淡地道，"虽然这种陷阱对本公无用，可是当本公踏入之时，难免心惊。这样一来，你出手的机会就来了，是不是？"

纪空手并未对自己的意图暴露感到意外，而是拍掌笑道："聪明，一猜就透，有你这样的对手，实在是一件有趣的事情。"

"可是本公却觉得这实在无趣，此时此地你已占尽优势，何不痛痛快快地与本公大战一场，岂不快哉？"刘邦的手已按在了剑柄之上，这一次他再也不想放过纪空手，因为如果是一对一的决战，他自问应该有七成胜算。

"不行！"纪空手好像并没有感觉到刘邦身上涌出的杀气，摇了摇头，"至少现在不行，我还要再等下去。"

"等？你还等什么？"纪空手的话让刘邦吃了一惊，一股诧异之色出现在刘邦的脸上。

"我在等一个动手的信号。"纪空手笑了笑道。

"如果本公不愿意再等下去呢？"刘邦冷哼一声。

"那就只有动手。"纪空手的回答出乎刘邦的意料，但是纪空手后面的话似乎却击中了刘邦的要害，"不过我想，你绝对不会这么做，以我对你的了解，在你还没有完全猜到我的意图之前，绝不会主动出手。"

刘邦的眼睛眯成了一条线缝，厉芒逼出，凝视着数丈之外的纪空手。他不得不承认纪空手已经琢磨到了自己的心理，事实上，他看上去步步紧逼，却是采取的后发制人的战略。

他一时无言，默然以对，但是他并不是消极等待，而是充分利用这点闲暇，将自己的气机渗入虚空，去感受纪空手身后那段空间的异动。

纪空手似乎看穿了刘邦的意图，淡淡一笑，道："其实你大可不必如此费神，我可以告诉你我的身后并没有埋伏，就连车侯，他也是一时好奇，想试一试你的武功而已，现在只怕他已在数里之外了。"

刘邦当然不会相信纪空手筑堤拦水，煞费苦心，只是为了消遣自己，他不急，他有时间等待下去。身后的河水已经恢复了往日的平静，唯一的区别，只是水面抬高了数尺而已，等到对岸的人马跨过河来，到了那个时候，就算纪空手不动手，他也会主动出击。

"沛公，这小子太嚣张了，让属下来会会他。"韩信却等不及了，一抖剑柄，跨前一步道。

"不用。"刘邦摆手道，"既然纪少觉得这样有趣，我们就奉陪到底。"

纪空手拍掌道："好，刘兄不愧是刘兄，有这种耐心，纪某实在佩服。顺便想说一句，刘兄这样等待下去，绝对是物有所值，到时你便知道纪某所言非虚。"他神秘地一笑，但在刘邦的眼中，仿佛没有比看到纪空手这张笑脸更为头痛的事情。

如果说刘邦知道真相的话，他一定会大吃一惊。所谓真真假假，虚虚实实，纪空手或许以前说过假话、谎话，可是这一次，他的的确确说了一个大实话，那就是此时此刻，在这河的对岸，真的只有他一个人。

因为纪空手这一次的目标并不是刘邦，而是虞姬，所以他埋伏的重点，是在河岸的那一方。

当扶沧海率领神风一党归来之时，正是刘邦离开霸上的时间。

在峡口的一处高地上，五音先生、车侯、扶沧海和纪空手、红颜五人席地而坐，讨论着下一步的行动方案。

五音先生看了一眼纪空手，沉默半晌，道："告诉我，你是否已经决定了？"

他的话很突然，让不知内情的车侯、扶沧海吃了一惊，但纪空手却知道他的所问，与红颜相视一笑，道："是的，我已经决定了。"

五音先生缓缓地站了起来，双手背负，道："其实一直以来，我都认为你并不是争霸天下的最佳人选，虽然你对武道的理解愈发深刻，而且智计过人，假若是争霸江湖，成就必在五阀之上，可是争霸天下，你却少了一份无情，一份毒辣。"

他的话说得很慢，却精辟地剖析着纪空手性情上的优点与缺陷，引得在场的每一个人都侧耳倾听，颇以为然。

"音兄所言极是，对此我有切肤之痛的感受。"车侯深有感触地道，"就算是争霸江湖，如果你下手不狠，心肠不毒，只怕也难有作为。以我龟宗为例，当年若不是我念在李秀树与我有同门之谊，一时心软，又怎会造成今日龟宗两分之局？而更恼人的是，他另立北域龟宗不过十数年的光景，仗着自己是高丽王室成员，其声势迅速壮大，竟隐然有与我西域龟宗形成分庭抗礼之势。"

"车兄不必自责。"五音先生似乎深知龟宗这些年来的历史，沉声道，"当日你不杀李秀树，乃是重情，今日他反过来意欲吞并西域龟宗，虽为不义，却是形势使然。"

车侯一怔，道："此话怎讲？"

"高丽虽小，又是蛮野之邦，但它毕竟是有国有君，李秀树一向野心勃勃，他之所以自小舍弃荣华富贵，投身龟宗，只是想借龟宗的势力，先取高丽，再虎视眈眈，逐鹿中原。"五音先生摇了摇头，"权势一物，可以让人丧尽天良，若是为一己之私而争天下，试问车兄，那人又还有什么事情做不出来呢？如果我所料不错，不出两年，这李秀树必然携北域龟宗进入中原。"

车侯"哎呀"一声，脸上不无担忧之色："若是如此，只怕这北域龟宗的子弟难有保全之策，终有一日，他们是难回故土了。"

"这就是我们与项羽、刘邦、李秀树等人最大的不同之处，纵观历史，凡能成就一代伟业者，多为无情之人，为了追求权势，可以不择手段，更可无情无义。也只有这种人，最终才可以无情于天下，将百万臣民踩于脚下，开创其帝王霸业，留名史书。”五音先生的眼芒一抬，穿过眼前的虚空，浏览那悠悠白云，良久才道，“这也是我息隐江湖数十载得出的一个结论，江湖人言，五音是心伤亡妻之痛，是以才归隐江湖，这委实不错，亦是我当日归隐的初衷。可是当我目睹天下乱势，百姓陷于水深火热之中时，我其实一直在寻求一种王者之道，寻求一个仁义之君，以求能平息天下战乱，从此歌舞升平，让百姓耕有其田，居有其所，安居乐业，开创前所未有之盛世，这就是我重出江湖最大的心愿。”

他的目光锁定在纪空手的脸上，一种亢奋的情绪油然而生：“这看上去实在是非常矛盾，完全没有共同之处。试想一下，以无情之人大治天下，只能是苛政横行，又怎能开创一个太平盛世？而以有情之人争霸天下，追名逐利，杀孽横生，又怎能算得上是有情之人？我一直想从这两者之间找到一个契合点，历多年思索，终至无果。可是到了今天，我也幡然醒悟，或许我这多年的苦思一开始就走入了一个歧途，试图从人性上去诠释这王者之道，殊不知这王者之道最重要的是运势。而你，正好就具备了这种运势。”

“运势？”纪空手的眼中闪过一丝疑惑，“莫非这就是你最终同意我去争霸天下的原因？”

“是的，你已经具备了这种良好的运势。”五音先生一字一句地道，“自你出道江湖以来，你有没有发现，你踏出的每一步都是别人这一生中可遇而不可求的。首先是丁衡在你生命中的出现，他身为天下第一神偷，天地之大，何处不可容身？却偏偏机缘巧合，到了淮阴，而且认识了你。据说丁衡性情怪僻，从不收徒，他与你虽非师徒之谊，却将他一生最得意的见空步与妙手三招倾囊相授，这难道是一种巧合？与其如此，倒不如将它归于运道。其次便是玄铁龟中的秘密，自玄铁龟现世以来，不知经历了多少人的手，其中不乏有聪明绝顶之士，可是他们穷尽一生心血，最终却毫无收获，而你却能在无意之中窥得内中玄机，尽收其精华所在，这又岂能是一个巧合可以解释得清楚的？”

他的每一句话都有根有据，具有很强的说服力，而且思路清晰，显然是经过深思熟虑之后才说出这番话来的。

“但单凭这些，并不能说明你有好的运势，而只能是你的运气不错，如此而已。所谓势者，乃是一鼓作气。正如高山滚石，只有当大石从高山滚下，以它本身的力道，借助高度与速度的条件，才能形成锐不可当之势。”五音先生淡淡一笑，斜了一眼靠在纪空手身上的红颜，“接着你又遇上了红颜。我一直觉到很奇怪，以我女儿一向眼高于顶、视男子为无物的性情，怎么会凭数面之缘便看上了当时落魄江湖的你？也许可以说这就是一见钟情，两情相悦，可是有些人相处一生，却依旧互不了解，这难道也是一种巧合？”

红颜甜甜地一笑，与纪空手相视一眼，不胜羞怯，低下了螓首。

五音先生微微笑道：“现在想来，你能认识红颜，其实是你的运道向运势的一个转变，这就叫借势。借着这个势头，你几经磨难，不仅能在这乱世之中得以生存，而且随着登高厅一役的结束，你得以扬名天下，构筑了你争霸天下的势力，从而稳成五阀之外的又一股强大力量。”

“可是，我却失去了登龙图。”纪空手眼神一黯，甚为惋惜。他始终认为，只要拥有登龙图，就得到了支撑他这股势力的财富与兵器。这两样东西在暴秦之后的乱世，都是奇缺之物，谁若得之，必添三分把握。

“在你眼中，失去了登龙图是一件非常可惜的事情吗？”五音先生问得很是奇怪，不要说纪空手，就是车侯、扶沧海也觉得这是理所当然的事情。

“当然！”纪空手道，“有了登龙图，我想我们就可以建立起一支强大的队伍，问鼎天下，指日可待。”

五音先生摇了摇头，道：“塞翁失马，焉知非福？其实过早地得到登龙图，并不是一件好事，反而会成为众矢之的，引火自焚，招来很多不必要的麻烦。而我们现在主要的精力应该是保存实力，然后伺机而动，这才是真正的上上之策。”

扶沧海一直没有说话，听到这里，不解地道：“世伯的每一句话说得极是精辟，让小侄有茅塞顿开之感，只是对这后面的意思有些不太明白。照理来说，此刻大秦将亡，项羽、刘邦的势头正盛，我们应该奋起直追，扩张自身的实力才对，何以反而采取保守观望的策略？”

这也是悬于众人心中的一个问题。

五音先生的目光从每一个人的脸上逡巡一遍，缓缓而道：“问得好，不过我也有一个问题想问问你们，如果我们现在起步，着手扩充实力，需要几年时间才能赶上刘、项二人的势头？”

扶沧海道：“在座的诸位，都是当今江湖上最有实力的人物，就拿纪大哥来说，自登高厅一役之后，声名之隆，一时无人可及。再加上世伯的知音亭名列五阀之一，又有车宗主的西域龟宗相辅，按最保守的估计，五年之内，我们可以筹到一支完全可以与刘、项抗衡的军队。”

五音先生摇了摇头，道：“这不是最保守的估计，而是最乐观的估计。开营征兵，行军打仗，绝不同于江湖上的开宗立派，它不仅需要深谙指挥之道的将才，还要有与之配套的战略战术，加之军饷粮草，一应后勤，平日训练，屯兵地形……这些无一不是需要有专门的人才，更是门门都有学问，而且就算我们做到了，谁又能保证五年之后就足以与刘、项两路大军抗衡？”顿了顿，又接着道，“况且最重要的是，我们争霸天下的宗旨，就是平息战乱，解救百姓于水火，开创一个太平盛世，又怎能添薪加火，反而让战火越烧越旺呢？如果说我们这样做了，岂不是为求目的而不择手段？与刘、项二人又有何区别？”

五音先生的话引起在场每一个人的共鸣，可是另一个问题也就应运而生了，为了达到不扰民的目的却又无所作为，这并非是他们这些人走到一起的目的。为了怕跌倒而不去走路，这种愚人之举，根本就不是他们愿意做的。

他似乎看穿了每一个人的心思，淡淡一笑，道："其实我们坐地观望，并不是毫无作为，而是等待机会。我之所以有这样的想法，是因为这几个月来，空手每逢大难，都能逢凶化吉，甚至于刘邦独门的制穴手法，也被他在无形之中得以化解。如此好运连连，是不是预示着他的运势已成？如果真是这样，我倒有一个大胆的计划，可以一试。"

对这个计划，其实当时还在咸阳之时，他就开始策划，只是关系重大，所以他深埋心中从来没有向第二个人说起。即使是现在，他也没有打算全盘托出的意思，这并不是他不相信车侯、扶沧海，而是此事着实有些骇人听闻，更关系到今后天下的形势，他不能不小心谨慎。

"而这个计划，在时机没有成熟之前，我不会告诉第二个人，如果你们相信我的话，那么今日刺杀刘邦的行动，我们就要取消，而且必须马上离开关中这块是非之地，退守巴蜀，再行观望。"五音先生近乎是信心十足地道。

对他的提议，除了纪空手之外，没有人有半点不服之意，虽然他们根本就不知道这究竟是一个怎样周密而有效的计划，但五音先生的为人与声望，他们却从不怀疑。

"空手，你不相信我吗？"五音先生目力惊人，一眼就看出纪空手有所犹豫，他并不介意，而是微笑着征询道。

纪空手忙道："我虽然不知道你所说的这个计划的内容，但却相信你所说的每一句话，经过这些日子的共处，我更加认识到您有一颗悲天悯人、心怀天下的善心。我之所以犹豫，是因为我自己的事情，而这件事，无论如何，我都必须去做，否则我一定会抱憾一生。"

红颜看了他一眼，似乎明白纪空手要说的事情，可是她没有说话，只是伸出手来，紧紧地握住了纪空手的手。

"说出来吧！你的事就是我们大家的事。"五音先生用慈爱的目光看着他，就像是父亲看着儿子一般。

纪空手感激地看了红颜一眼，这才缓缓说道："我们可以不杀刘邦，但我却必须在他到达鸿门之前，将一个人带走！”

“你说的人是虞姬？”五音先生淡淡一笑。

“是的，这是我对她的承诺。”纪空手看不出五音先生的神情是喜是怒，壮着胆子道，“她可以为了空手不惜一切，空手又怎能轻言辜负？大不了赔了这条性命，也要将她救出！”

五音先生脸色一沉，没有说话。

纪空手紧紧地把住红颜的小手，相视一眼，满怀歉疚地道：“对不起，我只能这样，换作那个人是你，我也会毫不犹豫地作出这样的决定。”

“我知道，纪大哥，我从来就没有怪你。”红颜深情地道，“我愿意跟着你一起前去，去看看那位有情有义的奇女子。”

纪空手的眼中似有一丝激动的泪光闪现，轻轻拍了一下红颜的香肩，以示感激，然后站起来，深深地向五音先生行了个礼，道：“我明知说出一定会惹您老人家生气，可是我还是说了出来，希望您能原谅我的行为。”

五音先生似乎从沉思当中醒来，怔了一怔，道：“你在说什么？我不明白，我只是在想，要想从刘邦的手中救出虞姬，并不是一件容易的事情，此事只怕要好好计划一番才行。”

纪空手不由大喜：“难道您一点都不为这件事情生气？”

五音先生微微一笑，道：“我高兴还来不及呢，又怎会生气？这证明了我女儿的眼力不错，没有看错人！”

“父亲，此话怎讲？”红颜一脸释然，笑眯眯地靠了过来。

五音先生轻抚着她的一头黑发，爱怜地道：“你纪大哥的确是一个有情有义的好汉子，绝非薄情之人，他能对虞姬如此，对你自然也不例外，这就让为父放心了。”

纪空手忙道：“先生能够如此理解，实在让空手感激不尽，事不宜迟，我想我现在就要动身前去，赶在刘邦之前布置一切。”

扶沧海也站了起来，道：“我马上召集神风一党随你同往。”

五音先生微一沉吟，摆摆手道：“你们不必心急，此事我已有了计较。”他说出了自己初步的行动计划，几经斟酌之后，终于定了下来。

“此事只许成功，不能失败！否则我们有何脸面去面对这样一位有情有义的奇女子?”这是五音先生说的最后一句话，说完之后，数百人按计行事，悄悄地赶往戏水，经过一夜的忙碌之后，只等着刘邦一路人马的到来。